三島由紀夫の方法

三島由紀夫研究 ㉒

〔責任編集〕
松本　徹
佐藤秀明
山中剛史
有元伸子
久保田裕子

鼎書房

目次

特集　三島由紀夫の方法

●断　想

●資料紹介

●書　評

『夜の車』考――「大日本帝国の崩壊」の渦中で

松本 徹

昭和十八年（一九四三）なると、二月にガダルカナル島の日本軍が撤退を開始、四月に連合艦隊司令長官山本五十六が戦死、五月にアッツ島守備隊が玉砕と、大東亜戦争の戦況は急速に悪化した。これを受けて引締策が打ち出され、九月二十二日夕、東條英機首相がラジオ演説で、高等教育機関においての徴兵猶予の停止に言及、十月一日には関連法が公布された。

このことは学習院高等科二年生として在学中で十八歳の三島由紀夫（昭和十六年からこの筆名）にとっては、衝撃であった。この戦争に駆り出されるのはまだ先のことと思っていたのだが、いきなり昭和二十年一月十四日、満二十歳になれば、兵士として戦線に立たなくてはならなくなったのである。後一年と三ヶ月半しか猶予はないのだ。

同月十二日、理科系は除き、文科系の男子学生は来年九月末をもって学業を終了、満二十歳に達するとともに徴兵すると詳細が決まった。そして、同十月二十一日には、明治神宮外苑競技場で学徒出陣壮行大会が盛大に開かれ、一年上の学年の者たちが隊列を組んで行進した。

そうして昭和十九年となると、戦局はますます険しくなり、清水文雄が編集を担当していた雑誌「文藝文化」も、来る八月号でもって終刊と決まった。学習院高等科二年を終了、成績表を渡された三月二十二日、三島はその終刊号に寄稿させてもらう旨、葉書を出した。

それから丁度四ヶ月後の七月二十二日、清水が編集後記を書き、印刷所に入れているのが彼の『戦中日記』（笠間書院刊）で分かるから、締め切りは七月初めであったろうか。

こうして書かれ、掲載されたのが『夜の車』、戦後二冊目の短篇集『夜の仕度』（昭和23年12月刊、鎌倉文庫）に収録するに際して、『中世に於ける一殺人常習者の遺せる哲学的日記の抜粋』と改題した。執筆事情の特異さもあり、決定版全集で十ページの小品だが、かなり重い意味を持つ。

＊

初出では、以下の序文がついていた。

　こゝに語られる、もの／とある殺人者の手記なり／彼は由緒正しき嫡流にして／何ものも彼より遁《のが》れうるなし／将《は》た是《これ》は質問の書なり／何ものも其が答へをば迫られざらむはあるべからず／弐仟六佰四年　作者

殺人者の手記であることを、まず明快に示している。それも「由緒正しき嫡流」の身であると言い、手記とはいうものの、誰もが答えないでいるわけにいかない性質の質問の書であると強調している。具体的にどのような質問であるか分からないが、追い詰められた思いであることは明らかだろう。命と引き換えにしてでも、答を聞かせてほしい、とまで考えてもいた……。

そうして弐仟六佰四年とあるが、言うまでもなく皇紀で、昭和十九年である。その三月下旬から、この文章を書くべく、急遽、構想を練り始めたのだ。

ただし、この期間、三島はひどく忙しかった。四月には『花ざかりの森』の出版許可がやっと出て、改めて原稿を整理、校正刷りが出て来ると校正しなくてはならなかった。この作業が意外に長く続いた。そうして五月九日には、本籍地の兵庫県印南郡志方村、現加古川市へ徴兵検査を受けに出向かなくてはならなかった。結果は第二乙種合格で、来春には一兵士として出征しなくてはならないことが明確になった。それに加えて六月半ばには、卒業試験が始まった。東大法学部へ進学するためには、それ相応の成績をとらなくてはならず、準備しなくてはならない。引き続いて舞鶴海軍機関学校で訓練を受けに行くことにもなっていた。

この時期、学業短縮とともに特別幹部候補生などを志望すれば、将校として任官する途が開かれたため、同級生のほとんどはこのコースを撰び、準備を進めていた。当時、最も親しくしていた三谷信もそうであった。ただし、三島ばかりは異なっていた。後に三谷が書いた回想記『旧友三島由紀夫』（笠間書院）では、どうせ死ぬのなら「一日でも長く、普通の社会に居て、一行でも余計に書いておきたかったのだろう」と解釈している。しかし、三島にとっては選択の問題でなかった。加古川の軍隊の新兵入隊検査こそ「第二乙種」となったものの、虚弱体質で病欠も少なくない身であったから、学科でいかに好成績を取ろうと、身体検査で不合格となるのは確実に思われたのだ。山中湖の三島由紀夫文学館には、遺品として特別幹部候補生への出願用紙があるが、提出は見送ったのだ[1]。

この後、九月九日、学習院高等科を繰り上げ卒業するに際して、首席で恩賜の時計を受けたが、『仮面の告白』の中にはこういう記述がある。お礼のため宮中に参上した自

動車の中で、同行した校長の老海軍大将が、ただの兵卒として応召してもその体力では耐えられまいと力説、もう変更もできない。これは君のデステネイ（宿命）だと繰り返し言ったとある。その通り、将校としてなら多少の自由は許されたが、一兵卒では、下士官の許、厳しく鍛えられ、息つく暇もなく、耐えられるはずがなかったのだ。が、虚弱体質では、幹部候補生が無理なのは明らかだろう。三島としては痩せこけた裸体を見せようか、とも思ったのではないか。

　こうした状況であれば、執筆期間は三ヶ月余あっても、落ち着いて構想を練り、筆を運ぶと言った具合いになれなかったのは明らかであろう。その上、文章を書き、発表する機会が、今後あるかどうか。これが最後かもしれないのだ。現にこの頃、学内の文芸部は解体され、生活部となり、「輔仁会雑誌」の刊行も停止される事態になっていた。

　こうなると、いま、ここで書いて置かなくてはならないものが、あれもこれもと湧き出て来たらう。そうして、焦りも出て来て、ますますもって書くのが難しくなったはずだ。

　そこで、ともかく筆を走らせるべく採ったのが、日記の形式であり、かつ、アフォリズム的な文章を綴ることであったろう。こうすれば肝要と思われることばかりを、手早く、比喩も存分に使って、要約的に綴ることが出来る。今の自分にはおよそ表現不可能に思われることであろうと、この表現法を駆使し、迅速に、手早く、中身は出来る限り詰め込んで、とにもかくにも文字にすることが出来る、と。

　もっともアフォリズム的となると、当時はニーチェ『ツアラストラ』の模倣と見なされる恐れがあったろう。しかし、ワイルド『サロメ』次いで、この方法という思いもあったかもしれない。とにかく手早く具象性をもたせて、飛躍を恐れず、直情的にもなって、書き切るのに適していた。模倣は、三島にとってはジャンプを可能とするのだ。

　そうして、時代は、「室町幕府二十五代の将軍……」の治世下とした。書き手の殺人者の最初の被害者をこうすることによって決めたのだが、室町幕府の実際の将軍は十五代が最後だから、室町幕府が終った先の先の、架空の存在である。それは、もしかしたらその先の徳川幕府が終ろうとしていた時の将軍、更にはその先、明治から営々と築かれて来た大日本帝国が終ろうとしている時の、と考えたかもしれない。

　なにしろ三島自身、昭和四十三年になってだが、新潮文庫の短編集『花ざかりの森・憂国』に自ら解説を寄せ、この作品についてこう書いているのだ。「この短い散文詩的風の作品の……主題には、後年の私の幾多の長編小説の主題の萌芽が、ことごとく含まれてゐると云つても過言ではない。しかもそこには、昭和十八年（＊正しくは十九年）

といふ戦争の只中に生き、傾きかけた大日本帝国の崩壊の予感の中にゐた一少年の、暗澹として又きらびやかな精神世界の暗喩がびつしりと書き込まれてゐる」と。

　殊に晩年、自らライフワークと称した『豊饒の海』四巻について考えるうえで見逃せない言であろう。この作品を書こうとしていた最中は、大日本帝国の崩壊とともに自分は死ぬのだと、予感すると言うよりもほぼ確信していたのだ。これより早く執筆（昭和38年1～5月連載）した『私の遍歴時代』では、こうも書いている、「私一人の生死が占いがたいばかりか、日本の明日の運命が占いがたいその時期は、自分一個の終末観と、時代と社会全部の終末観とが、完全に一致した、稀に見る時代あったと言える」。もう少し引用すると、「少年期と青年期の境のナルシシズムは、自分のために何をでも利用する。世界の滅亡をでも利用する。鏡は大きければ大きいほどいい。二十歳の私は、自分を何とでも夢想することができた。薄命の天才とも。日本の美的伝統の最後の若者とも。デカダン中のデカダン、頽唐期の最後の皇帝とも。それから、美の特攻隊とも。……」。

　この小品執筆中の思いが、間違いなくこうだったのだ。改行してこう書き継いでいる、「こんなきちがひじみた考へが高じて、ついに私は、自分を室町の足利義尚将軍と同一化し、いつ赤紙で中断されるかもしれぬ『最後の』小説『中世』を書きはじめた」と。『中世』を書く直前とは、まさしくこの小品を執筆していた時である。

　だから世界の終りとは、第九代義尚《よしひさ》将軍よりも遥か後の後の室町時代の終末であり、その後の、自らの祖先の水戸藩主、ひいては副征夷大将軍の名代の頼徳の自決を一齣とする、江戸時代の終末であり、大日本帝国のそれでもあったろう。破滅は壮大であればある程よいと書いているとおりである。

　それとともに戦場へ一兵卒として出向くことは、殺人者とならなければ瞬時も生き永らえられない境遇に身を置くことだとの認識もあったろう。時代とともに自分の生は終わるべきなのだ。

＊

　こうして書き出されたのだが、そして表現されたところを要約紹介するのは、ひどく難しい。なにしろ今も述べたように「世界の終り」の只中で、自らの才を途方もないものと信じることによって書いており、寓意性が高く、多義的で、かつ、飛躍に富む。

　このことを断った上で、一端なり示せば足りるとして、見ていくと……、

　日記の形式で、一章一日、全体は十章で十日の記述で構成されている。第一章の書き出しは、既に一部を引用したが、

□月□日

　室町幕府二十五代の将軍足利義鳥を殺害、百合や牡丹《ぼたん》をゑがいた裲襠《うちかけ》を着た女たちを大ぜいならべた上に将軍は豪然と横になつて朱塗の煙管《きせる》で阿片《アヘン》をふかしてゐる。

架空の将軍が登場するのだが、それが殺人者の標的なのである。続けて、

　彼は眠そうに南蛮渡来の五色の玻璃《はり》でできた大鈴を鳴らす。彼は殺人者を予感しない。将軍は殺人者を却《かへ》つて将軍ではないかと疑ふ。殺された彼の血が辰砂《しんしや》のやうに乾いて華麗な繧繝縁《うんげんべり》をだんだらにする。

やって来たのが自分を狙う殺人者だと認識しないばかりか、じつは彼の方が将軍そのひとではないかと疑っていて、疑っているまま殺されるのだ。殺人者はやすやすと目的を果たすのである。

　この部分は、少なからず頼徳の死を踏まえているのではなかろうか。副将軍の名代として出向きながら、幕府の代表である者たちによって拘束され、切腹を命じられ、庭先に敷かれた繧繝縁の畳を自らの血で「だんだらに」しなくてはならなかったのだ。その情景が浮かぶ（拙稿「三島由紀夫の切腹」季刊文科、令和3年11月参照）。

　それとともにこのところの記述が、読む者を少々混乱させる。殺人者が殺人者として認識されないまま、被害者の心中が扱われるためで、そのところで「殺人者は知るのである。殺されることによってしか殺人者は完成されぬ、と」いう一節が来る。即ち「殺す側」と「殺される」側へ同時に文章が入り込んだ具合となり、そこから殺人者としての「完成」（それが如何なるものか分からない）が問題にされる。これでは殺される被害者側が、この文章の書き手でもあるかのように思われるのではないか。

　こうした記述になるのも、三島が無意識に想定している殺人が、理不尽に強制された切腹であるからではあるまいか。刃が他人へと向かわず、自らへと向かってしまう……。

　しかし、第二章、二日目は、「殺人といふことが私の成長なのである。殺すことが私の発見なのである」と書き出され、続けて「忘れられてゐた生に近づく手だて。私は夢みる、大きな混沌のなかで殺人はどんなに美しいか。殺人者は造物主の裏。その偉大は共通、その歓喜と憂鬱は共通である」とある。

　奇矯であることに変りはないが、一日目のような混乱に陥ることはない。自らを明日にも死ぬべき存在と見なせば、「殺人」の語を深刻な洞察に満ちた言葉として読みもすれば書くことにもなり得るのであろう。そうして死をきっぱ

りと覚悟することは、「私の成長」であり、「私の発見」であり、これまで気づかなかった「生に近づく」こととなる、と書き継ぐ。これは戦時下の十九歳の、三島の只今の現実であったろう。

だから、殺される北の方瓏子《れいこ》は美しく、殺されることを喜び、目には「つきつめた安らぎの涙が光りはじめ」、「その失はれゆく魂」を「殺人者の刃《やいば》はけんめいに支へ」ることになる……。

殺すとは、やはり比喩なのだが、しかし、同時にこの世に生きる者の身に深く刃は突き刺さり、命そのものを抉り出すことになり、それがまた、いまここに在るところの生を明確に、かつ美しく差し出すことになる……。

第三日目。まず「殺人者にとつて落日はいとも痛い。殺人者の魂にこそ赫奕《かくやく》たる落日にふさはしいのだ」とある。この「赫奕」の語は、『奔馬』の最後、財界の巨頭を主人公勲が刺殺した後、自決する瞼の裏に登る旭日の表現として用いられているのを、読者は知っていよう。既に先取りしているのだ。暁と夕との違いがあるが、ともに殺人者の魂が目指す事態に相応しいと、しているのである。

第四日目。能若衆を殺すが、「失はれゆくものを失はしめつゝ殺人者も亦享けねばならない。殺人者はその危《あやふ》い場所へ身を挺する」「恒に彼は殺しつゝ生き又不断に死にゆくのである」とも書かれている。今の一時を生きることは、この世の殊にすぐれて麗しいものを射止め、かつ、その証として死んでいくことでもあると承知するのだというのであろう。芸術家たるものの最終の栄誉である。

第五日目。そのような生死のただ中に身を置く故、春の美しい日、森を散歩すれば、「森は彼を迎へて輪廻《りんね》そのものゝやうにざわめいてゐる」とある。「輪廻」という、この時期になって三島が一種のキーワードとして使うようになった言葉が出て来る。ただし、「花が再び花としてあるための、彼は殺人者ではないのだつた。たゞ花が久遠《くをん》に花であるための、彼は殺人者になつたのだつた」。この一行は、「殺人者の散歩」と題された日の項の、眼目の一行であろう。「輪廻」によって再生が約束されているわけでなく、今の花が、滅びながらも、現に久遠の花でありつづけなくてはならない……。

芸術家として自らを早々と自覚しながら、只今、死へと向かわなくてはならない思い、その覚悟を言っているのであろう。

この節は次の文章で閉じられる。「彼の魂はあてどなくすゝり泣き、世界にあつてこよなくたをやかなものゝために、さては自《みづか》らかゝるものたらんがため、彼はふたゝび己が凶器に手をかける」。

自分が死への道を進まなくてはならないと知るとともに、悲しみに襲われるが、その悲しみに身を置きながら、さらにこの道を先へ進もうとする、と強調しているのだ。「美的伝統の最後の若者」とも「退唐期の最後の皇帝」ともなろうとしている、と解してよかろう。

＊

こんなふうに解説を加えて見ても、どれだけ意味があるか、疑わしいが、もう少し続けると、第六日目は、「彼——殺人者をよろこび迎へてうたへる諸《しょ》にんのうた」が記され、「あな冥府の風吹きそめたり」と書き出される。こういうところ、『ツアラストラ』なり裏返されたダンテ『神曲』あたりを思い合せる読者がいそうだが、卓越した人物ひとりではなく、「諸にん」が歌うのである。

物暗きみ空の果て
日は西風に
爛漫《らんまん》と沈みゆきぬ
（罪の光はわが身に充ち
姿透くがにかゞよひたり）

ここでも沈む夕日である。ただし、赫奕ではなく、爛漫と。それも殺人、あるいは自決の罪によって満たされ、逆に透明に輝いて……。

続けて、

諸人《もろびと》にとりて他者
神々にとりて他者
さて花のごとく全てなる——
轟々《がうがう》と沈みゆきぬ

花の比喩は、これまでも繰り返し用いられている。それにしても諸人にも神々にとっても他事・他者で、花の如く全てとは、如何なる在りようであろう。その在り方をもって「轟々と」夕日は沈むというのである。この夕日は自らの生そのものであろう。そして、

迎へなん　熟るるものよ
その力をもちて転瞬に哭《な》き
その嘆きをもちて久遠に殺せ！

「転瞬」の語が分からないが、「輪廻」「転生」「瞬間」などの語から成り、死とともに訪れる事態を言うのであろうか。その時には、一転して哭き、久遠に殺せ、消え去れ、と命ずる。それはまた、永遠に記憶にとどめよ、と同義であろうか。

こういう考え方を何といえばよいのであろう。おそろしく象徴主義的、神秘主義的であるが、只今の現在にあっては限りなく明瞭で、充溢していることを求めている。ひど

く無理な注文だが、無理であればこそ押し切らねばならない、と考えているのかもしれない。

そして第七日目。遊女紫野を殺す。その一節を引けば、「朱肉のやうな死の匂ひのなかで彼女は無碍《むげ》であつたのだ。彼女が無碍であればあるほど、私の刃はますます深く彼女の死へわけ入つた。そのとき刃は新しい意味をもつた。内部に入らずに、内部へ出たのだ」。

これは作家たる三島の夢でもあろう。殺さねばならないと思う者の内部こそ、極めつくしたいと望む。それは作家たらんとしている三島の、現在只今の夢であり、第一日目の、殺人者と殺される将軍との奇妙な混交ともなる。それはまた、性的イメージも帯びよう。

第八日目。全編の中で最も長い分量があるが、この日になって、殺人者は湊《みなと》へ行き、出航準備をしている海賊船の頭《かしら》と会い、話す、「君は未知へ行くのだね！」。頭は答えて言う「未知へ？　君たちはさういふのか？　俺たちの言葉ではそれはかういふ意味なのだ。——失はれた王国へ」。続けて「海賊は飛ぶのだ。海賊は翼をもつてゐる。俺たちには限界がない。俺たちには過程がないのだ。俺たちが不可能をもたぬといふことは可能をもたぬといふことである」。「財宝はいつも既に俺たちの自身のものであつた」「未知とは失はれたといふことだ」「海は限界なき有限だ。玲瓏《れいろう》たる青海波に宇宙が影を落とすとき、その影は既にあつたのだ」。

矛盾する文言もあるが、明日はなく、現在只今の生ばかりを与えられている若者、それも芸術家として現在を生き尽くそうとしている像が浮かんでこよう。実は先に触れた二十年後の自作解説で、この作品の主題として「殺人者（芸術家）と航海者（行動家）との対比」などと書いている。三島自身が、こう考えていたのである。自分は芸術家であり、芸術家として短い生を生きようと力を尽くしており、世界に思いを馳せているが、芸術家ではない同級生の少なからぬ者たちは、やがて行動者として士官候補生となり、特攻隊員となって敵艦を目指して飛ぶ……。

そこで海賊——海を気ままに航海、世界の財宝は自分のものと思っている者——は、こう呼びかける、「殺人者よ、君は海賊にならなくてはならぬ。否、君は海賊であつたのだ。今こそ君はそこへ帰る。それとも帰れぬと君はいふのか」と。この時点での作者自身の思いでもあろう。

ただし、殺人者は沈黙し、涙をとめどなく流す。そして、こういう文章が来る、「他者との距離。それから彼は遁《のが》れえない。距離がまづそこにある。そこから彼は始まるから」。

ここに至っても、芸術家としてやって来た自分は、その在り方から決して抜け出そうとはしない。一人の人間として、心底から船出を望んでも、越えられぬ「距離」があるのだ。が、そう言い続けることがいつまで可能か。「秋のすがれゆく日ざしのなかで日ましにうつろひつ、ある一輪の菊が、なぜ全けく、なぜ輪郭をもつのか。なぜそれは動かしがたいか。なぜそれは崩壊の可能性にみちみちてゐるか。そして、なぜそれは久遠でありうるか」。

　芸術家としては「海賊に向つて、限界なきところに久遠はない」と説かなくてはならないのである。終わりはすぐそこになくてはならない。そうしたところにおいてこそ芸術は成立する。それゆえに芸術家なり芸術家たろうとする者は、殺人者とならなくてはならないのだ。だから「ために殺人者の涙は拭はれはせぬ」のである。

　つづけてこういう文章が来る、「一つの薔薇が花咲くことは輪廻の大きな慰めである。これのみによつて殺人者は耐へる。彼は未知へと飛ばぬ。彼の胸のところで、いつも何かが、その跳躍をさまたげる」と。こうしてこの今に耐へ、迫る死と向き合い、輪廻への道を押し開く……。

　殺人者とは、こうしたいまの一時しか生きるべき生を与えられない状況にあって、自らの在るはずであった生を断念し、いまの一時を集中的に生き、現実性を遥かに越えて永遠性を獲得するところで、生へと立ち戻る……。そうしてこそ「輪廻」が招来される。そうすれば、輝かしい生が立ち戻り、一時の永遠を持続すると考え、そのところに激しく思い凝らす。不条理だと承知しながらの、恐ろしい執念とでも言うほかないないが、それがこの時点での志向だったのである。トリッキーな逆説的表現が繰り出され続けるのも、当然であろう。

　二十年後の三島は、すでに引用したように、この作の「主題には、後年の私の幾多の長編小説の主題の萌芽が、ことごとく含まれて」いると言っているが、実際にその通りとなったと言わねばなるまい。この頃、「『文士か、しからずんば、英雄か』なんて奇妙な二者択一について思ひわづら」っていると「年頭の迷ひ」（昭和42年元旦）で、半ば冗談めかして書いているが、これは殺人者か航海者かの問いかけの変奏にほかなるまい。

＊

　第九日目は、「肺癆《はいらう》人を殺害」で始まるが、最後の行ばかりを写して置く。「殺人者はうたふであらう。君たちは怯惰である。君たちは怯惰である。君は怯惰である。君たちを勇者といふ」。三度、「怯惰である」と決め付けた上で、最後に「勇者といふ」と逆転するのである。その「君たち」とは、第二十五代将軍以下の、殺された者たちである。殺されることによって、最後には勇者として蘇って来る……。

　最後の第十日目は、ごく短い。その短い半分が、短篇集収録に際して削られ、より短くなった。

まず「殺人者は理解されぬとき死ぬものだと伝へられる」とあって、この作品全体が、いわば殺人者であり芸術家である自分の遺書であることを示す。それも理解はされぬと思い定めて、書いたところの遺書なのだが、それでいて、「こよなくたをやかなものとなるために（中略）奇妙な祈りをささげるべき朝をもつであらう」と書き収めている。すなわち、序文には「将た是は質問の書なり」と書いたとおり、答は得られず、「祈り」に留まるだろうとも思っているのと、照応しているのである。理解されずとも、この思いだけは受け止めてほしいと願っているのだ。

この後は単行本収録に際して削除されたのだが、もっぱら表題と関係する。そのところを紹介すると、改行して、こうあった。「私の歌は終る筈でないのに終つて了つた。花やかな空で一つの帆がしぼむ。季節にそぐわぬ時刻では、出帆はまたあらたな罪である。歌よ、終れ終らぬものならば。……われらは新たな投身の場所を求めえぬ、求めえぬものならば。……」

これが最後と思えば、筆を措こうとする今、なおさら惜しい気持が込み上げて来たのである。しかし、稿は終わらなくてはならない。哀切な思いが洩らされている。

文章はもう少し続く。「松風村雨は汐騒《しほさゐ》さやぐ浜松の木《こ》の間《ま》がくれに久遠《くをん》に夜の車を曳《ひ》きつゞけるであらう。／これにも月の入りたるや／嬉しやこれも月あり、／なぜ彼女たちは発見を喜ぶのだ。そしてなぜ彼女たちは……／月は一つ／影は二つ／みつ汐の業／夜の車に月を載せて／憂しとも思はぬ汐路かなや／そしてなぜ彼女たちは憂愁を知らぬか。ゆゆしく美しいものが彼女たちに宿つてゐるのである。」

謡曲「松風」の詞章を引き、月の運行、潮の満ち引きに係るところから、題を「夜の車」とした所以が示される。この宇宙は、まさしく繰り返され続けていて、そこにわれわれの営為も成立しているのだ。その「輪廻」の一齣としてわれわれ自らの生を生きとおすか、その麗しさを示す芸術家として生き得るかを、切実な課題として、ここまで書いたことを改めて述べているのである。それとともに、月を浮かべる汐汲桶をなおも運び続ける女たちをひどく羨んでいる。

このところも作品理解のためには大事であろう。しかし、占領下の出版とあっては配慮が必要であった。殊に新人にとっては。当時は戦犯探しをするような者も少なからずいた。先に引用した序文では皇紀が問題であったし、『夜の車』が如何にも文藝文化風であったことも、考慮しなくてはならなかったろう。そこで恐ろしく即物的な題にするとともに、題名に係る最後の部分も削ったのであろう。

小品だから、短篇集に無理に収めなくてもよかったはずだが、三島としてはどうしても収めたかったのだと思われる。なにしろ戦時下の只中、死を覚悟しながら、精いっぱい考え、書き、思いがけず形をなしたものであったから、愛着があったのだ。

＊

『夜の車』を書き上げると、三島は引き続いて、『中世』に着手したことは既に触れた。満二十歳になると徴兵される、それまでにぜひとも書き上げ、後に残す作品として早々に着手したのだ。

自身は、九月九日、学習院高等科を卒業、十月一日、東京帝国大学法学部法律学科に入学、十五日には初の短篇集『花ざかりの森』（七丈書院）がようやく刊行された。新刊本が稀であったから、よく売れ、十一月十一日清水文雄ら旧「文藝文化」の同人たちと父母らによって出版記念会がひっそりと開かれたが、この会に集まった者たちは、いずれもこれが三島の「形見」となると信じた。

その会が始まる前に、前橋陸軍予備士官学校に身を置くようになった三谷信宛に、細字でびっしり書き込んだ葉書二枚を投函していた。この後、顔を合わせるはずの栗山理一が、先日、植物学用語「離層」（木々が落葉する前に葉柄の基部に出来る細胞層）を持ち出し、「木の葉は離層の生じた後も、いやその後に却つて（紅葉し、）孤独な誇りを掲げて栄えるやうにみえる」が、それではいけない。「生命の源に連つて歌をうたふよろこびに（中略）芸術の営みははじまる」と話したのを、やや詳しく紹介している。多分、これは『夜の車』を読んだ栗山批評であったろう。この作品でもって終わりとする思いを感じ取って、嗜めたのだ。これは「平凡な教へ」だが、「僕たちの真の青春の在処と青春の意味を教へてくれる」うれしくも有難い言葉だと思ったと三島は書いている。

二枚目では、引き続いて「離層」を問題にして、この事態を自ら招き、そのなかに閉じ籠ることを戒めてくれているのだと考えることにより、「今書いてゐる小説のエピグラフ」として「わがいのちの泉は尽くることなし」が浮かんだ。「生命の通ひ路」を断たうとする銅の門を、たちどころにひらく」とも、「生命の井戸に折々注ぐべき清冽な誘ひ水」ともなり、「再び新たな輪廻のひびきが爽やかにきこえてきた」と書いている。

『中世』を書き綴ることにのめり込んでいる様子が知れよう。それとともに輪廻について考えを深めるうえで、この植物学用語「離層」が確かなイメージを結ぶ働きをしたとも思われる。

そして、今回は、架空の足利義鳥に換えて実在の第九代将軍としたが、冒頭はこうである。

「常徳院殿足利義尚《あしかがよしひさ》は長享三年三月廿六日享年廿五歳にして近江国鈎 里《あふみのくにまがりのさと》の陣中に薨《こう》じた」。

続けて、「父義政の悲しみは傍目《はため》にも苦しき有様であつた。」

　じつはこれでこの作品の内容はほぼ言い尽くされていると言ってよいかもしれない。義満と側近の者たち、それに義尚に親しく仕えて来た者たちの悲しみに深く沈む有様が、様々なかたちで描かれるのだが、それは『夜の車』を書き上げた後の、三島自身の、徴兵令状をひたすら待ちながら、この世に対する存念を繰り返し繰り返し断ちつつ、悲哀の情が嵩を増し続けるのに耐えて、そのところを義満らに託して、描き出すことだったといってよかろう。

　肝心なことは、とにかくこの作品を徴兵令状が来るまでに書き上げることであつた。これまた、不思議な作品の成立状況であった。

　東大の講義は入学した年内に留まり、翌二十年一月十日からは、群馬県新田郡太田町（現太田市）の小泉製作所へ勤労動員された。ただし、総務部調査課文書係に配属され、仕事らしい仕事はなかったから、机に向かい、書き継ぐことが出来た。

　そのまま十四日の誕生日も過ぎ、なおも書き続けた。思いがけない有難い遅延であつた。そして、三十一日にはともかく書き上げた。その直後、多分、大学側から指示があったのであろう、二月四日夜に帰宅すると、夜の十時に入営通知の電報が来た。

　遺書を書き、髪と爪を残し、雑誌「文藝世紀」を主宰する中河与一宛に『中世』原稿を発送、六日夜、加古川へ出発した。

　この『中世』は、「文藝世紀」の二月号に、大団園を含め全八回のうち、一回と二回の半ばまでが掲載されたが、残りと三回は印刷されたものの空襲により焼失、四回は敗戦による終戦を跨いで、昭和二十一年一月号に掲載された。ただし、二回目の掲載分が活字になっていなかったので、全編を改稿した上で、雑誌を変え、同年の「人間」十二月号に全編を掲載した。こうして、戦後の社会に向けこの作品を差し出すかたちになったが、目ぼしい反応はなかった。

　翌年、戦後初の短篇集『岬にての物語』（昭和22年11月、桜井書店）が出たが、これに収めた。戦時下の最も厳しい時期を、書くことによって乗り切った、三島自身にとってこれまた忘れられない作品であったのだ。ただし、作品の内容は上に言ったように、自分自身の死後の悲しみ（？）を綿々と綴ったとも言える、奇怪な作であった。戦後の社会が反応しなかったのも当然であったのではないか。

　義尚を失った父義政なり側近の者たちが、悲しみに沈むまま、義尚の霊なりを呼び返そうと企て、生死の境を越え、それぞれ己が身を彷徨い出すのである。そして、永遠の生を望むまま、僧や霊媒者たちにさまざまな企てをさせもする……といった展開になる。

　これが独特な世界を繰り広げていることは確かで、「輪廻」にも言及される。ただし、『夜の車』を越えているかとなると、怪しい。[2]

それはともかく、『中世』を脱稿すると、父梓に伴われ、入隊すべく加古川へ赴いたのだ。しかし、折から風邪を悪化させたこともあって、結核の恐れがあるとして、不合格となった。[3]そして、帰宅すると、五日後には、もう次の作品に掛かっていた。『サーカス』である。

この素早さには驚かされる。三島自身、『中世』に深く執着しながら、そこに留まり続けるのには耐えられぬ思いが兆していたのであろうか。六日後には第一稿を書き上げ、翌日、その原稿を携えて編集者を訪ねている。

いずれにしても書くことへの執念の凄まじさには、驚かされる。一旦は兵役を逃れたものの、これで済むとは思っていなかったからであろう。

ただし、この『サーカス』は、サーカス団の花形の少年と少女の恋を描く。じつは三島自身、この一時、僅かの余裕を得るとともに、二十歳の若者として恋愛の扉の前に立ったのかもしれない。実際に、友人三谷信の妹の姿が浮かび上がって来ていたと思われる。ただし、その主人公の少年は、荒れ狂う馬から落ちて死に、ブランコ乗りの少女はその高みから目にすると、その少年の許へと身を投げともに死ぬ。いずれにしろ死に終わる作品を構想するのである。この後は、敗戦の日を跨いで書き継いだ『岬にての物語』に取り掛かるが、こちらも青年と少女が岬から身を投げる。

それはともかく、書くことが書くことを呼び出す、そういう作家なる者だけが知る連鎖を、この時、三島は知ったのであろう。

（文芸評論家）

注1　この決定は、三島本人ひとりでなく、両親の意向を受けたものであろう。

2　三島の輪廻観について基本的なところは、不十分だが拙稿「輪廻転生—『豊饒』の次元」（『三島由紀夫の思想』松本徹著作集②　平成30年9月、鼎書房）を参照して頂ければ幸いである。

3　入隊に際しての検査で不合格となったのは、風邪を結核性のものであるかのように偽ったためと、三島本人は書いているが、虚弱者が隊員となることはその部隊全体の行動力を著しく低下させることになる。戦争末期、この基本認識が無視される例があったようだが。また、恩賜の時計を受けた成績優秀な学習院卒業生が、一兵卒となって早々に脱落したとなると、問題となる恐れがあったろう。そのところを配慮した結果と考えられるのではないか。即日帰郷となった列車の中で書いた三谷信宛書簡では、自身こう書いている、「おそらくその（即日帰郷の）危険を考慮に入れなかつたのは僕一人で、他の人はだれも肚の中では、『どうせかへつて来る』と思つてゐたらしい……」。

特集　三島由紀夫の方法

三島由紀夫の方法としての写真と映画

山﨑義光

一、はじめに

本稿は、二〇世紀の現代性に対する三島由紀夫の認識と、肉体改造から一九六〇年代に写真・映画を方法として模索した理路を明らかにすることをねらいとする。

『鏡子の家』（一九五八―五九）以降の三島の営為については、「彼の創造力はあきらかに下り坂に向かった」、メディアへの露出や政治的活動と死は「衰えつつあった創造力の、実現不可能な政治参加の、涸れつきたショウマンシップの、帰結であった」という見方があった[1]。本稿ではこれとは逆に『豊饒の海』までの小説を含め一九六〇年代にこそ三島の現代性に対する批評的な認識と創造的営為が尖鋭化したとみる。すでに二〇世紀半ばの社会環境をふまえて三島の写真や映画との関わりが見直されてきた。絓秀実[2]は三島の作品や文化論を、大衆消費社会、リアリティに欠けた複製技術時代の写真と関連づけて論じた。他方、倉林靖[3]は一九六〇年代を「肉体の直接性のようなものが希求されていた」時代とみて、土方巽の舞踊に触発されながら「既製の観念から肉体を解放させる」ことを目指しつつも「肉体という観念」の純粋化に向かったところに写真の被写体となる不可能な試みがあったと論じた[4]。山中剛史は映画「憂國」に「死と再生の祭儀」を映像にとどめる「永劫回帰」（エリアーデ）の方法を読みとった[5]。山中は写真との関わりについても「三島由紀夫」というイメージの海外にも及ぶ拡散情況と、それが「三島による三島自身の作品化」だったことを論じた。本稿はこうした観点を共有し、二〇世紀の現代性に関する三島の認識が、どのように肉体と写真・映画を結びつける方法につながったかを考究する。

二、報道写真・リアリズムとの差異

三島の生きた一九二五―七〇年は、第二次世界大戦から東西冷戦にかけての帝国主義世界体制の時代である[6]。この時期は、戦中と戦後を断絶とみる見方とは別に、国際化と大衆化という一貫した社会動向があった。一九二〇年代までに憲政擁護運動、労働運動などの社会運動が盛んになり普通選挙法と治安維持法が成立したとともに、新聞・雑誌の発行部数が増大し、二五年にラジオ放送が開始されるなどマス・メディアの拡大があった。世界恐慌から満州事変、国際連盟脱退、日中戦争、国家総動員法成立、太平洋戦争にいたる一九三〇年代以後の戦中は、国際的な文化宣伝や報道が国策主導で盛んになり「大衆」「メディア」が成立した時代だった。佐藤卓己[7]によれば「大衆」「メディア」という言葉は、関東大震災後に広く用いられるようになった。そして、公論としての輿論《よろん》と私的な民衆感情としての世論《せろん》とが曖昧となる「輿論の世論化」が進んだという。写真や映画はそうした動向を促進した。

　三島は一九六四年九月一一日号『LIFE』に「わがアメリカの影《リフレクション》」（英語版題名 Famous Japanese Judges the U.S. Giant）を寄稿し、その冒頭、少年期一九三〇年代のアメリカ文化体験を記した。祖母や母を介して「ハリウッド映画」を知り、アメリカ旅行から父が持ち帰った「大きな通信販売のカタログ」の「ジャンパーの広告」写真に憧れたという。「アメリカ」であることよりも、「映画」「写真」体験の方に注意しておきたい。三島と映画の関わりについては山内由紀人[8]が精細に跡付けている。ここでは写真史との関わりで三島の生きた時代が大衆・メディア、写真・映画の隆盛期だったことを確認したい。

　幕末に到来した写真は一八九〇年代後半から新聞に取り入れられた[9]。日露戦争では写真を目玉にした雑誌が多数の読者を得た[10]。その痕跡は『春の雪』冒頭、松枝清顕が「日露戦役写真集」の写真を見つめる場面に影をおとしている。関東大震災後のモダニズムの機運のなか、板垣鷹穂は変貌する東京を堀野正雄の写真を組み合わせて構成した「大東京の性格」（『中央公論』一九三一・一〇）を発表し、「グラフの社会性」（『東京朝日新聞』一九三一・一二・一四―一六）では、言語の壁を越えうる、カメラの眼で捉えたイメージをモンタージュして現代社会を表象することの可能性を論じた。アマチュア写真家も多数現れていた。鳥原学[11]は、カメラの普及は「第一次世界大戦がもたらした好景気に負うところが大きい」く、「都市の大衆を中心としたライフスタイルの西洋化を象徴するもの」で「日常の出来事をカメラで記録するという習慣も根付いていった」と写真文化の広がりを指摘している。一九三〇年代には言葉の添え物ではなく写真の組み合わせで社会を表象する「報道写真」が隆盛した。それを促したのは国際化だった。ドイツで写真家として活動を始めた名取洋之助が満州事変をきっかけに帰国し、伊奈信男が reportage photo を「報道写真」と訳して定着した。名取は三三年に日本工房を設立し、その周辺から木村伊兵衛、土門拳らが活躍した。国際連盟脱退後、日本は海外向け国家宣伝に力を入れ、戦意高揚を目的に戦地から国民の日常に至るまでを対象としたグラフ雑誌が刊行された。アメリカでは三六年にグラフ雑誌『ＬＩＦＥ』が創刊され七二年まで刊行されて休刊した。大塚英志[12]は、三島が少年期から写真・映画・アニメに親しみ、「メカニズム」「機械」をキーとするモダニズム芸術論に接していたことが、リアリズムを超えた「ロマンチック・リアリズム」（一九四六年三月三日付川端康成宛書翰）の発想に通じ、さらに「オブジェ」と化すという俳優の身体論、メカニズム化された身体が不在の内面を導くという発想につながった可能性を指摘した。

　戦後一九五〇年代には、国策宣伝・戦争報道に代わって、リアリズムを理念とし社会問題を主題とした報道写真が隆盛した。イデオロギーの変化はあったが、大衆・国民を社会との関連で主題化する手法の一貫性があった。それを先導した土門拳は写真集『ヒロシマ』（一九五八）、『筑豊のこどもたち』（一九六〇）などで知られる。カメラはあらゆる対象に向けられ、たとえば岩波写真文庫（一九五〇—五八）は、日本各地の風土や暮らし、文化や自然、科学、産業、海外諸地域の文化にいたるまで、多様な主題を写真で表象した。五〇年代後半には社会的関心事や広告を写真とともに掲載した週刊誌が多く出版され「視覚情報の大衆化と全国的な共有を推し進める原動力となった[13]」という。一九二〇年代には欧米との同時性を指標としたモダン文化が主題とされたのに対して、戦中から戦後は地方各地の風土・人・暮らしも主題化されるようになり、国際化、グローバル化と大衆化によって破壊的に平準化される社会の相貌が、報道・リアリズムを基調に表象された。

　三島の小説にもこうした傾向は現れた。伊勢と渥美半島の中間に浮かぶ神島を舞台とした『潮騒』（一九五四）、栃木・福島・新潟県境のダム工事現場を舞台とした『沈める滝』（一九五五）、諏訪湖を舞台とする漁夫の青年とカメラ工場で働く娘との恋愛小説『愛の疾走』（一九六三）などがある。失われいく地方の暮らし、高度成長期の世相など、この時代のメディアが報道した主題と重なる。『金閣寺』（一九五六）をはじめ社会的事件も題材とされた。『宴のあと』（一九六〇）はモデル問題でプライバシー裁判にもなった。多くの創作ノートには丹念な現地取材の記録が残されており、作品の細部は写実的ですらある。しかしながら、それらの小説には、世相や事件の記録、事実的な真相の追求に主眼はなかった。

　三島の写真もリアリズムとは異なる方法として実践された。「細江英公序説」（『薔薇刑』集英社、一九六三・三）では、写真には「記録性」と「証言性」があると述べた。これを敷衍すれば、次のように捉えられる。写真はある特定の時と場所をレンズという物質に光（photo）を通して写し書く（graph）技術で、その表象は人間の認識や記憶を媒介しない「記録」となる。報道写真が強調したのは対象のもつ「意味」を純化した「記録」であることだった。もちろん、写真に人為がかかわらないのではない。カメラを差し向ける行為、カメラに向かって身体を差し出す行為、写真を組み合わせて物語化することには、人の意図がかかわる。写された映像はそれが置かれる文脈や解釈によっても複層的に理解される。光と機械による写像、人為的意図や解釈のいずれかに還元し尽くすことができない。それゆえ、写真は写された対象のもつ「意味」が剥奪され変形されて、被写体に還元されない意味を生成して「証言」することにもなる。三島は「オブジェ」として撮られ受けとられることを求め、細江との協同による写真を「記録性」に還元されない「証言性」によって特徴づけた。

三、二〇世紀の世界と肉体・映像

三島の方法としての写真・映画は自らの「肉体」を被写体とした。その結びつきには三島が「知的な概観的な世界像」の時代と呼んだ事態が関わる。これについては柳瀬善治[14]が多角的に論じてきた。ここでは二〇世紀の情報化をともなった世界認識と「肉体」を映像の対象としたことの理路を確認したい。

山内由紀人『三島由紀夫の肉体』[15]が跡付けたように、三島の肉体改造は、一九五三年二月のテレビ放送開始から約二年半後、五五年九月一八日号『週刊読売』の記事「男性美時代ひらく／プロ・レスとボディー・ビル」を読んだことがきっかけだった。プロレスはテレビで力道山がアメリカのレスラーと闘う活躍により人気を博していた。ボディ・ビルがアメリカやヨーロッパで流行していることを三島は世界旅行で知っていた。壮健な肉体への憧れは積年のものだったが、週刊誌を通じて触発されたことに直接のきっかけがあった。一方、この時期は政治の季節で、学生運動、労働運動、市民運動が活発化していた。こうした中で取り組んだのが、改造した肉体を映画や写真の客体・像と化すことだった。そして、大衆運動とは異なる独自の活動に踏み出すことになる。

小野厚夫『情報ということば』[16]によれば、「情報」は軍事用語として用いられ始め、第一次大戦以降、外務省や陸海軍などに情報部門ができ四〇年に情報局が設置されて、広域で複雑な国際関係や戦時体制化の中で「諜報」「スパイ」「謀略」に関わる言葉として用いられた。国防のために、知識・思想の取り締まりのみならず、戦況報道に至るまで統制、操作された。そのため一九六〇年代にも「情報」という言葉は国際情勢と国家権力の介入を想起させたという。五七年にソ連がスプートニク一号の衛星打ち上げに成功、六二年にキューバ危機が起き、六三年に日米間で初めての衛星中継によりJ・F・ケネディ暗殺事件が報じられた。東西核冷戦体制が進むなかで、宇宙空間を媒介に情報の世界的同時性が高度化しつつあり、情報・メディアが社会を覆うようになる。高度成長期は電化製品や自動車などの生産と受容が進んだ「工業化社会」と認識されたが(17)、アメリカでは「脱工業化社会」の議論がすでに起こっていた。梅棹忠夫は「情報産業論(18)」(『放送朝日』一九六三・一)で、農業、工業の次の段階を「情報産業」と特徴づけた。岸田純之助(19)によれば六六年に脱工業化社会を積極的に表現して「情報化社会」と呼ぶようになり、実質的な移行はおよそ一九七〇年代からとみられるという。三島は「工業社会」「大衆社会」とは言っても情報社会とは言わなかったが、知的概観的な世界像は、一九三〇年代以降の国際関係、戦争、大衆化、マス・メディアの拡大と高度化のなかで情報社会へ向かう社会環境の形成と浸透を不可欠な要件としている。

「死の分量」(『文学的人生論』河出書房、一九五四・一一)で三島は、二〇世紀までに「世界像の終局的拡大」が進み「原子爆弾と国際連合との宿命的なつながりに帰着」して、「個人の死」が失われたと述べた。「近代生活の画一化と画一化された生活様式の世界的普及による世界像の単一化が原因してゐる」という。「世界像の拡大と単一化」と要約される二〇世紀の世界像である。このことは肉体改造を始める直前に書かれた『小説家の休暇』(講談社、一九五五・一一)「七月十九日(火)」の項でも「現代の人間概念」の問題として述べた。「われわれは、新聞やラヂオのニュースに接したり、あるひは小さな政治問題にひそむ世界的な関連に触れたり、国際連合を論じ世界国家を夢想したりするときのみならず、ほんの日常の判断を下すときにも、知的な概観的な世界像と、人間の肉体的制約とのアンバランスに当面して、一瞬、目をつぶつて、「小さな隠蔽」、「小さな抑圧」を犯すことに馴れてしまつた」。知的な概観的な世界像は、原水爆による軍事戦略と平和的協調のための国際連合という世界秩序から、「新聞やラヂオのニュース」に接する「日常」までを覆い、世界を内閉化し狭め、「日常の判断」にも「隠蔽」と「抑圧」を強いる。そうした世界に「人間の肉体的制約」がどう関わるかという問題として「肉体」は認識された。一九六〇年代の三島の営為の背景には、情報化をともなう世界の単一化によって個々の人間を客体化し疎外する社会環境と、そこへ内属する主体の要件としての肉体との「アンバランス」な関係の認識がある。それが二〇世紀以降の世界の地平における〝人間の活動《ヒューマン》がおかれた情況であり条件《コンディション》〟だった(20)。

こうした世界認識に加えて、最後の項目「八月四日(木)」では「現代日本の文化が、未曾有の実験にさらされてゐる」ことを記した。「一つの国家が、これほど多様な異質の文化を、紛然雑然と同居せしめた例も稀であ」るが、日本の文化には理念や法則がなく「稀有の感受性」に特質があるとし「世界がせばめられ、しかも思想が対立してゐる現代で、世界精神の一つの試験的なモデルが日本文化の裡に作られつつある」とした。「西欧人」が「現代の不吉な特質」とみる「文化の歴史性の喪失、統一性の喪失、様式の喪失、生活との離反、等の諸現象」から、日本文化がこれからの「新らしい世界精神」に示唆を与える可能性をみようとした。ただし、それは「まだ予感にすら達せず」とも記した。

　二〇世紀は情報化をともなった「世界の拡大と単一化」が進行しつつあった。とはいえ、世界秩序は国民国家を主体とする国際関係の枠組みに準拠し、その枠組みのなかで冷戦体制とグローバル資本主義の拡大が進行していた。アメリカの核の傘のもとで一九五五年の「現代日本」は、古今の「多様な異質の文化」の混淆が常態だった。三島はこうした世界情況と「人間の肉体的制約」との関係の認識にもとづいて、肉体改造を開始し、主体の要件としての「肉体」を映画や写真の客体《オブジェ》と化して「日本」を表象《イメージ》として露呈させる方法を、「新らしい世界精神」に向けた模索として追求したと考えられる。

四、方法としての写真・映画の追求

　映像は小説のモチーフにもなった。映画「からっ風野郎」出演体験をふまえて映画俳優の意識を描いた短篇に「スタア」（『群像』一九六〇・一一）がある。小説「憂國」（『小説中央公論』一九六一・一）、「百萬圓煎餅」（『新潮』一九六〇・九）とともに短篇集『スタア』（新潮社、一九六一・一）に収められた。写真がかかわる短篇には、遊園地の孔雀が惨殺された事件を題材とした[21]「孔雀」（『文学界』一九六五・二）がある。美少年だった時の写真が、中年の現在を事件へ幻想的に結びつける。ここでは、写真が枢要な意味をもってプロットとかかわる小説として長篇『獣の戯れ』を取り上げたい。

　『獣の戯れ』は書き下ろしとして準備されたが、『週刊新潮』一九六一年六月一二日号から九月四日号に連載されたのち刊行された。小西甚一[22]は、構成が能「求塚」を下敷きにしていることを指摘した。松田ひとみ[23]は、週刊誌へ連載されたことをふまえ、週刊誌が好んだ痴情事件と近似的な三角関係の物語でありつつ、終章に登場する「私」は神話的世界を期待する役割をもつとしながら、いずれの解釈にも収まらない、登場人物たちの観念への固執を指摘した。ここでは「写真」をめぐる物語として構成されたことに注意したい[24]。

構成とあらすじは次のようなものである。序章で逸平・優子夫婦と青年幸二の三人で写真撮影したときの場面から始まる。第一章から第五章では、この写真が撮られるまでの経緯が物語られる。逸平・優子夫婦のもとに出入りしていた幸二は、逸平を傷害する事件を起こす。頭をスパナで殴打された逸平は失語の障碍を負う。出獄した幸二は優子の誘いで西伊豆の夫婦のもとで一緒に暮らすことになる。逸平はほとんど言葉を発することができず、それゆえ何を考えているかもわからない。そうした「空虚の本尊」を幸二は自意識の鏡のようにして苛立ちを強める。そして、逸平は幸二と優子によって絞殺される。終章には「民俗学徒」の「私」が登場し、幸二と優子が自首前に訪れた和尚から話を聞く。幸二は再犯で死刑、優子は無期で収監されたが、三人の墓が並んで建てられていた。「民俗」として事件に興味をもった「私」は、三人の墓の写真を優子に届ける。優子は「私たち三人とも、大の仲好しでした」というのだった。

「獣」の「戯れ」に陥る一歩前で欲求のバランスがとられる三人の関係を描き、通俗的な痴情物語のようにも、伝説的な物語の型をなぞるようにも見える関係が重ね合わされた。そうした複層性を統合する要素として「写真」が配された。この小説の方法は「ジャン・コクトオへの手紙―「悲恋」について」（『キネマ旬報』一九四八年四月一五日）でいう「厳格な古典的構成のなかに現代人の物語をとぢこめる」「現代の伝説化」に通じる。コクトー脚本の映画「悲恋」（一九四三）の原題は「永劫回帰　L'ÉTERNEL RETOUR」で、冒頭ニーチェに由来すると字幕説明がある。三島は、日本の「能楽」ヨーロッパの「ギリシヤ悲劇」などの「伝説ないし古典は、人間性の根底に横たはる悲劇の素朴な表現」であるとし、「永劫回帰」とは「宗教的救済」の「現世否定・生の否定」とは違って「生から、死を以てしか完結しえない一個の純粋な様式を作り出して、それの繰り返しによつて生それ自身による完結を永遠に失はしめ、以て生そのものの様式の永遠を保たうとした」ものだと述べた。この小説では登場人物の「生」が通俗と古典の「様式」と重ね合わされながら、「写真」の「証言性」を介して、複層的な意味を「永劫回帰」的に統合したと解せよう。

『獣の戯れ』前後に、三島は映像にかかわる認識を深めた。六〇年二月に映画「からっ風野郎」の撮影が開始、三月に公開された。八月には『獣の戯れ』の取材のため西伊豆を旅行。この頃「百萬圓煎餅」「スタア」を発表、小説「憂國」を書き上げた。一一月には夫人とともに世界周遊へ出発、六一年一月まで各地をめぐった。この間に『獣の戯れ』の構想を練る。旅行ではアメリカとともに香港も訪れ「美に逆らうもの」（『新潮』一九六一・四）で、ディズニーランドや雑誌広告などの「平均的気品」に満ちた「アメリカの商業美術」に「美」の現代性を見るとともに、それに「逆らう」香港のタイガー・バーム・ガーデンの印象を論じた。五月に『獣の戯れ』を書きおえ、六月から連載開始。九月に評論集『美の襲撃』（講談社、一九六一・一一）に使う写真を細江英公が撮影。これをきっかけに六三年の『薔薇刑』にいたる。

　『薔薇刑』の写真が撮られた頃、三島は細江との対談「『薔薇刑』について」（『カメラ芸術』一九六二・三）で、映画「憂國」につながる発言をしていた。三点に注目したい。一つは「肖像写真の理想は、その人間の過去、現在、未来を一瞬のうちにとらえていなければいけない」という考え方に否定的に応じたことである。撮られた「その一瞬の、その人間の全存在それだけが真実だ」という考えには共鳴するが、「人間の精神生活や全個性が出る」という考えには共感しない。オブジェとしての被写体論である。二つ目は、細江が瞬間を造形する写真の固定性を映画に取り入れる可能性に言及し、「写真の美学を、だんだん映画に取り入れてきている」という話題から、三島は能の動きに触れて「人物は静止していても、内面的には絶えず動いていて、ひとたび足を踏み出したら、あとは微妙に動きが続いていく」とし、能の所作は「新しい映画の原理に参考になるかもしれない」と述べたことである。三つ目は、細江に「生首がポンと乗っかっていて目をつむっている」写真などを見せると怖がったというエピソードに触れつつ「人間の内臓というのはとてもぼくは興味がある。これは実にオブジェの極致で、どんなに知性豊かな人間の内臓でも、内臓は独立しているから、そういうものが目の前に出れば感動しますよ」と述べたことである。この対談では映画制作は考えていないと言ったが、これらの要素は後に映画「憂國」に取り入れられた。三島の映画制作にきっかけを与えたとみられる映画「切腹」（小林正樹監督、一九六二・九公開）が公開されたのはこの記事の半年後だった。

　六五年に小説「孔雀」を発表。九月号『新潮』で『春の雪』連載開始。四月に撮影した映画「憂國」を、六六年一月ツール映画祭に出品、四月に日本で公開された。澁澤龍彦[25]が「コクトーの自己劇化の生涯に、三島氏が自分のそれを重ね合わせていたことは、ほぼ確実と考えてよい」と指摘したように、三島が少年期から参照したのが、ラディゲとともに親炙してきた、詩・小説・劇・絵・映画など多才なジャン・コクトーだった。高橋洋一[26]は映画「憂國」に映画「永劫回帰」（「悲恋」）との類似性があると指摘した。「永劫回帰」は、「トリスタンとイゾルデ」を下敷きに古典的伝説の反復を型とした現代劇で、「憂國」ではワグナー作曲「トリスタンとイゾルデ」が用いられ、ラストに二人の死姿が配された点も類似する。「憂國」は、能舞台に書、神棚、日本刀、白無垢、石庭を道具立てとし、ポーズ優位の緩徐で様式化された所作を写真の組み合わせのようなショットで構成した。東西の古典を枠組みとし、基本的な道具立ては典型的な日本的なものの「美」の記号に満ちている。そうした美に一瞬の破調をもたらし「逆らう」ものが、人間の肉体内部に蔵された普遍的で〝不気味なもの〟としてのハラワタだった(27)。

五、方法としての写真・映画と三島事件

椎名和『平凡パンチの三島由紀夫(28)』は、六〇年代後半に三島と交際した経験をもとに、メディアと三島のかかわりを論じた。『平凡パンチ』は異種の話題を交配して「批判はしない、ただ紹介する」という編集方針をとり、三島についても人気投票や著名人から一般人までのコメントを記事にした。そして、アンディ・ウォーホルに倣って「スーパースター」という言葉で三島を評したという。また、海外でもよく知られた日本の文化人だったことを『ＬＩＦＥ』の三島特集記事（一九六六年九月二日号、原題は Japan's Dynamo of Letters）をあげて述べた。この記事には、執筆中の写真のほか、ボディビルや剣道、映画「憂國」の割腹場面、和服姿などの写真が付された。椎名は、三島はメディアを通じて衆人の関心を集めたとともに、テレビＣＭには出なかったように、距離を保っていたことを指摘した。

それは三島の発言からも自覚的だったことがうかがえる。林房雄との対談（『対話・日本人論』番町書房、一九六六・一〇）で三島は「昭和二十八年のテレビの発足と同時に、横の社会が始まった」すなわち大衆社会（横）が始まったという認識を述べた（第二話）。とともに、「実際行動にあらわれた一つの芸術理念」として「神風連」を挙げながら、一九世紀の西欧化を通り越した「二十世紀現象」としての「大衆社会化」に「対抗する概念を僕はさがしている」と述べた（第五話）。この後六七年に自衛隊へ体験入隊し楯の会結成にいたる。

三島事件は、現実と峻別された虚構の作品で演じられ映像に封じ込まれていたはずの切腹死の反復だった。周到に計画された自己劇化のような事件は、虚構の作品であることと現実の出来事であることの境界を混淆した写真・映像・言葉の集積のうちに表象として残された。こうした事態を山中剛史(29)は「生身の肉体や市ヶ谷の行動といった共時的な並行的地平にあるものと、文学やイメージといった通時的な垂直的地平にあるものとの強引な交差と融合であり、その極点において、文学のみならず自分自身を以て芸術作品となろうとした三島の秘儀なのではなかったか」と述べた。劇、映画や写真までは「芸術」と見なされても、楯の会の活動から割腹事件に至る「行動」は通常芸術とは見なされない。しかし、政治と芸術が接するところに前代未聞

の自己劇化という方法が賭けられた「秘儀」があったといえよう。

三島は政治と芸術との逆説的な関係を考えていた。『行動学入門』（文芸春秋、一九七〇・一〇）「第五章　行動の効果」で、「政治」と「純粋行動」を区別し、次のように論じた。「政治」は「テレビやマスコミを動員し、ケチな有効性も崇高な有効性も、ひとしなみに一つの大きな有効性のプールへ集積して、その総合的効果を、政治的効果として評価するもの」である。それに対して「純粋行動」とは「自身の一身を犠牲にして、最も極端な効果をねらつたテロリズム」を指す。死を前提とし「個人の利得」を超越したところにのみ成立する。「無効性に徹することによつてはじめて有効性が生ずるといふところに、純粋行動の本質があり、そこに正義運動の反政治性があり、「政治」との真の断絶があるべきだ、と私は考へる」という。これをふまえれば、小説、写真、映画などの自作を反復したような事件は、「政治」か「芸術」かという排他的な既成範疇のどちらかに組み入れて理解することができない。「政治」的無効性において政治と芸術が接する「純粋行動」だったといえよう。客体《オブジェ》として自らを「テレビやマスコミ」のなかに繰り入れ、作品を模倣した「純粋行動」によって、「記録」の中に「証言」を残す、虚実が反転的に反復された合わせ鏡的な「永劫回帰」の方法が選び取られていた。それは三島にとっての「オルフェの遺言」（一九五九、コクトー監督・出演の映画）と位置づけられよう。

三島の方法としての写真・映画そして三島事件は、二〇世紀の世界の〝人間の条件〟を徹底して認識し内属しながら、その臨界を露呈させる批評的な創造の方法だった。

（秋田大学准教授）

注1　加藤周一、M・ライシュ、R・J・リフトン『日本人の死生観　下』（矢島翠訳、岩波書店、一九七七）「Ⅳ三島由紀夫―仮面の戦後派」の加藤周一による「おぼえがき2」。

2　「複製技術時代のナルシス」（『複製の廃墟』福武書店、一九八六）

3　『澁澤・三島・六〇年代』（リブロポート、一九九六）

4　「自己聖化としての供儀―映画「憂國」攷―」（『三島由紀夫研究2三島由紀夫と映画』鼎書房、二〇〇六・六）

5　「イコンとしての三島由紀夫―『薔薇刑』体験までの道程」（『三島由紀夫研究10越境する三島由紀夫』鼎書房、二〇一〇・一一）、「「三島由紀夫」イメージの触発と反転―氾濫するイメージの意味と二次創作」（『21世紀の三島由紀夫』翰林書房、二〇一五）

6　木畑洋一『二〇世紀の歴史』（岩波書店、二〇一四）

7　『『キング』の時代　国民大衆雑誌の公共性』（岩波書店、二〇〇二）、『輿論と世論　日本的民意の系譜学』

(新潮社、二〇〇八)

8　『三島由紀夫、左手に映画』(河出書房新社、二〇一二)、「三島由紀夫と映画」(『三島由紀夫小百科』水声社、二〇二一)。

9　鳥原学『日本写真史(上)』(中央公論新社、二〇一三) 序章

10　黒岩比佐子『編集者国木田独歩の時代』(角川学芸出版、二〇〇七)

11　鳥原学前掲書、第1章

12　「ミッキー・マウスと三島由紀夫の身体」(前掲『三島由紀夫研究10』)

13　鳥原学前掲書、第3章

14　『三島由紀夫研究　「知的概観的な時代」のザインとゾルレン』(創言社、二〇一〇)、「戦後文化批評史における三島由紀夫—「三島以後」を生きるために」(前掲『三島由紀夫小百科』)

15　河出書房新社、二〇一四

16　冨山房インターナショナル、二〇一六

17　吉川洋『高度成長』(中公文庫、二〇一二)

18　『情報の文明学』(中公文庫、一九九九)

19　『情報化新時代』(大阪書籍、一九八四)

20　三島の論じた知的概観的な世界像と、ハンナ・アーレント『人間の条件』(志水速雄訳、ちくま学芸文庫、一九九四、原書 The Human Condition は一九五八年刊)でいう二〇世紀の「世界疎外」(world alienation)との通底性をふまえた。

21　久保田裕子「美の転位—三島由紀夫「孔雀」論—」(『人間文化研究年報』15、一九九二・三)

22　「三島文学への古典の垂跡—『獣の戯れ』と『求塚』—」(『国文学解釈と鑑賞』一九六八・八/『日本文学研究資料新集30三島由紀夫』有精堂出版、一九九一)

23　「三島由紀夫『獣の戯れ』論」(『人間文化研究年報』18、一九九四・三)

24　拙稿「「水にとび込んだナルシス」あるいは方法としての「写真」—三島由紀夫『獣の戯れ』—」(『日本文芸論叢』11、一九九七・三)

25　「三島由紀夫とデカダンス」(『国文学解釈と鑑賞』一九七六・二/『三島由紀夫おぼえがき』中公文庫、一九八六)

26　「コクトーと三島由紀夫」(『ジャン・コクトー　幻視の美学』平凡社、二〇〇三)

27　拙稿「大衆社会の「美」に逆らうもの—三島由紀夫の批評的創造—」(日本比較文学会東北支部編『問題としての「アメリカ」』晃洋書房、二〇二〇)

28　『VR的完全版　平凡パンチの三島由紀夫』(河出書房新社、二〇二〇)

29　「生身の死とイメージの再生—「三島由紀夫」というドゥーブル」(『季刊文科』81、二〇二〇・六)

三島由紀夫と石原慎太郎の文学と政治

久保田裕子

一、「新人」石原慎太郎と「文壇」との関係性

　石原慎太郎が『太陽の季節』（「文学界」一九五五・七）で登場した後、三島由紀夫と石原は対談「新人の季節」（「文学界」一九五六・四）で出会う。そこで三島は「戦後文学の作家たち」のひとりとして、「文壇とか文士」の世界の「連隊旗を渡すのに適当な人が見つかった」と述べ、言わば戦後文学における自己の正統な後継者として石原を指名し、自己の後継者として位置付けていたことがわかる。続いて「石原慎太郎氏―ナマの青春を文壇に提供」（「東京新聞夕刊」一九五六・四・一六）において、三島は石原の独創は、「生の青春を文壇に提供したこと」と評価した上で、「その作品は割り切れすぎ、その悪徳は透明すぎ、その表現は人間の肉体の美しさと俗悪さを同時にそなへてゐる」と述べている。三島の石原への言及は続き、「文壇崩壊論の是非」（「毎日新聞」一九五七・一・八）においては、「昨年の文壇が、石原慎太郎氏の「太陽の季節」と深沢七郎氏の「楢山節考」に席巻されたといふ現象も明らかになる」と「文壇」を刷新する存在として認定している。若者世代の代表と目されていた石原の登場について、三島が戦後文学における作品としての評価を確立することで、後に言及する「「太陽の季節」論争」などを通じたジャーナリズムの激しい毀誉褒貶から救い出し、石原のために「文壇」の居場所を設けるべく尽力したと言ってよい。

　ところで石原の「太陽の季節」におけるデビューについて、亀井勝一郎は「論争の発展のために」（「東京新聞」一九五六・三・二三、二四）において、次のように述べている。

> 作品と作者の存在の仕方そのものが、今日ほど危機にさらされている時代はない。私たちは巨大なメカニズムの作用によって、無意識に一種の革命を迫られている。それは精神を死に導く革命である。すべてが極端に興行化されるのもその一例だ。

亀井は石原の登場がもたらしたジャーナリスティックな興味関心と、メディアを横断しつつ話題を提供する活動のありかたについて危惧を表明している。『太陽の季節』の登場は、文学の純粋性やそこから生じる特権性を遵守する立場からは、一種の文学の危機としてとらえられた。その点で亀井の発言は、同時代の評価としては代表的な見解であったと言える。亀井の評価を含む「『太陽の季節』論争」において、芥川賞受賞に否定的であった選考委員の佐藤春夫や宇野浩二、賛成派の舟橋聖一に、亀井勝一郎や中村光夫、山本健吉が加わった論争が展開した。しかし作品の実質についての議論は少なく、「社会の大衆化に伴う、従来の「文士」のイメージを一変させた作家の登場」であり、「論争は文学の社会化がまた一段進んだ時の反応記録として興味深い」（吉田凞生「解題『太陽の季節』論争」『戦後文学論争』下巻、臼井吉見監修、大久保典夫・紅野敏郎・高橋春雄・保昌正夫・三好行雄・吉田凞生編、番町書房、一九七二・一〇）といった見解が、同時代の一般的な評価であったと言える。

　このような伝統的な「文壇」内部からの批判に対して、三島は石原の作品自体に文学的な価値を付与し、あくまで「文壇」という特殊な職能集団グループの内部に引き入れることでその評価を安定させる戦略をとったことがうかがえる。言い換えれば三島の石原への評価のあり方は、戦後文学を刷新して大衆ジャーナリズムの時代に対応することで延命を図るという「文壇」が抱えていた課題には言及せず、「文壇」という領域内の作品や文学史的問題として位置付けていた。しかし本格的に「文壇」の外の政治の世界に進出し始めた石原は、一九六八年七月七日に実施された第八回参議院議員選挙に全国区から自由民主党公認で立候補し、史上最高の三〇一万票を獲得して初当選する。その後、二人の作家は最終的に、文学における作品自体の問題だけではなく、政治の領域における活動をめぐって、さらに一九六〇年代後半における文学と政治が交錯する議論を通して決別することになる。

　本論においては、三島と石原という二人の作家の活動が、文学の場としての「文壇」から出発し、それぞれのやり方で政治の世界と対峙する中で離反していった過程をたどってみたい。二人の作家の融和と離反をもたらした文学と政治の問題は、一九六〇年代の同時代の文学をめぐる状況を背景にしていた。さらに彼らの関係性は、文学における同時代言説の領域の裏面において、当時の佐藤栄作政権との関係性が影響を及ぼしていたと考えられる。佐藤は一九六四年一一月九日から一九七二年七月七日までの七年八ヵ月にわたる第三次の長期政権を担い、任期中は日米安全保障条約、ベトナム戦争、大学紛争、沖縄返還などの課題に対峙した。それらは国際的冷戦構造の中で激しい政治的争点となったが、激動する時代風潮は同時代の作家たちにも影響を及ぼしたと考えられる。三島と石原は、佐藤政権の首席補佐官であった楠田實を仲介者として、政権と関わりを持っていた[1]。本論においては、三島と石原との関係性を通して、それぞれが対峙した一九六〇年代の文学と政治をめぐる問題について明らかにしていきたい。

二、戦後文学における「文壇」という文学場

石原の文学的登場について、文学の商品化や興行化といった社会的現象としての受容状況と関連させつつ批判的にとらえる評価が主流であった中で、三島はまず、石原の個別の小説について正面から論じるという戦略を取った。

三島は「石原慎太郎氏の諸作品」(『新鋭文学叢書8 石原慎太郎集』筑摩書房、一九六〇・七)の執筆を自ら買って出て、「石原氏はすべて知的なものに対する侮蔑の時代をひらいた」という「知性の内乱」をもたらしたが、「不幸にして日本の近代文学は、かうした内乱の経験を持たなかつた」と述べ、文学史の文脈の中に石原の作品を位置付けている。この「解説」の成立事情について、石原は後に「解説というよりも見事な石原慎太郎論」と評価し、次のように回顧している。

> 当時あちこちの出版社がやっていた若手の著名な作家の選集シリーズの一つ筑摩書房の選集に、私も入るということを聞いた三島さんがわざわざ電話してきて、その解説は自分にまかせろという。(略)
>
> その中で三島さんは私のいわば知的な無頼性が実存的な発想に依るものであると、私の少年時代の詩まで引用して解き明かしてくれていた。そしてその先に、政治という言葉こそ使わぬが私の政治参加の必然性を強く暗示してくれていた。(「三島由紀夫という存在」『わが人生の時の人々』文藝春秋、二〇〇二・一)

さらに三島は、「解説」(三島由紀夫・江藤淳・大江健三郎編『石原慎太郎文庫』8、河出書房新社、一九六五・四[2])においても、「「太陽の季節」の社会的反響の大きさは、氏の現実を見る目を或る点で歪ませ、問題性を自ら演技する方向へ氏を押しやつた傾きがないではなかつた。」と述べた上で、『星と舵』の表現について精緻に論じ、「この作品は日本浪曼派の衰退ののち、二十年後にあらはれた真にロマン主義的な作品なのだ」という高い評価を与えている。石原自身が意識しなかったであろう視点を通して、作品を文学史的な継承性の中に位置付けようと努めていることがわかる。瀬崎圭二は石原の小説への評価において文学の興行化や芸能化に繋げようとする批判について、「それが小説それ自体に向けられたものかどうかも判別し難いような土壌の上に成立している」と述べ、「戦後大衆社会における文学のあり様の一徴候であった」(「〈現代文学〉の風景—物語

の大衆消費と石原慎太郎「太陽の季節」―」「日本文学」二〇一一・一二）と評価している。そして石原自身は自己の小説の評価に際して三島の発言が及ぼした功績について率直に認めている。三島は自分の「文壇」参入への擁護者であり、「私の良き理解者である三島由紀夫氏の、文学的援護がなければそのまま抹殺されていたかも知れない。」（「あとがき」三島由紀夫・江藤淳・大江健三郎編『石原慎太郎文庫』2、河出書房新社、一九六五・四）と繰り返し感謝の意を示している。

三島は他の作家に対しても、「文壇」への導き手になっていた。例えば野坂昭如は、「三島由紀夫に褒められて出てきた」（石原慎太郎・野坂昭如「三島由紀夫へのさようなら」『闘論』文芸春秋、一九七五・二）と述懐し、三島の支持によって同時代の評価が決定されたと述べている。野坂との対談において、石原は「ついにこの人の目にとまったという感じ」（「三島由紀夫へのさようなら」）という喜びを率直に述べている。三島の発言の積み重ねが、石原を時代の寵児としての社会的現象を越えて、「文壇」という場所において認定される文学的評価へと押し上げた一石となったことがわかる。一九六〇年代の石原は、さまざまな毀誉褒貶や論争を経て、「文壇」という特権的なグループに参入を果たして、一過性の現象ではない文学的業績が評価されることで表現者として延命した。同時に石原は一九六〇年代の「文壇」を活性化させる役割を果たしたと言ってよい。

そして三島の死後、三〇年の時間を経た時点での石原の三島への評言としては、「私が世に出てからのことだろうと私の本質的発見者ということでは一種の恩人」（「天才五衰」「文学界」二〇〇〇・一二）という評価に落ち着いている。また「国家なる幻影　わが政治への反回想　第九回　三島由紀夫氏からの公開状」（「諸君！」一九九六・九）において、次のように述べている。

私自身はいわば時代の恩寵を受けて、自分でも思いがけぬ形で物書きとして世の中に登場したが、登場した私も登場させた世間も過分に無意識なところがあった。三島氏はそんな私について怜悧で正確な分析をほどこし、無意識な時代と世間を相手に有り難い証人と弁護人になってくれていた。

石原が三島について語る言葉の内容は、時代によって内容が変遷していくが、特に二〇〇〇年代に入ってからの証言は、一九九九年四月に東京都知事に当選し、政治家として脚光を浴びて活動していた時点でなされたことを考慮に入れる必要があるだろう。「一九九〇年代末葉になって、石原慎太郎が突然といっていいほど、舞台の前面に躍り出てきた」（渡辺治「石原慎太郎研究」「ポリティーク　労働法律旬報別冊」第八号、二〇〇四・九）という政治家としての全盛期の時代は、石原が昭和という時代や戦後文学の語り部としての立場を獲得していく経緯と重複している。例えば「昭和三十年代という時代ほど、私一人のノスタルジーではなしに、ふり返って見ればつくづく素晴らしい時代はなかった」という懐旧と共に、「私が世に出た頃にはまだ、文壇という特色のある社会」（「青春の中の青春」『わが人生の時の人々』）が実在していたという記憶と重ね合わされている。石原は「単なる懐古趣味」と自嘲しつつ、「政界の派閥が備えていない徳性のすべてを備えていた」、「文壇は端的に興味深い便利なサロン」（「青春の中の青春」）であったと述べている。戦後文学の中にあって、「文壇」という人間的交流を伴いつつ、文学的評価を確定する文学場について繰り返し懐古しており、この点でも石原は「文壇」に登場する人々についての記憶を書き続けることで、語り部としての位置を獲得するようになっていった。

三、一九六〇年代の出版ジャーナリズム

「文壇」をめぐる状況の変容の背景となった一九六〇年代の出版ジャーナリズムの状況について確認しておきたい。当時の「文壇」を取り巻く文学の領域に目を向けると、大きな変容を遂げていたことがわかる。出版の商業主義化、文学作品や作家の商品化が進んだ時期であり、戦後の出版界は出版ジャーナリズムの販売戦略の中で、新たな作品発表のメディアを舞台に、作家たちも量産することを求められていた。石原が登場した一九五〇年代後半には、「純文学」「大衆文学」といったカテゴリーは峻別・対立が可能なものではなく、作家も両ジャンルに相互乗り入れの中で出版メディアを支えてきたことがわかる。例えば三島自身も、『夏子の冒険』（「週刊朝日」一九五一・八・五～一一・二五）、『複雑な彼』（「女性セブン」一九六六・一・一～七・二〇）など週刊誌にも小説を連載し、ベストセラーとなった作品が映画化されるなど、メディア・ミックス状況を先取りした作家の一人であった。週刊誌や新書といった新しいジャンルが拡大しつつあり、大衆小説が伝統的な文壇小説を脅かすという二項対立的な図式には収まらない現実が生まれていた。

このような状況を背景として、戦後文学において従来の「文壇」という狭い職能集団の枠組が揺らぎ始め、新しい状況に適応することを迫られていた時期であったと言える。三島が戦後文学の後継者として石原の作品の評価と位置付けを試みていた一九五〇年代から一〇年を経て、石原は自民党という保守政党を通して政治に近接していった。そして石原が政治家として活動を始める一九六〇年代から、三島と石原の文学の評価をめぐって二人の関係性もまた次第に変質していく。

三島は石原との最初の対談「新人の季節」から七年後に

行われた対談「七年後の対話」（「風景」一九六四・一）において、「あなたに文壇の連隊旗手を譲って、今度から旗手になってほしいといっていた」と回顧しており、石原を「文壇」というグループ内部に招き入れて立場を与えようとしたことを再確認している。しかしこの時期に文学者でありつつ、政治の領域に傾斜していった両者の間で関係性の軋みが生じ始めていた。先に述べたように石原の「文壇」における立場の安定化については、三島が大きな役割を果たしたと言えるが、一九六〇年代における文学と政治という問題は、三島と石原の関係性に新たな緊張をもたらしたと考えられる。

　ところで石原の側の三島の評価としては、「三島由紀夫という存在は文壇という世界にとって、実は極めて収まりやすい極めて優れた存在」（「天才五衰」）と述べており、「文壇」という特殊な世界と三島との強い親和性を示唆している。三島が石原について「文壇」の継承者と定義した表現と呼応するかのように、石原の側も「文壇」という世界内存在としての三島を重視していたことがわかる。

　一方で石原は、江藤淳、開高健、谷川俊太郎、羽仁進、浅利慶太らと共に一九五八年一一月に結成した「若い日本の会」における活動を経て、文学領域の外部の政治の世界に活動を見出し、保守政党へと結びつくことで現実政治の中に身を投じ、一九六八年七月の参議院選挙に立候補し、初当選する。

　その後、三島は「士道について―石原慎太郎氏への公開状」（「毎日新聞夕刊」一九七〇・六・一一）を新聞紙上に公表し、自民党議員として活動をしていた石原に論争を挑んだ。石原が党の方針を批判することについて、「政治のダイナミズムとは、政治的権威と道徳的権威の闘争だと考へる者」と自ら宣言している。石原は後に回想して、政治家の責任の所在は所属する党の政治的方針の遵守にあるのではなく、「議員として禄をはんでいるのは国家国民」（「国家なる幻影　わが政治への反回想　第九回　三島由紀夫氏からの公開状」）にあると反論している。三島の批判は自ら述べるように「精神の姿勢の問題」であり、「行動に移されない言論なら、無差別に容認」され、しかも「大衆社会化」がもたらした「結局、あらゆる言論は、無害無効無益なものになつてゐるのが現況」（「士道について―石原慎太郎氏への公開状」）ということへの焦燥からきた発言のように見える。ここには政治と文学をめぐって、それぞれの対峙のありようについての状況が対立の背景にあったと考えられる。三島と石原という二人の作家の関係性は、単に個人的感情の対立というだけではなく、その離反と回想を含めて、戦後文学における文学と政治をめぐる緊張関係を内包していたことがわかる。

四、「三田文学」特集における石原慎太郎の文学と政治

石原が初当選した一九六八年七月の参議院選挙の直前に「三田文学」「特集（第七回）・石原慎太郎　私の文学を語る（インタヴュアー　秋山駿）」（一九六八・七）が行われた。ここで石原は三島について、「あの人の小説は、存在論という根がない、美意識だけの世界の小説です」と批判している。政治の世界に傾斜しつつあったこの時期の石原が、文学と政治という課題について語るとき、常に三島について言及していたことに着目したい。石原はこの記事の最後において、「これは秋山さんにもお願いするのですが」と突然切り出し、インタヴュアーの秋山に対して、唐突な依頼を投げかけている。

　十五人から二十人、いわゆるリベラルの文化人、評論家、学者、文士を網羅してことあるごとに、その人間たちの連名で発言するベーシックなアンダースタンディングをもったグループを作りたいと思うのですよ。それはもの凄く焦眉の急だし、村松剛と若泉敬と高坂正堯に頼んだ。（略）そういう発言というものを、日本の保守的な革新に対抗して自由陣営が張る必要があると思うのです。

石原は「いわゆるリベラル」「自由陣営」と自ら定義した文学関係者の組織化を提案し、「文化人」グループの結成を呼びかけている。ここで名前が挙げられた三名は、同時代においても「石原慎太郎の陰の政策ブレーン」（「週刊現代」一〇巻二九号、一九六八年七月二五日号）という記事などでも一般的に知られていた。

　「三田文学」誌上の発言から、石原が「自由陣営」と述べている言論グループを一大勢力として結集することを目論んでいたことがわかるが、名前が挙げられた人物は、当時の佐藤栄作政権の首席補佐官の『楠田實日記—佐藤栄作総理首席秘書官の二〇〇〇日』（和田純編・校訂、五百旗頭真編・解題、中央公論新社、二〇〇一・九）にも登場する。官邸政治の当事者の証言を通して、文学と政治という領域にいる人物がさまざまに交錯していたことがわかる。

　佐藤政権に進言する楠田人脈のメンバーでもあった高坂正堯は、「楠田實氏の佐藤内閣論に寄せて」（楠田實『首席秘書官　佐藤総理との10年間』文藝春秋、一九七五・三）において、情報化時代の政治の課題として、旧来の政党や政治機構以外の「非公式なブレインまたはシンク・タンク」として、「楠田氏などが官僚や大学教授や在野の知識人と接触して、その知識を吸収し、政治に役立てるという方法」と位置付けている。実際に楠田が個人的に培った知識人人脈や官僚人脈がグループ化され、官邸の情報収集能力が高まっていた。そして楠田を中心として官邸をめぐる人脈と

の結びつきをたどることで、「文壇」と呼ばれた文学関係者も包摂して広がる、同時代の言論状況が浮かび上がり、同時に文学が政治的な領域にいかに関わり合ったかという問題が生まれてくる。政治と文学という戦後文学の問題において、政権と関わる文学という、新たな視点をもたらす可能性をはらんでおり、その求心力の一つが石原であり、三島も楠田人脈であった人々との交流を通して関係者の一人であったと推察できる。

この「三田文学」のインタビューについては、石原が初当選した参議院選挙の直前に実施されており、選挙後の活動を大いに意識していたと考えられる。単なる選挙の宣伝の手段と言い切れないのは、特集のタイトルでもある「私の文学を語る」ことと政治活動とが、当時の石原にあって不可分に結びついていたことを示唆しているからだ。同時期の石原の執筆活動を確認すると、参議院選挙への立候補の決意表明に際しては、「雪崩のための一つの石」（「文藝春秋」一九六七・一二）を発表し、「私は自分で政治に参加する決心を決めた。来年（四十三年）六月に行なわれる参議院選挙に全国区候補として出る。想像力も創造力も欠いて頽廃し切った自民党からあえて出る。」と宣言している。さらに選挙直前の一九六八年六月に刊行された『祖国のための白書』（集英社、一九六八・六）において、石原は「文学者の使命としての嫌悪に発する精神的遂行と、それに重ねて、私は政治参加という方法の中で、嫌悪の現実における凶行の遂行を願う。」と述べ、「政治行動の現実性というものに重要意義を認めるが故に、幸か不幸か、唯一の体制側政党である自民党の党籍をあえて得ることにした。」（「嫌悪―現代の情念」書き下ろし）と述べ、政治的世界への傾斜について明言している。本書の刊行や「三田文学」におけるインタビューなど、一連の発言が選挙に向けて計画的に提案されていたことがうかがえる。

当時の石原の状況について確認しておくと、「若い日本の会」を組織したが、その後、既成政党である自由民主党公認による参院選の出馬にあたっては、保守本流として長期政権を担った佐藤との結びつきを強めていったと考えられる。

石原は立候補する際に、八幡製鉄副社長の藤井丙午の紹介を通じて、佐藤栄作との面談を実現させた。近年の証言として、「すでに知己だった財界の政治部長ともいわれていた」（「選挙なる処女体験」『国家なる幻影　わが政治への反回想』文藝春秋、一九九九・一）という藤井から佐藤を紹介された経緯について回想している。ただし以前から石原と佐藤には既に面識があり、「佐藤氏はいつの頃からか、夏軽井沢で恒例の文壇ゴルフトーナメントのゲスト」（「選挙なる処女体験」）で旧知の仲であったと証言している。

石原の政治家への転身の動向について、『佐藤榮作日記』

の証言から検証すると、「一九六七年八月三日（木）石原慎太郎君に会ひ立候補を進［勧］め、昼食を共にする。一寸当方が心配。」（『佐藤榮作日記』第三巻、朝日新聞社、一九九八・七）、「一九六七年九月三日（日）石原慎太郎君を招き参議院選挙の相談をする。」（同）といった記述が見られる。佐藤政権と文学者・文化人などの「文壇」を含む言論の世界の人々との関係を求めて楠田の人脈が作られていった経緯が推察できる。時の政権を担う官邸という現実政治の側は、一九七〇年の安保問題への対応策として、文壇を含めた文化人を利用しようとする政治的目的を見据えていたと考えられる。佐藤は日記において、「一九六八年三月十日（日）文化人グループの結成など重要問題も藤井君と二人で話合ふ。」（『佐藤榮作日記』第三巻）と記録している。日記の注釈には、「日米安保条約改定を二年後に控え、反安保のいわゆる左翼文化人に対抗する安保堅持派文化人の組織化を検討」するという記述がある。本論において、官邸内部において、具体的にどのような方策がとられたのかという経緯の実証はできないが、少なくとも佐藤の日記の記述からは、「文化人」を政治的に機能させようとする意図があったことが推察できる。その一つの方向性が、保守政治と文学をめぐる新たな関係性に向かい、同時代の官邸関係者と文学者との個人的な関わりとも結びついていたと考えられる。ここに保守的言論を養成するという利用目的のために、「文壇」内のある種のネットワークに接近する政治の側の目的があったことがうかがえる。政治と経済界との強固な利害関係のつながりの中に、「文壇」というグループが政治的な利用可能性を持った対象として、その価値が発見されていたことが推察できる。言い換えれば、この時代にあって、文学を含めた言論の領域が、現実政治を左右するほどの重要な問題として認識されていたことになる。

五、三島と石原の文学と政治をめぐる対立構造

三島と石原の関係性は、それぞれの文学と政治との対峙の仕方を通して、さまざまな曲折を経ていく。「文壇」への紹介者であり保護者でもあった三島に感謝を示す一方で、石原は、若者世代の代表であることを自ら任じ、乗り越えるべき旧世代のひとりとして三島の名前を挙げていた。その三島に対する認識は彼とほぼ同世代の戦後に活動を始めた作家たちにも共有されていたと言える。

一九六〇年代初頭の石原の活動として、「若い日本の会」が挙げられる。六〇年安保闘争を背景とし、「六〇年安保は、第一に「若者」が主体となり、大きな役割を果たした社会運動であった」[3]という指摘があるように、「若者」という世代を共通の基盤とした活動であった。「若い日本の

会」の活動は、「一九六〇年の安保闘争に向けて政治活動を再開、その退潮と歩をあわせる様に自然消滅[4]」する結果となる。そのメンバー構成と重なる「怒れる若者たち・座談会」（石原慎太郎、江藤淳、橋川文三、浅利慶太、村上兵衛、大江健三郎、「文学界」一九五九・一〇）において、江藤淳は、「石原さんが現実政治とも相互交通しようとするのはおかしいよ。」と政治家への転身を企図していた石原を直接的に批判し、さらに江藤は「芸術至上主義的な論理が、僕には一番怖ろしいね。それは川端、三島といった人の態度に通じてしまうよ。むしろ真実の行動者としての小説家は、その一%の不信というものを持ってから出て来るんじやないのか。」と付け加えている。この座談会は、戦前・戦中世代を代表する橋川・村上と、戦後世代の石原・江藤・浅利・大江という世代論的な分断と対立が明確に見られる。「若い日本の会」の創立の背景には、このような世代間の分断の意識が、戦後世代の側に共有されていた経緯があったと考えられる。座談会における三島に対する他の参加者の評価としては、例えば浅利は「僕らには現実の亀裂を共通に感じとる感性があるね。（略）大江君とも石原君ともね。ところが三島さん、川端さんとなるとぜんぜん断絶を感じるんだ。現代では戯曲家としても稀な才能の作家だと思うけれども、所詮空しくて古美術を見ているような感じだね。」「江藤　おれも同感だよ。」というような応答が見られる。この時点において、三島が超克すべき世代の代表として戦後世代の中の若い世代から目されていたことがうかがえる。

一方で旧世代の側にいたと考えられる橋川文三は「若い世代と戦後精神」（『日本浪曼派批判序説』未来社、一九六〇・二）において、石原に対して「陳腐なロマンチシズムに身づくろいしたドン・キホーテ」であり、「日本ロマン派の騎士芳賀檀のことを連想する」と厳しく批判している。同時代に橋川と三島が共に、石原の無意識的な文学史的継承として日本浪曼派との同質性を指摘している。このような評言の背景には、戦争体験によって断絶した世代論的な分断という問題が内包されていた。その中で三島は大正期から活動を始めた川端と同じカテゴリーに分類され、戦後に活動を始めた世代からは、乗り越えるべき旧世代の代表として位置付けられていた。言い換えればこのような批判は戦後文学や文化の新世代にとっての三島の存在感の大きさを示唆していた。三島が対峙した文学と政治をめぐる問題は、石原を初めとした同時代の他の作家にも共有されていたという事情が浮かび上がってくる。例えば対談・石原慎太郎、江藤淳「人間・表現・政治」（「季刊芸術（特集・表現としての政治（1））」一九六八・一〇）において、江藤は「文学と政治の両方に足をかけている」石原に対して、次のように述べている。

政治とか戦争というようなものも、これを人間が全的な表現を求める行為と考えることもできると思う。そういう視点から検討を加えてみたら、政治と文学、あるいは政治と芸術の対立というような問題を、不毛な循環論法から解放して新しい光の下で眺めることができやしないだろうかと思うんだ。

江藤はある種の表現という共通項で政治と文学という課題を結び付けるという視点を提示している。「僕は政治を、僕自身の表現の一つの方法として選んだ」という石原に対して、江藤は「「いつか三島さんが君にいったろう。「夕やけを見てきれいだと思ったら、政治家になれないぞ」って。三島さんのは文学で全部を覆えるという論理だね。石原は覆えないといっているわけだ。覆えないということをいうために政治をやるんだろう。」と述べている。このように石原や江藤が文学や政治に関して世代論的な課題を持ち出すとき、そこに仮想敵としての三島の存在が設定されていたことがうかがえる。この時期の三島の活動についても確認しておくと、「文化防衛論」（「中央公論」一九六八・七）などを発表し、政治と文化をめぐる問題提起をしていたが、三島が対峙していた問題が同時代から遊離した独自の問題ではなく、世代論的な対立という緊張をはらみながらも戦後文学において共有されていた課題であったことがわかる。

六、保守政治と文学
―「三島、石原氏との打ち合せ」

文学と政治をめぐる石原の活動は、「三田文学」に述べたような二つの世界を接合させるという目論見があり、恐らくそのような目的の一つとして、三島を佐藤に紹介することになる。三島と佐藤の直接的な出会いは、『楠田實日記』を参照すると、「（一九六七年七月一九日　水）党報座談会。石原慎太郎と総理の対談。（略）若泉敬、村松剛、三島由紀夫ら若い者で話したいとの石原氏の提案。総理OK。[5]」という記述があり、佐藤と三島の面談は石原の紹介で実現したことがわかる。

ちなみに先に言及した「特集・石原慎太郎」を企画した「三田文学」の編集長は遠藤周作であった。[6]『楠田實日記』を参照すると、一九六九年六月二四日（火）に「夜、遠藤周作、三浦朱門」と打ち合わせをした楠田は「よいコンビだ。」という感想を記し、直後の七月二日（水）には「遠藤周作、三浦朱門の両氏を総理に会わす。」といった記述が見られる。三島の場合と同様に、楠田が面談した後に佐藤との面会が実現するという経緯が見えてくると同時に、佐藤政権が「文壇」の人々との関係を積極的に構築しようとしていたさまがうかがえる。これらの記述からも、文壇という閉鎖的グループが人的つながりを通して官邸と結びついていったとき、その中心点のひとつとなったのは政権に近い保守政党の政治家の石原であったことが推察できる。そしてこの頃から、三島も石原が同席する中で、官邸のオブザーバーとして協力するようになった。

楠田が在職中に残した資料を網羅した『オンライン版楠田實資料（佐藤栄作官邸文書）』（丸善雄松堂、二〇一六、編集：和田純、解題：和田純、村井哲也、村井良太、井上正也、中島琢磨、編集協力：宮川徹志、URL: http://j-dac.jp/KUSUDA/index.html、プラットフォーム：J-DAC　ジャパン　デジタル　アーカイブズ　センター）の構成は、楠田が手元に残した資料のうち、佐藤政権退陣までの文書を整理して、デジタル化し公開した資料群である。ここに収録されている「楠田實資料（佐藤栄作官邸文書）」（資料番号H-2-15）には、「三島、石原氏との打ち合せ」（一九六八・一一）という原稿用紙に書かれた手書き資料が収録されている。「資料詳細」によれば、「作成年月日　一九六八・一一」、「パート　第二部」「大分類　外交・内政（有識者意見）」「小分類　有識者の見解」「簿冊名　三島・石原氏との打ち合わ《ママ》せ」「形態　紐綴じ製本」「備考　三島由紀夫・石原慎太郎・今日出海・吉武信（朝日新聞）・保利茂・楠田實」「編者注　11月6日～26日の期間に実施か」という注記がある。「分類解説」において、「佐藤政権はブレーン政治の嚆矢といわれることが多いが、楠田の采配で、恒常的に意見を聞くグループを擁するとともに、多くの有識者に個別に意見を聞いて参考とすることも多く行われた。そうして聴取された意見の要点は楠田の手でまとめられ、総理や官庁にも提供された。」という解説が付されている。この資料については、拙稿「三島由紀夫の文学と保守政治―『オンライン版楠田實資料（佐藤栄作官邸文書）』の記録―」（「敍説」Ⅲ―19号、二〇二二・一〇）において考察しているが、本論においても三島と石原との関係について検証する上で、資料の内容について言及しておきたい。

「三島・石原氏との打ち合せ」が行われたと推察される一九六八年一一月前後の政治状況について確認しておくと、第二次佐藤内閣の第二次改造が組閣される直前であった。参加者の当時の状況として、保利は建設大臣であったが、第二次佐藤内閣の第二次改造および第三次佐藤内閣においては、内閣官房長官を歴任している。また石原については、一九六八年七月七日に実施された参議院議員選挙に立候補し、初当選した直後であった。今日出海は、一九六八年六月一五日から初代文化庁長官に就任していた。三島の官邸への進言が実現した経緯について、石原は後に複数の証言を残しているので、本論ではその点を中心に確認しておきたい。

石原は「三島由紀夫の日蝕―その栄光と陶酔の虚構」（「新潮」一九九〇・一二、『三島由紀夫の日蝕』新潮社、一九九一・三）において、内閣官房長官だった保利茂がその年の通常国会を前に冒頭の施政方針演説の参考にするために、今と三島をホテルニューオータニに招いて献言した件について証言している。「その国会は、当時日本中の大学を騒がしていた全共闘対策の大学立法の提出や、自衛隊法、健保法の改正など厄介な法律案が並んでいて運営の困難が予想されていた」と回想しているが、これは一九六九年五月二四日の「大学の運営に関する臨時措置法」提出の頃の出来事を示唆している。したがってこの会合は「三島、石原氏との打ち合せ」の内容からも別の機会であったと考えられる。おそらく石原が同席して、三島は複数回にわたって官邸側に助言をしていた可能性もあり、また時間の経過と共に記憶が混乱していたとも考えられる。石原はこのときの三島の発言について、次のように証言している。

> 佐藤総理自身が革命軍の総司令官となり憲法を改正し、天皇の身分の規定をどうこう直し、さらに何と何とを規制するといった具体的な目的までをうたい上げて、近未来的な新日本の絵柄について滔々と話していた。
> （「三島由紀夫の日蝕―その栄光と陶酔の虚構」）

この会合の内容について、石原はその後も「国家なる幻影　わが政治への反回想　第九回　三島由紀夫氏からの公開状」や「三島由紀夫という存在」などにおいても、同様の証言を繰り返し残している。「三島由紀夫という存在」においては、この出来事について村松剛と交わした会話を再現してみせているが、石原は、「文壇」と同時代の政治が交錯する決定的な一場面に立ち会った挿話を語り継ぐ語り部としての役割を果たしている。『歴史の十字路に立って　戦後七十年の回顧』（PHP研究所、二〇一五・六）において、三島が官邸に対して行った献言について、石原は最終的に、「政府」による「反クーデター」を提案したという、不可解であり、同時に実現不可能な発言について「時の政府に対する氏の一種の恫喝だったに違いない。」と位置付けている。しかし発言の内容や開催時期から、記録として文書が残されている「三島、石原氏との打ち合せ」とは別の機会であったと考えられる。

以上のように、石原の三島の官邸への提言に対する記述は、三島の死後二〇年が経過した後に複数のテキストにおいて繰り返し反復されていた。石原は三島との個人的な交流を特権的に語り続ける同時代を生きた人物としての権利を獲得し、特に二〇〇〇年代以降、昭和という時代を象徴し、自分たちが主役であったと自ら任じる時代について語る立場を得たことがわかる。これらの証言は、石原が政治家としての活動を蓄積していた時期から振り返った発言である。また同じ出来事が微妙に変質しつつ語り直されており、時間が経過するに従って、発言の内容の非現実性への戸惑いや危惧から、三島の政権側への批判意識を見出す方向へと変容していると考えられる。政治的な観点からは実現性や実効性の薄い三島の発言について、政府への一種の反旗として変換してとらえていると考えられる。また三島の死後に、時間が経過した後の石原の証言は細部の事実関係の検証のための資料としては根拠が薄いと言わざるを得ない。しかし一九六〇年代に展開していった文学と政治に関わる問題は、三島が独自の問題として対峙したのではなく、世代の断絶を超えて広がりながら共有されていた課題であったことがわかる。それは対立や断絶をはらみながらも、同時代の人との出会いと言葉の往還を通して時代の相を反映させていたと言える。一九六〇年代後半における「文壇」と官邸政治との関係性については、文学と政治という課題として別稿において考察したい。

（福岡教育大学）

注1　拙稿「『文化防衛論』の中のアジア―『佐藤榮作日記』と『楠田實日記』の記録から―」（「敍説」Ⅲ―18号、二〇二〇・一二）、「三島由紀夫の文学と保守政治―『オンライン版楠田實資料（佐藤栄作官邸文書）』の記録―」（「敍説」Ⅲ―19号、二〇二一・一〇）において考察している。

2　初刊において、タイトルは「石原慎太郎「星と舵」について」（『荒野より』中央公論社、一九六七・三）と変更されている。

3　大井浩一『六〇年安保　メディアにあらわれたイメージ闘争』（勁草書房　二〇一〇・五）

4　服部訓和「「若い日本の会」と青年の（不）自由―江藤淳と大江健三郎―」（「稿本近代文学」第三二集、二〇〇七・十二）

5　『楠田實日記―佐藤榮作総理首席秘書官の二〇〇〇日』（和田純編・校訂、五百旗頭真編・解題、中央公論新社、二〇〇一・九）

6　遠藤周作が編集長を務めた同号の編集委員は丸岡明、山本健吉、田中千禾夫、安岡章太郎であり、発行人は石坂洋次郎であった。

映画『憂国』の方法

山内由紀人

1

三島由紀夫が『仮面の告白』（昭和二十四年七月書き下ろし）の執筆に入る直前に、河出書房の担当編集者だった坂本一亀《かずき》に送った手紙には、こんな一節がある。

今度の小説、生れてはじめての私小説で、もちろん文壇的私小説ではなく、今まで仮想の人物に対して鋭《と》いだ心理分析の刃を自分に向けて、自分で自分の生体解剖をしようといふ試みで、出来うる限り科学的正確さを期し、ボオドレエルのいはゆる「死刑囚にして死刑執行人」たらんとするものです。相当の決心を要しますが、鼻をつまんで書きます。（昭和二十三年十一月二日）

ここに引用されているボードレールの言葉は、『憂国　映画版』（昭和四十一年四月）に収録された「製作意図及び経過」の中に再び見ることができる。三島は映画『憂国』において、「私には自作自演といふことは、自然な一連の芸術行為のやうに思はれる」と言って、こう続けている。「又、それは、ボオドレエルの言葉を借りれば、『死刑囚であると同時に、死刑執行人であることなのだ』。そのときはじめて私の中で一つの円環が閉ぢられるのだ」。さらに「『憂国』の謎」（「アートシアター」昭和四十一年四月）にも、同じ言葉がある。「ところで、映画俳優とは、選ばれる存在である。自分で自分を選ぶとはどういふことか？　そこには論理的矛盾はないか？／選ぶ者と選ばれる者とを一身に兼ねることは、ボオドレエルではないが、『死刑囚と死刑執行人を一身に兼ねる』ことに等しい」。『仮面の告白』の執筆意図、ならびに映画『憂国』の製作意図で使われたボードレールの言葉は、三島の芸術創造の方法を象徴的にあらわしていると思える。

三島は映画化するにあたって、原作をどのようにして脚色したのだろうか。

　そもそも映画化の場合には、言葉の表現による抽象作用を、抽象作用を経ない前の状態の混沌《こんとん》に引き戻すことが必要であると思はれた。それはいはば普通の文学作品の映画化と逆のいき方であつて、普通の文学作品の映画化の場合には、監督が言葉の抽象作用を通じて、自分の中に生れたイメージをフィルムの映像として再現するところに主眼が置かれるけれども、私の場合は私自身がその作品の作者なのであるから、一見整理され、整頓されたストーリーとして成立してゐるものの、オリジナルな混沌は私の内部にあるのである。
　私はその混沌を自分の手でほじくり起してみたかつた。そこには、言葉の表面に現はれた一つの時代の一つのドラマばかりでなく、日本人の民族意識の中にある深い混沌と、複合と、錯綜が含まれてゐた。（「製作意図及び経過」）

三島は映画『憂国』で、原作、脚色、主演、製作、監督の五役を一人で兼ねた。原作者が自作の小説を脚色することの難しさは、言語化されない以前の観念的な世界にまで遡ることにある。それが三島の言う「オリジナルな混沌」である。そこから新たに映像による表現世界を試みることは、もう一つの『憂国』作品を創造することになる。その意味からも小説と映画の二つの『憂国』は、三島の芸術創造の方法意識を考えるうえで貴重な示唆を与えてくれるだろう。三島にはもともと原作を脚色するという意識はなかった。三島は舟橋和郎のインタビューに、次のように答えている。

　「だから原作を脚色するんじゃなくて、その原作を元に戻してみよう。原作をぼくの潜在意識なり、大きなことを言えば日本人のもっと普遍的な潜在意識の中に戻してみたい。そして、その映像からみんなが何かを感じてくれるのではないか、その映像のショックの中から今日の平和的な時代に忘れているものとか、われわれの一番奥底に動いているエロスと政治との関連の必然性とかを逆に感じてくれるのではないか……とにかく前にひとつ戻そうという考え方です。（「三島由紀夫氏『憂国』を語る」「シナリオ」昭和四十一年四月号）

　三島は自らの潜在世界に逆行することが、日本人の深層世界に遡ることになり、そこに映画作品としてのテーマがあると考えたのである。そのために全く新しいシナリオが必要とされたのである。しかし三島が書いたのはシナリオというより、むしろ撮影台本だった。「私の中にプランはすでに成熟してゐて、セリフを一切使はないこと、物語の背景の状況はすべて字幕で説明すること、すべてのエモーションはワグナーの『トリスタンとイゾルデ』の『愛の死《リーベストート》』のテーマでもつて統一することなどが考へられてゐた。／私は異常な昂奮をもつていきなり撮影台本を書き始め、僅々数日の間に、一月十六日には脱稿した。これはただのシナリオではなく、映画演出の分野であるこまかいコンチニュイティの立て方から、カメラの位置、ライトの位置までこまかく指定したものである」（「製作意図及び経過」）。

　また三島は、舟橋の「台詞が全然ないんですね。映像をずっと書かれたわけですね」という質問には、こう語っている。

「そうです。シナリオは映像だけで、表情も書いてないんです。たとえば悲しげであるとか、嬉しげにとかの表現は、シナリオの中の文章では嫌いなんです。というのは、そこに文学的心理的あいまいさをもたせるより、もっとピシャっと横向いたとか、斜めに向いたとしか書いてないんです。シナリオの中の感情表現はどうも嫌いで、（中略）。シナリオはいつもそういうイマジネーションの上で書かれているけれども、それをみんな取っちゃおうと思ったんです」

　これが原作を脚色するために三島が考えた、シナリオの方法である。三島の気質や、映像化のための言語表現に対する意識がよくあらわれている。

　映画『憂国』では、三島自身が主役を演じるということにも大きな意味があった。「『憂国』の謎」では、「なぜ作者自身が主演したのか」という疑問に答えている。三島は芸術家について、「作品といふモノを存在せしめるにつれて、彼は実は、自分の存在性を作品に委譲してゐるのである」（傍点原文、以下同）と前置きして、次のように書く。

　ここに芸術家の存在性への飢渇がはじまる。私は心魂にしみて、この飢渇を味はつた人間だと思つてゐる。さういふ私が、存在性だけに、その八十パーセントがかかつてゐる映画俳優といふふしぎなモノに、なり代らうとする欲求は自然であらう。

　いはば私は、不在証明《アリバイ》を作らうとしたのではなく、その逆の、存在証明をしたい、といふ欲求にかられたのである。だから映画「憂国」は、私の不在証明《アリバイ》を証明しようとしたものの如く見えるだらうが、実は、その逆、私の存在証明をしようとしたものだ。そして、さういふときの「私」とは、世間の既成観念にとぢこめられてゐる小説家としての「私」ではなく、もつと原質的な、もつと始源的な「私」であることは、いふまでもない。

「私」を表現するための方法を論じる三島には、映画における客観性がもっとも重要なのである。三島が言う「存在性への飢渇」とは、肉体に対する飢渇と言いかえてもいい。逆にいえば、モノとしての肉体美の完成が、『憂国』の映画化を可能にしたとも言えるのである。つまり肉体そのものを現実にモノとして存在させることが、「存在証明」になりえたのである。小説家という仮面の下にある肉体こそが、三島にとっては「もっと原質的な、もっと始源的な『私』」なのであって、それを今度は映画という仮面の世界で表現する欲求にとらわれたのである。三島は大島渚との対談「ファシストか革命家か」（「映画芸術」昭和四十三年一月号）の中で、「肉体を剝《は》いじゃった肉体が映画の一番の仮面なのかもしれない」と語り、「『憂国』のときは一番それを考えましたね」と告白している。映画『憂国』が三島の「存在証明」としての作品なら、『仮面の告白』は「不《ア》在証明《リバイ》」を証明する作品だった。『太陽と鉄』の中には、「自己をいかにあらはすか、といふことよりも、いかに隠すか、といふ方法によつて文学生活をはじめた」という言葉がある。「不在証明」が文学の方法であるなら、「存在証明」が映画の方法なのである。ボードレールの「死刑囚にして死刑執行人」という言葉は、三島の芸術創造における二つの極を示している。

2

三島の撮影台本は、現場での手順を具体的に書いたものである。上から「カット№」「撮影順」「写サイズ」「時間」「人物」「体の部位」「位置」「カメラの方向」の順で明記され、一番下に細かい状況と演技の説明がある。冒頭には「堂本正樹監督作品」とあって、当初は堂本が監督というプランだった。堂本の回想がある。「最初は私の監督作品を予定していたのだが、原作・脚色・監督・主演の一人四役の方がインパクトが強いと衆議一決、私は『演出』に役職を限定した。要するにアクターの動きを付け、演技指導するのだ」（『回想　回転扉の三島由紀夫』二〇〇五年十一月）。また撮影台本には、「全篇にワグナーの『トリスタンとイゾルデ』の音楽を、字幕も継目もなく流す」という一文もある。三島はこの撮影台本から、映画をどのように完成させていったのだろうか。三島がもっとも重要視したのは、カメラである。「映画の芸術的効果を発揮するには、ほかのことはともあれ、撮影の効果が七、八〇%を占めると思はれる」と、「製作意図及び経過」に書いている。三島はカメラマンの選定を、現職の大映のプロデューサーで、製作並びにプロダクション・マネージャーを務める藤井浩明に一任した。藤井は、大映の渡辺公夫を紹介した。渡辺は衣笠貞之介監督の『白鷺』『歌行燈』、市川崑監督の『日本橋』などのカメラマンとして知られ、三島作品では『永すぎた春』を撮っている。昭和三十九年には『パラリンピック』の撮影監督として、高い評価を得ていた。三島はカメラについて、「『憂国』を語る」の中でこう発言している。

「ぼくはキャメラの渡辺さんとディスカッションの機会がなくて、撮影現場へ行って、まずラスト・シーンを俯瞰で撮った後で、渡辺さんと三十分ぐらいディスカッションやったんだ。あなた、どういう映像が欲しいのかって渡辺さんが言うから、ぼくはものがキチンとあって、そのものがキャメラによって何ら主観的に歪められないようなものが欲しいんだって言ったんだ。ライトも、なるたけお能の舞台のようなフラットの光線みたいなライトでいきたい、そして全てのものが明晰にはっきり見えてて、もの自体が語るというようなものが欲しいんだから、キャメラの細工を絶対にしないでくれと頼んだんですよ。そして、その一カット一カットが、人間か、肉体の一部であれ、コップであれ、マッチであれ、全部が等質であるような映像をつくってくれって頼んだんですよ」（傍点原文）

スタジオでの渡辺とのディスカッションについては、「製作意図及び経過」の中でも忘れがたい思い出として語られている。三島はカメラのもつ表現力に、言葉とは対極にある可能性を求めていた。モノを徹底したリアリズムで、客観的に表現することを理想としたのである。「私は、新しい映画がカメラの技術的な新しい能力に頼りすぎて、機械的な技巧を作中の心理表現その他に使ふことを避けたかつた。この作品では一カット一カットがカメラの明晰な対象としての『もの』でなければならなかつた」（「製作意図及び経過」）。そのカメラによるモノの表現には、ライトもまた重要な役割を担う。

そしてライトも、思はせぶりなエモーショナルな感情的なライトは避けて、いつも天の一角から来るやうな明晰な光線が支配し、その中であたかも能のやうな、亡霊も、現実の人間も、同じ現実の光りの中で相会ふことが何ら不自然ではないやうな、そのやうな空間を設定したかつたのである。したがつてカメラのオブジェも、よけいな神秘化や情緒化を避けて、一つ一つ明確な輪郭を持ち、明確なコンポジションを持ち、一カット一カットがあたかもカメラが現実からそのままに彫り出した彫刻的物体でなければならなかつた。（「製作意図及び経過」）

三島が映像表現で求めるのは、モノの明晰さと冷たさであると言っていい。モノが空間の中でどのように存在しているのかを、現実のままに映し出すことが絶対的な条件であった。映画『憂国』において、被写体として最大のモノとは肉体である。三島の肉体は、「彫刻的物体」として存在していなければならなかった。

三島は「『憂国』を語る」の中でも、「キャメラを本当に純粋な対象を生み出す媒体にしたいと思うんですよね」と発言し、「ぼくの映画に対する考えは、ものなんですよね」と断言している。さらに目の前にあるマッチを例に、カメラと言葉による表現の違いを具体的に述べている。さらに「映画が出来上がって発達したというのはものの存在感、人間の肉体も勿論入ります。人間の鼻の頭も人間の歯も、人間の眼も人間の耳もマッチと同じですからね」と語り、文学的な、主観的な方法を使わない映像表現こそが理想的である、と結論している。三島が好むのは、モノをモノとして捉え、表現するカメラである。だからカメラによる映像処理を嫌う。渡辺はそうした映像を、モノトーンの色調でみごとに表現した。純白の能舞台での撮影も、渡辺のカメラが予想以上の効果をあげた。

> 普通映画のセットはこのやうな白の多用を忌避するもので、カメラの側から見ても、ハレーションを起しやすい技術的な悪条件に耐へなければならない。しかし、私の脳裏にあつたイメージはあくまでもそのやうな白と黒の効果であつたので、この作品の全部を通じて一度もハレーションを起さずに、白と黒の効果をかつちりとつくつてくれた渡辺氏の美しいカメラには驚嘆のほかはない。（前同）

渡辺はまた、大胆なカメラワークとフレーミングによって肉体の全体を捉え、さらにクローズアップを多用して部分的な肉体を映した。

そうした肉体表現について、三島は「映画的肉体論――その部分及び全体」（「映画芸術」昭和四十一年五月号）で論じている。クライマックスとなる切腹場面で、あふれ出る内臓に豚のなまの腸を使用したことにふれ、こう書いている。

> その気味のわるさは圧倒的で、そこには人間の誠実を腸《はらわた》に象徴した日本人の伝統的思考のエキジビショニスティックな、ものすごい感覚的説得力が充満してゐた。切腹といふものの真の日本文化史的価値は、そこまで見せなければ絶対にわからないと私は信じたから、「私の誠実」をお目にかけたのである。

三島には「腸」もまた肉体の一部であり、それをモノとして見せることが必要とされた。切腹場面では、生理学的なリアリズムによる表現がなければ、映画作品として製作する意味がないのである。この場面は豚の腸を人工皮膚で隠して撮影されたが、観客はそんなトリックとは知らずに衝撃を受ける。

それこそはものの衝撃であり、肉体といふものについてわれわれが漠然と抱いてゐる安全感の転覆であり、肉体の裏側を見せられることとの恐怖である。人々は嘔吐を誘はれる。そのとき人々は完全に、クローズ・アップの究極目標である、無個性の普遍的性的観念とほとんど同質同類の、人間の無個性な普遍的な肉体存在の実相に直前するにちがひない。それこそは私が「誠実」と呼ぶものなのである。（「映画的肉体論――その部分及び全体」）

三島は切腹によって肉体を性的に表現するには、「ハラワタ」という部分的肉体のクローズアップが不可欠であると考えたのである。「ハラワタ」を「もの」として見せることによって、観客は衝撃を受け、はじめて肉体の全体的な存在感に直面するのである。主人公の中尉夫妻の濃密な性愛場面でもクローズアップは多用され、切腹場面になると中尉は軍帽軍服となる。三島にとって、軍服は肉体と一つである。「言葉の隠《かく》れ蓑《みの》の最上のものは筋肉であり、肉体の隠れ蓑の最上のものは制服である。しかも軍服は、痩せ細つた肉体や、腹のつき出た肉体には、どうしても似合はぬやうに仕立てられてゐるのである」（『太陽と鉄』）。刀を突き立てた下腹部がクローズアップされ、中尉の苦悶の表情が鼻から下の顔の部分で映し出される。妻は白無垢姿で、切腹する中尉を涙を流しながら見つめる。裾は血に染まる。やがて中尉の背後に立ち、中尉が頭部に刀をあてる介添をする。中尉の絶命後、化粧を直し、血の海に横たわる中尉に別れの接吻をして、刀で自分の喉を刺す。画面は一転して、血しぶきとなる。最後の場面。カメラは「至誠」の軸の下に折り重なった二人の屍を写し、続いて龍安寺の石庭に場面は転換し、横たわる二人の屍のまわりに波打つ白布を俯瞰で捉えて、映画は終わる。三島は、小説と映画作品の違いをこう述べる。

一つの映画作品として、私が究極的に狙つたものは、もともと一個のドラマではなかつた。むしろドラマの前段階の宗教的なドローメノンの、農耕祭儀の犠牲《いけにへ》の儀式、自然の中における人間の植物的運命の、昂揚と破滅と再生の呪術的な祭式に似たものだつた。（「製作意図及び経過」）

小説『憂国』は、三島の意図した映像表現の方法によって、荘厳な儀式のドラマとなって、一つの様式美にまで高められたのである。

3

三島は、主演者としての演技に工夫をこらした。演技はなるべく少なくし、台詞を一切喋らない。軍帽を目深かにかぶり、全体の顔は見せない。主役は、三島が演じる武山信二中尉その人ではなく、あくまでも中尉の肉体であること。『からっ風野郎』で見せた肉体は、まだ未完成であった。三島はさらなるトレーニングを積み、三年後には完璧なまでの肉体美の所有者となった。細江英公の写真集『薔薇刑』（昭和三十八年三月）では被写体となり、オブジェとしての肉体を過剰なまでに露出した。映画『憂国』における「肉体というもの」に対する執着は、この『薔薇刑』の成功によるものだろう。次に三島が望んだのは、動く被写体としてカメラの前に立つことだった。

> 私の演出プランは、青年将校の役をまつたく一個のロボットとして扱ふことであつた。彼はただ軍人、ただ大義に殉ずるもの、ただモラルのために献身するもの、ただ純真無垢《むく》な軍人精神の権化でなければならなかつた。（中略）。そこで、武山中尉に能面と同じやうに軍帽を目深《まぶか》にかぶらせ、彼の行動を軍帽と軍服で表現しようとした。彼の一挙一動は、生きてゐる人間が行動するといふよりも、軍帽と軍服が行動させなければならなかつた。そして彼が愛の場面に臨むときは、まつたく一個の男としての裸体でなければならなかつた。一方、物語の中の、抑圧された情熱が解放されていく過程と、その情熱の極致で大義と結びつく過程はすべて相手役の女の顔からうかがひ知られねばならなかつた。そこで撮影台本には中尉夫人の大写しが多用され、それは経験ある演技者の常識的な演技表現ではなしに、私がタイプと認めた女性のさまざまな角度からカメラがとらへた造型的効果をもつて満足すべきであつた。（前同）

三島は「ロボット」という言葉で、主役が動く被写体であり、軍服が肉体であることの意味を巧みに説明している。演出意図については、「カメラがとらへた造型的効果」という言葉によくあらわれている。三島の映像表現におけるモノに対する考え方には、おそらくジャン・コクトーの影響がある。「ジャン・コクトオと映画」（「文芸」昭和二十八年六月号）に、こんな一節がある。「コクトオが形象によつてものを考へ、形象の構築によつて思想に到達する型の詩人であることを考へると、彼が映画に魅力を感じたのは至極自然な成行と思はれる」。この言葉は映画『憂国』の製作において、三島自身のものとなる。

舞台装置を能形式でやることは、三島と堂本の間で早くから決まっていた。経済的理由もさることながら、「能の集約性と単純性」がこの映画の演出に合うと判断したのである。能舞台で演じられる中尉夫妻の愛の儀式における夢幻性と、死の儀式の冷徹なまでのリアリズムが、美しいコントラストを形成し、ドラマチックな展開をみせた。そしてワグナーの音楽が、全編にわたってみごとに調和した。物語と音楽の進行が完全に一致し、奇跡のような偶然が生まれたのである。「私は映画の音の中で、うめき声や、人間の生理的な音を好かない。このベッド・シーンや切腹場面でも、そのやうなものが物語の統一的な純粋な効果をどれだけ妨げるかを私は怖れてゐた。ワグナーの音楽はすべてそれを解決した。そして切腹の苦痛さへ、そこでは不思議な音楽のエロチックな陶酔の中に巻き込まれ、ましてベッド・シーンは音楽のおかげで最高度に浄化された」（「製作意図及び経過」）。こうして三島が心血を注いだ映画が完成した。「言葉よりも、却《かへ》つて逆説的にも、近代機械技術の発明品であるカメラによる映像表現が、言葉以前の、力づよい、野蛮なイメージを復活させ、芸術作品からあらゆる近代的要素を払拭するのに、役立つてくれるであらう。……私はこの作品に、さういふ途方もない夢を賭けてゐたのである」（前同）。

映画『憂国』は、『仮面の告白』と一対の作品であり、映像による生体解剖を試みた作品と言えるだろう。そこには戦後二十年の、三島の肉体存在に対する飢渇があった。三島はその存在証明のために斬新な方法を考え、原作小説の世界を一つの肉体の象徴劇として表現した。この映画は自決に至る運命の象徴のような作品となって、フィルムによる遺書として残されたのである。

（文芸評論家）

特集　三島由紀夫の方法

三島由紀夫論

木村　修

私は今七四歳なので、五二年前の「三島由紀夫VS東大全共闘」の出来事の次第を正確に思い出すことは自信がないのだが、できる限り努力する。三島由紀夫を駒場に呼ぶことには前段階があった。

安田講堂が陥落し、東京大学全体で学生と権力側の闘いのまとまりはもう失われていた。安田講堂の封鎖解除をめぐる戦いの理解の仕方は一通りではなかった。その原因は党派闘争が外部から持ち込まれたからであった。マスコミ追従に走るもの、安田講堂決戦を特攻隊になぞらえるもの、全学共闘会議運動はもう終わったとするもの、軍事理論を学ぼうとするもの（大学院生に多かった）、闘争の継続を粘り強くめざすものなど様々な形があった。

私は闘争の継続を造反教官の折原浩とともに目指した。当時劇団駒場を主宰していた芥正彦、のちに評論家となる小阪修平など、一〇人を少し超える仲間が集まった。

芥の提案に従いシンポジウムを継続的に開く事に決めた。折原教官は、それを「闘争と学問」と名付け、小阪修平は主催主体を「焚祭委員会」と名付けた。さらにシンポジウムの相手は進歩的文化人を避けた。理由は学生側に追従者が多かったからである。折原や最首悟とのシンポジウムを開催したが、出席者は多くて三〇人以内だったと思う。

シンポジウムの相手を決める議論の中で三島の名が飛び出した。学内の勝共連合が三島を呼ぶことを計画しているらしいとキャッチしたので、いいチャンスと私は飛びついた。それからは忙しかった。日本文芸家協会に電話をして三島の電話番号を教えてもらい電話をした。奥さんが電話に出て、「三島は夜に起きて執筆するので掛け直しを」と言われた。再度電話したのは二週間ぐらい経った時と思う。夜中の午前二時ごろだったか、東大全共闘を名乗ってけんもほろろの扱いを受けることを覚悟していたが、三島の礼儀正しさに驚いた。とはいえ即答をもらえたのではない。

私たちが三島を呼びたい理由を説明した。彼は行きにくい理由を述べた。これは長くなるな、と察知して切り札のセリフを述べた。「外国の手が入っている」というと「おれもそう思う」と駒場に来ることを三島は了承した。

私は彼が愛国者であることに賭けた。勝共連合の一件について、「おれは右翼に呼ばれたくない」と三島は言った。またテーマについて相談したが、どうせ小人数だろうからという合意があった。私は一ツ橋大学で行われたシンポジウムの文化防衛論の二番煎じでもいいと思っていた。また、学外での三島の活動を細かく把握していなかったので、早稲田大学での講演会は知らなかった。参加者が少ないのはあまりにシンポジウムを受けてくれた三島に失礼と思い、三島との討論会宣伝の活動を、今の配偶者に手伝ってもらった。SNSなど無い時代である。今はもう無いガリ版刷りの、手書きのA5版五〇〇枚のビラを作り駒場、新宿、渋谷の駅で配った。観客数は予測をはるかに超えて一、〇〇〇人以上になった。闘争の挫折で自殺者が数人いたからという事情があったからだろうか。

マスコミには、実際には放送されなかったが本郷で取材され、赤坂のTBSでインタビューを受けたときに知り合ったディレクターの名刺があったので、TBSラジオ局だけには連絡をした。彼はマスコミ反戦のメンバーでもあった。駒場九〇〇番教室に先端照明、録音機があったのは以上の経過によるのである。

また小坂所有の当時としては非常に高級なアンプ、スピーカーを搬入したので、一、〇〇〇人以上入っても会場には明瞭な音が聞こえた。シンポジウム前はまったく予想していなかったが、その映像は、その日の夜のニュースで放映され、後日新潮社からこの討論会の記録が出版されることになったのである。

討論会の一年半後の一九七〇年の三島の自決は、私には全く予測出来なかった。

それ以来私は手に入る情報の範囲で何を彼は考えていたのかを研究することになった。

三島に宿題をもらった気分だった。

渥美半島の突端に伊良湖岬がある。大学の専門課程の実習で豊川用水に行ったときに、そこに三島由紀夫文学碑があるのを見てから私なりの研究が始まった。

潮騒論

私はここで地元の人に潮騒のモデルの話を聞いた。伊良湖の集落から一キロメートルほどの距離に神島が浮かんでいる。そこにはごく少数の島民がいるが、地形は山を持たぬ平地。ここを洞爺丸台風が襲った。ガールフレンドを神島に持つ少年が伊良湖の集落にいた。少年は夜間に少女を救おうと荒海に飛び込んで少女を救い出した。日本泳法の名人だったのだろう。伊良湖岬の漁民の女性たちは少年を誉めそやして飲み食いの料金をもらおうとしなかった。少年は酒の飲みすぎで肝臓病を患い私の訪問時には死去していた。三島は少し改変しているがこの実話を使ったという。潮騒の中では少年は少女を連れて帰ってはいない。何故だろうか。少年はかっこよすぎるからか。これについては谷崎潤一郎の「黄金の死」について述べる評論（「解説」「新潮日本文学6　谷崎潤一郎集」）と比較されたい。

三島は一年の半分は旅行をしていたと新潮社の編集部に聞いた。西伊豆が大好きで下田を必ず巡ったという。欧米での評価が「金閣寺」より高い「午後の曳航」はそんな時に書かれたものだろう。また、西伊豆の安良里の黄金岬には「獣の戯れの」一文を刻んだ碑文がある。

豊饒の海

小説の名付け方にまず驚く。月の地形の呼び名を使うとは。私は仏教と月の関係を知ろうとして吉祥寺の月窓寺に伺ったことがある。しかし「仏教は月を大事にする」と聞いただけで、それ以上は聴けなかった。三島について「厳粛な仏教徒」とも言っていた。「豊饒の海」第三巻にはキウリとともに輪廻という言い方があらわれる。輪廻とは法輪を転じる意味で悟りを開くことである。三島は意味を確定していたのだろうか、輪廻を転生とセットで扱っている。それは生まれ変わりの意味だけではないだろうとも思われるが私にはわからない。多分根拠は大乗仏典のなかの、阿頼耶識の解釈の仕方にあるのだろうと考える。哲学者の内田樹はユング心理学から引いて集合的無意識を阿頼耶識と同義と断じている。そのことについて奈良の興福寺の高僧が解釈したのを読んだが分からなかった。また、阿頼耶識について日本経済新聞夕刊に記載があったことも覚えている。藤原書店の「空海」のなかで、西宮紘は阿頼耶識を法相宗の解釈としている。その中の「十住心論」に記載があり、阿頼耶識は実体ではないと空海は断じている。三島の「豊饒の海」第三巻での阿頼耶識の使い方は私には何とも言えない。キウリも気になる。三島は作品の描写では細部の説明にこだわりを忘れなかった。キウリは曲がっている。三島はその積分を実行しているのだ。人間一人の生存は質点系の運動みたいなものなのだろうか。人間は刹那を生きてはいる。そしてキウリは曲線状の円管体「トーラス」になる。

私は非力ながらポアンカレの位相空間に触れずにいられない。ノーベル化学賞を受けたプリゴジンは「複雑性の探究」の中でこのことにふれている。

三島の論法にはもう一つある。空海の文鏡秘府論と同じであることで、小説よりも論説に多いのだが、対偶命題を取り上げる傾向のあることだ。彼は法学部卒業の作家であり、合法、非合法の思考訓練は慣れているのだが、そのことを空海に学んだかどうかは私にはわからない。

カトリシズムについて

日本のカトリックは島原の乱の後は隠れキリシタンを残して途絶えるが、昭和四三年の駒場の月報の中に寺田透教授の「蓮如以降の浄土真宗はカトリックに類する」との重要な指摘がある。

次に幕末の平田篤胤の著作のなかで、平田国学は神道の伝統とは異なっているのだが、そのうちの一つがカトリック教本の公教要理と同一であることが早稲田大学の研究で指摘されている。平田の著作は勤皇の志士が争って読んだそうである。日本社会にはそのような伏流があるのである。

三島はもちろんフランス文学の教養は深い。三島由紀夫との討論会の折、三島は予測に反しモーリアックのテレーズ・デケイルゥから始めた。モールアックはカトリシズム作家として著名だった。誰の発言が忘れたが「フランス文学はカトリシズムを分からないと理解できない」との指摘があったのを覚えている。三島は自身の葬儀会場を東本願寺築地別院と指定していた。

霊魂の身体分離思考は三島の四〇歳代の思考であった。身体の移ろいと霊魂の不滅がカトリシズムからくると私は理解するが、その考えは古くは三、〇〇〇年前のマニ教に始まるものだろう。カトリックはマニ教を吸収している。近年のカトリックは宗教改革の過程でノミナリズムを信じる。ノミナリズムとは名前のないものは存在できない、という主張である（ヴァチカン）。三島は概念と名辞の区別には賛成したが、ノミナリズムを捨てなかったと、討論会での彼の発言で推測できる。

三島と阿頼耶識との関連は未だわからないが、その他のカトリックは実念論を採っていて、三島も多分実念論を採っていたと思われる。観念は実在するかどうかは哲学上の大きなテーマであるが、数学者の半数程度は存在に賛成すると聞く。三島は作家という規定の中では実念論を採用していたと思う。批評家の古林尚の対談では、三島は言いたいことは「わが友ヒットラー」と「癩王のテラス」に書いた、と言っている。「わが友ヒットラー」は平野啓一郎の言うようにテーマは悪なのだろうか。三島は突撃隊長のレームに同情するという。

第一次大戦後のドイツはワイマール憲法を押しつけられた。ロシア革命後、直ちにレーニンはロシアの一、五〇〇万人ものユダヤ民族を他国経由でドイツに送り込んだ。この件に関してはトロツキーも共犯だろう。

戦後の日本国憲法にはワイマール憲法の影響が強い。現行憲法が批判されているのはそれが原因と思われる。三島は戦後の一時期憲法を肯定した時があるがその後意見を変えた。末那識が戦後憲法の要旨であると知ったからだろうと推測する。

「らい王のテラス」について宮本亜門演出では、衰弱して行く肉体を嘆く一方で仏教による千年王国を夢見る王が描かれる。この演出は素直に受けとれる。現行憲法の信仰の自由の反対意見と言えるだろう。

葉隠

「武士道とは死ぬことと見つけたり」と言って三島は作者をほめてやまないが、その考えは間違いだろうと思う。葉隠は墓をくれのゴロ合わせに過ぎないと私は考える。記者会見までしているが、時々三島に見る早とちりと思う。ただ入隊検査に不合格だった三島にとって、合格した若者の多くは沖縄戦で戦死した。その事についての劣等感が三島にはあっただろう。男は国家のために命を差し出さなければならないことが有る。知行合一を言行一致の陽明学のスローガンとして三島は称えるが、陸象山、王陽明は商人の契約順守を説いただけのものであり、大義名分の革命思想ではない。

三島はサルトルが嫌いでバタイユが好きだと言っていた。ブランショが明かし得ぬ共同体と言っていることはバタイユの思想と近くなるが、楯の会は明かし得ぬ共同体なのだろうか。また、ネーションが全共闘なのか。

ソルボンヌ大学東洋語学研究所の教授の浅利誠によると、ハイデガーがナチ支持を止めたあと一九三四年にヘルダーリン講義を始めているが、ヘルダーリンは芸術作品の起源論を書いていて、その中で真理を形成する五つの可能性・条件を挙げている。それは芸術作品・ポリスの建設・思惟・祖国のための死としての真の供犠の五条件である。三島は中学のころ詩を書いている。彼は元は詩人だったのだ。ヘルダーリンもまたドイツで尊敬されてやまない優れた詩人である。ヘーゲルは空間認識と時間認識を区別した。ハイデッガーは存在を空間・時間認識の超越認識に任せたのである。

三島の死後、父梓は三島の祖母が孫を手元に置くことにこだわるので困ったということを新聞に表した。さらに梓の母は三島に女装させたという。日中戦争がたけなわに向かって行く時期に、時代に背を向けたら近隣からどう扱われただろうか。三島の祖母は幼少期に有栖川熾仁王の侍女として宮中に上がっている。祖母は昭和の軍国主義にみやびを以って対抗したとも言えるのだが、三島は近隣の少年たちにさぞ馬鹿にされたことだろう。私の近所にも女装する男の子がいた。私たちはその子を小ばかにして仲間はずれにするのを咎めなかった。女装させられたことは幼少期の三島にとってさぞ深い傷になったことだろう。浅利誠は三島の自決を解いた。末那識で成立する戦後の拒否、明かしえぬ共同体への忠誠、双方が自決を導いたのであると。

（元東大全共闘）

「見かけ」＝「ドグマ」から「戦後文学」へ

——三島由紀夫とラカンをめぐる研究動向に関する一考察——

柳瀬善治

はじめに　三島とラカン―研究史の整理

近年、三島由紀夫の諸作品をジャック・ラカンの理論を用いて解読する研究が相次いでいる。三島由紀夫作品をラカン理論を基に読み解く試みは以前より存在していなかったわけではなく、ラカン研究者の佐々木孝次は『三熊野幻想　天皇と三島由紀夫』で三島の『三熊野詣』をラカン「リチュラテール」[1]を使って論じており[2]、私（柳瀬）もラカン派のピエール・ルジャンドルの「ドグマティーク」論に依拠して三島の天皇論、テロリズム論を考察したことがある[3]。

しかし「三島とラカン」という問題設定が本格化したのは、『混沌と抗戦　三島由紀夫と日本、そして世界』（水声社、二〇一五）での「ラカンvsミシマ」のパネルディスカッションの開催からだと言ってよいだろう。『混沌と抗戦』の共編者の一人であり同パネルディスカッションでも主導的役割を果たした井上隆史は二〇一七年の佐々木孝次との対談のなかで、ラカンの三島論とジョイス論に触れつつ、「ことばによる分割の「前」」の部分を名指すことで「一挙に美学化してしまう」「みかけ」（semblant）の「魅惑しかない」日本語（漢字が「みかけ」として表れてしまう）の性質と[4]、そうした日本語の形式と美意識に精通しつつもそこからずれようとし（同様の格闘をした作家として井上は横光利一を挙げている）、「享楽」の「身体」と「死の欲動」を全身全霊で表象しようとした三島という魅力的なビジョンを提出している[5]。

さらに佐藤秀明は『三島由紀夫　悲劇への欲動』でラカンの「享楽」概念をヒントに「前意味論的欲動」という概念を立て、『鏡子の家』執筆後に三島が述べる「捨てた赤ん坊」の比喩や『文化防衛論』『豊饒の海』などをその観点から解釈している。[6] また、「ラカンvsミシマ」参加者の一人である福田大輔は三島を後期ラカンの概念で読み解いた『筋肉のエクリチュール』を上梓している。[7]

これら先行論の「三島とラカン」という観点とそこから生まれた成果から見えてくるものは、単に『仮面の告白』などの同性愛表象の問題だけではなく、身体と死と「享楽」との関係、あるいは日本語というエクリチュールの問題や国家論、天皇制との関わりといったきわめて多岐にわたる、また原理的な問題の数々である。このことは三島の〈方法〉の中にラカン理論と共鳴する何ものかが存在したという証左となろう。[8]

本稿では、そうした先行論をふまえ、ラカンのみならずデリダやドゥルーズ、ルジャンドルの仕事、更には他の精神分析的アプローチなども視野に入れながら、三島作品の新たな読解の可能性を探り、さらにはその視座の戦後派作家や戦後詩研究への拡張も試みてみることとしたい。

一、「ラカンvsミシマ」その1
「みかけ」・「享楽」・「動物性」

ここからは重要な先行論である「ラカンvsミシマ」のパネルディスカッションでの5名の研究者の発言を見ていく。

エリック・ローラン「三島とジョイス」は、ラカンの三島についての「三島におけるファルス的享楽と身体の享楽の不調和」というコメントを手掛かりとし、三島の身体観に「悲しみ（chagrin）」を見出したうえでそれを「「語る身体 corps parlants（「身体」は語ることによって象徴界に参入する）」の水準で機能する空虚」であるとする。そしてバルトの日本論との比較から、ラカンは日本語に（「漢字の二重の音韻体系」＝音読み／訓読みによる）「文字によって穿たれた空虚（エクリチュールにより享楽が充填される）」と「見掛けの空虚（他者との儀礼的関係によって規定される複数性であり、唯一者＝「一なる特徴（trait unaire）」へと行きつかない）」との断層を見出しており、三島はこれら空虚のふたつのあり方が和解不可能であることにどこまでも敏感に気がついていた」ため、「身体のうちに享楽が書き込まれない空虚があり、文字の空虚でそれを埋め合わせることができないため、三島は見かけによる保証の不在に耐えられなくなった」のだと述べている。[9]

ローランはラカンに従って、漢字による「二重の音韻体系」を持つ日本語においては三島の抱える「空虚」は、例えばラカンが例に出すジョイスにおけるような文字による享楽の充填・補填がなされないままそれが漢字のもたらす「みかけ」の空虚（日本語の儀礼や修飾的なレトリックとつながる）となってしまい、三島がその断層に耐えられなくなったのだと解釈している。

佐々木孝次「文字と天皇　三島由紀夫における二つの貢物」は、前著『三熊野幻想　天皇と三島由紀夫』での議論を踏まえつつ、『三熊野詣』での漢字の文字表記、具体的には先生が持参した黄楊の櫛に朱筆で書かれた「香」「代」「子」の三文字を「「象徴界」」の産物であるとし、それと「「現実界」」をつなぐものとして「想像する能力」＝「「想像界」」を位置づける。

そして三島の天皇観にある矛盾、天皇の二面性（「安定性、普遍性」と「柔軟性、融通性の両立）は説明しえても天皇の論理的本質を説明しえていないと指摘したうえで、三島の「精神分析」観における盲点を突く[10]。

佐々木は、ラカンの二つのテーゼ、「見かけ（semblant）ほど、書字（ecriture）によって穿たれた空から遠いものはない」「「象徴界」は、一つの文字（lettre）を排除することから成り立っている」を援用しつつ、『三熊野詣』は「文字という象徴記号が人と人とのあいだではたす媒介の役目を見事に説明[11]」しているが、天皇は象徴という「見かけ」（semblant）の下に「生きた身体を隠している」ものであり、そこでの「生と死の二面性」を三島の論法ではうまく説明ができないとする[12]。そして、それは単に三島だけの問題ではなく、「生と死を分けることのできない日本語の慣用から」来るものであると述べる[13]。

この点を佐々木はかつての小阪修平との対話で「見かけと人間との間にと言ってもよいでしょうが、この距離が形式によって確保されているということでしょう。それでもし形式がなければね、そこで人間がもう人間でなくなっちゃう、つまり死があるだけになる。だから人間が死なないためには、シニフィアンがどれほど見かけになっても、やっぱりそこには距離がある。その距離の確保が形式によってなされているということになるんですね[14]」とより平易な形で説明している。

ここでも、先にローラン論文によりながら確認したように、日本語の「見かけ」とエクリチュールの二重性が問題になっており、三島がその問いを『三熊野詣』でラカンを先取りする形で問題化していることを指摘し（ラカンの「リチュラテール」講義は三島没後の１９７１年で『三熊野詣』は１９６５年1月の作品である）、さらにそこに天皇の「生きた身体」をめぐる「生と死の二面性」への問いが重ねられている。

原和之「救済の二つの時間」は、井上隆史の『三島由紀夫　幻の遺作を読む』における「三島には救済の理念としての輪廻転生」という指摘を受け、世界の「外」に出ることを「救済」とするならば主体はまず「内」にいなければならないが、三島における「主体」はその自明さを疑っており、いわば「象徴界」への参入がなされない三島の「主体」の例として『仮面の告白』（「生まれたときの記憶」の表象）と『美しい星』（敵対する「宇宙人」同士のせめぎ合い）を挙げている。そうした「主体」にとっての「救済」は、三島の場合、「象徴界」（父の名）がすでに「想像界」（二重の母）に組み込まれているという特殊な事情があり、そのため、「主体の救済とは、複数の世界、複数の時間を貫き、いわばそれを縫い留めるものとして表れる他者を見出す」という形をとらざるを得ないとし、原はその観点から『豊饒の海』を読みかえていく[15]。

その上で原は「三島の『豊饒の海』が描き出しているのは、ラカンが晩年の議論でその次元を予告していた、世界の手前からの救済の可能性の吸尽法であったのではないか」という説を提示し、かつ「それすらが幻影かもしれない可能性、「救済の可能性を示した「文字」としての転生者そのものが幻影かもしれないという可能性」すらもほのめかしている[16]。

そして、ここからは私の解釈になるが、『豊饒の海』の「転生者」、『美しい星』の「宇宙人」は、まさしく複数的な、ローランの言う「星座的な[17]」「見かけ」であって、しかもそれは人間と外見上（「見かけ」上）全く区別できない。

佐々木孝次が「見かけと人間との間にと言ってもよいでしょうが、この距離が形式によって確保され」るとする、その「距離」「形式」がいわば消失した主体、佐々木の議論で言えば「死」しかないはずの主体のありようを三島は書いているのである。

『豊饒の海』の「転生者」は視点人物である本多繁邦によって読み取られる「三つの黒子」という空虚なシニフィアンによってしか、そして『美しい星』の「宇宙人」は彼らの「パロール」によってしかその証を見出すことができず、しかもこれらは「人間ではない」にもかかわらず、彼らは「「象徴界」に参入しない」、すなわち「宇宙人性」「天人性」を保証する大文字の他者（ラカン）は存在しない（言い換えればこれは山﨑義光の言う「超越的な次元から明示的には物語られることのないこのような叙法は、世界を鳥瞰的な第三者の立場から意味づける視座がな[18]」いという事態のラカン的言いかえである）。つまり彼らは「大文字の他者」によって支えられない「死」に限りなく近い「幽霊的」な主体であるのである。

このように見直した時、三島的な主体は極めて後期ラカン的であるとともにそこから逸脱する要素を持ったものであると言える。

さらに、三島の『鏡子の家』『美しい星』での動物性の忌避を念頭に置いた時、三島≒ラカン的主体をデリダの動物性の哲学と交錯させることが可能となる。

来客から「階級概念」を追放し、「アナルヒー」を常態としていた「鏡子の家」にはなぜか「動物」だけが存在しない。それは「鳥も愛さず、犬も猫も愛さず、その代わりに人間だけに不断の興味を寄せてきた[19]」鏡子の考えによるものである。さらに『美しい星』の羽黒らは人間の美点・欠点を列挙する際にその動物性や感情に関わる要素を消去している。羽黒らが人間の害悪として「事物への関心」「人間への関心」「神への関心」――これはハイデガーのゾルゲ＝関心に由来する――をあげており、ここでも動物性は忌避されているが、彼らは大杉重一郎を罵倒するときには「動物」の比喩を多用しており、先に見た「人間への無関心性」という設定と食い違っている[20]。つまり、『美しい星』のテクストには、登場人物が否認したはずの「動物性」の喩が「散種」されてばらまかれているのである。

デリダは『動物を追う、ゆえに私は（動物）である』において、ラカンの『エクリ』、就中「フロイト的無意識における主体の転倒と欲望の弁証法」での「動物性」の「否認」を執拗に跡付ける。そしてラカンが「シニフィアンの他者の場所」と呼ぶ場所を「動物」のいる場所として読みかえる可能性を示唆している[21]。

このデリダの議論を援用することで、三島≒ラカン的な「シニフィアンの他者の場所」を「動物」「幽霊」が「散種」された場所として読みかえることが可能になる。これは三島が否認した「無意識」を彼のテクストに読むことでもあり、その無意識の場所に横たわる「他者」の「身体」、「身体」の「享楽」をもたらす「他者の身体」に「動物性」「幽霊性」を読むことでもある。

二、「ラカンVSミシマ」その2
「死の欲動」・「文字」・「身体の享楽」

「身体」の「享楽」と「死」の問題については井上隆史「もし、二人が出会っていたら……」に、興味深い指摘がある。

井上は、ラカンのシェーマLでの主体（S）と自我aの重ね合わせが不可能だというテーゼを三島の『仮面の告白』での「告白の不可能性」と同様だとしたうえで、シェーマLの左辺と右辺を一致させることで大文字の他者Aと小文字の他者aも一致しうる、それがすなわち現人神である天皇であり、この一致は天皇と同一化しての「死」＝自決を意味するとする[22]。これはラカン理論を用いて三島と天皇の問題を明快にシェーマ化した優れた指摘である。

さらに井上は『仮面の告白』をラカン理論のパロディとして読むことができるとしたうえで、三島のラカンに対する「アイロニカルな位置」、ラカンが「死」という事態を宙吊りにしたのに対しそうしたラカンの体系性にゲリラ戦を仕掛けているのが三島であるとする。そしてラカンの一九七四年のローマでの講演での三島に対する言及（ポール・マティスの報告を受けた三島『仮面の告白』の『聖セバスチャン像』を前にしての射精についてのコメント）をふまえ、言語によって表象されうる「ファルスの享楽」に対する表象不可能な根源的である「身体の享楽」、そしてその間を隔てる「余剰享楽」（ラカンの「資本主義のディスクール」とかかわり、「もはや享楽しないこと」と「もっと享楽すること」の二重性を持つ）がここでラカンによって三島のテクストに読み取られているとする。さらに井上は「象徴界」と「想像界」の重なり合う部分の「意味」と「現実界」との関わり（文字を読む人間が意味を発生させるがそれは「現実界」と直接に関わらない）が『仮面の告白』終結部の「私」と園子との対話によって表象されていると解釈をしている。[23]（ラカンの「享楽」への理解については松本卓也『享楽社会論　現代ラカン派の展開』に負うている。）

　福田大輔の「序」は四人の議論を受けて、「天皇とは「現実界」と「象徴界」との間で引き裂かれた文字＝存在であり、その解釈の試みに三島のみならず、日本人全体がつまずいている」と佐々木の議論をまとめ、ローランは「三島という主体を話す身体と解釈し」佐々木は「天皇という大文字の他者を「話す身体」と解釈した」点に両者の差異を見出している。[24]

　福田は、原の『豊饒の海』論に「三島的主体に固有なエディプス図式に、前期の輪廻の円環的時間という主題を重ねると『豊饒の海』が作品として結晶化する」という主張を認め、そのポイントに転生者＝文字の外在性が希薄になっていく点を見出している。そして福田は原の議論に「現実界」と「想像界」の間の文字の審級が考察されているのではないか」と、さきほどの佐々木＝ローランの解釈との対応を見ている。[25] これは「象徴界」・「想像界」・「現実界」のいわゆるボロメオの環の関係から三島と天皇との関係を再解釈していることに等しい。

　福田は、ローラン論のポイントをいかにして「死の欲動に従うマゾヒズム的享楽をいかにして塞ぎとめるか」だとしたうえで、ジョイスや三島には「享楽の傾向を規範化する象徴的枠組み」がなく、「死への危険な傾斜が止まらない」ため、自分自身で「隠喩」とよばれる個人的なブリラージュを作るしかなく、ジョイスの独特の文体はそのために生み出されたのだと解釈する。これは「文字と身体とがダイレクトに裁断され連結される」ものであり、先の例でいえば「「想像界」と「現実界」との文字」が問題化される例の一つである。[26]

　福原泰平はこの状態をボロメオの環が外れて「ほころび」になった状態であり、ジョイスの文体を「象徴的な書字が語りえぬ地点で渦を巻いて砕け散り、想像的な自我の幻想を削ぎ落してこれを衰弱させていくようなスタイル」と評価したうえで、ジョイスの作品がいわば「父の名」を補填し「ジョイスという主体に欠けた穴の周りを埋め、彼の空無を示す印として彼に一つの彼特有の本質を与える」

ことになったと説明している。[27] ジョイスの異様な「エクリチュール」（ラカンはこれを人間という「症例」をつなぎとめる第四の要素として「サントーム（sinthome）」と呼んでいる）は結果的に象徴界の代理を果たし、彼の精神の「ボロメオの環」を散逸させなかったわけだが、三島において「サントーム」が存在しなかったのかどうかは大きな主題である。その問いはおそらく三島の天皇像と唯識観に関わってくる。[28]

　このラカン的な「文字の審級」の問題は、三島が「みやびのまねび」と名付けた天皇と和歌（民衆詩）、さらには『豊饒の海』の原動力となっている、文字を立てること自体を禁じる仏教＝唯識論との関係で改めて問い直されなければならない。そこから井上隆史が提言する、三島の「文化概念としての天皇」と唯識のいう「阿頼耶識と染汚法の同時交互因果」が「時間的連続性と空間的連続性の座標軸」という点で同一のものではないかという大胆な問題提起にも新たな光が当てられるだろう。[29]

　以上の先行論でのラカン派の議論の参照によってより深められる論点は、いわば「身体」と「文字」の審級、「死」の表象をめぐる問題であり、それは三島の国家論、天皇論への検証にもつながりうるものである。

　ここでは福田の『憂国』読解を例にとりながら、「身体」と「文字」の審級、「死」と「享楽」とが国家の表象といかにしてつながっているのかを考えてみたい。

　福田は前掲書で『憂国』を「剣道の〈修身〉と死の欲動が結び目をなし、三島の自決まで見通せる作品」とみなし、特に映画版『憂国』を「享楽の原因＝対象をめぐる苦行もしくは広義の科学的探究」を表象した作品として捉え、前述のラカンの三島解釈を援用しながらそこに「身体と享楽のあいだの差延」を見出している。[30] これは福田が述べるように三島作品での「見る者」と「見られる者」の根源的不一致」を表象するものとして興味深く、この「「見る者と見られる者」の根源的不一致」の主題は戦前の『中世に於ける一殺人常習者の遺せる哲学的日記の抜萃』（一九四四）の「殺人者」と「海賊」以来三島文学において追及されてきたものだが、福田のこの読解は通常「行動者」と「認識者」の対比として捉えられてきたこの三島作品における「根源的不一致」を「身体」と「享楽」の関係として考察し直すことを可能にするものであり、大きな研究上の貢献といえる。

　また、福田が本多の窃視との関係から考察している『暁の寺』の今西と椿原夫人の性交は今西の「柘榴の国」のビジョンがそのまま『中世に於ける一殺人常習者の遺せる哲学的日記の抜萃』の自己否定とも呼べるものであることを考慮に入れれば、三島の「身体」と「享楽」観の変容としても位置付けることができ、新たな読解へと道を開く。

　福田は特に映画版『憂国』を重視しており、そこにラカンの言う「孔傷《トルゥマティムス》」——「経験に消失線を引く経験であり、日常の時間が一瞬断絶して、それが復帰するまでの空白＝孔の経験」——を見出し、その「孔」がラカンの「一の線（trait unaire）」の次元にあるとして、同概念による『太陽と鉄』の分析へとつないでいる。[31]

この指摘に付け加える点があるとすれば、『憂国』は映画版と小説版で異なる表象のされ方をしている作品であるということである。佐藤秀明や柴田勝二の研究での指摘[32]にあるように、小説版『憂国』は、通常連想されるような「三島美学」や「エロティシズム」を前面に押し出した作品としてというより、むしろそれを「語り」によって脱臼させていく性質を持つ作品として読む必要がある。

また、先にローランが触れた「一の線（trait unaire）」との関わりで言えば、『憂国』における「書」は、守安敏久が「書の空間」「血の墨」をもって「中尉夫妻が「政治や社会、人間関係の重力に抗して歩む」姿を書きこむ空間[33]」と捉えており、この「空間」をラカンの「文字」「リチュラテール」を用いて読解することで『憂国』での「文字」と「身体」と「享楽」をより複雑に問い直すことができると思われる[34]。

またこの「文字」と「享楽」との関連を政治的文脈を含めて問う視座は、小説版『憂国』（一九六一）と映画版『憂国』（一九六六）のはざまの時期に書かれた『林房雄論』（一九六三）においても有効である。

『林房雄論』において三島は林の「植民地安南」を舞台とした『古典的な手紙』と「日本占領下の南京」を舞台とした『四つの文字』を政治と詩の観点から論じている。

三島はこの二作品に「林氏の詩とニヒリズムの主調音」「エモーショナルな政治主義」を見出し、そこに林が彼の没入したマルクス主義とは食い違う「かうした「民族的な夢」を通してしか、現実と接触する道を失」った様を論じているのだが[35]、ここで三島が林に見出している構造はラカン派精神分析の「スクリーン」、ピエール・ルジャンドルの「劇的なファンタジー」そのものだろう。

本稿の論点から見て興味深いのは、そこで三島が重視しているのが「若々しい、純潔な、火のやうな「憤怒」の文字は、「四つの文字」における、不気味な、虚無そのものの暗号ともいうべき、死灰のような「学我者死」の四文字と照応している[36]」という「死」と「虚無」を表象した「文字」であるという点である[37]。この林のテクストとそれを論じる三島のディスクールほど福田、佐々木孝次のいう「後期ラカン的な表象」もないであろう。このように「三島vsラカン」の問題設定は研究が進んでいるとは言えない『林房雄論』の検証に新たな視座を与えてくれるものである。

さらに、『林房雄論』には、「死灰のような「学我者死」の四文字」と対応する不気味な一節がある。

後年、独房が氏の記憶のなかで、ぬきさしならない象徴の形をとつたときに、「銀色の粉」も亦、当初の道徳的な象徴を通りこして、人間の生成のふしぎさと、自由の逆説的な構造と、体験といふものの信頼しがたい定めがたさと、……それらすべての、言ひがたいものの結晶になる。「学我者死」の怖しい四文字も、運命の予測しがたい力によつて、この銀色の粉が描いた文字かもしれないのだ。(38)

「銀色の粉」は林の『獄中記』のなかでは「雪」の「隠喩」であるが、そのシニフィアンは「「学我者死」の怖しい四文字」と結びつくことで、三島の言う「ぬきさしならない象徴」「言いがたいものの結晶」となる。これはラカンの「リチュラテール」としての解読を可能とすると同時に、デリダ的な「死灰」、守中高明がデリダの『シボレート』を援用して述べる「死後に訪れる灰という痕跡の体験は、しかしながら特有の時間錯誤性によって、生死の区別以前のある場面を開き続ける」、「その原――物質性において弁証法的止揚の運動へ回収されることを拒み、それどころかその運動を挫折させ、機能不全に陥らせる」(39)ものと同様のものとして理解できる。三島が林の政治的思考に「弁証法的思考(40)」を読み取っているだけに、この「銀色の粉」=「死灰」の「反――弁証法的な力(41)」はなおさら際立つ。

第一節の「動物性」の問題と併せて考えれば、三島のエクリチュールはラカン的精神分析とデリダ的精神分析を同時に可能とする恐るべきエクリチュールであると言えるのである。

三、「見かけ」としての「ドグマティーク」
――テロリズム論、国家論への接続――

ラカンの「見かけ」の概念は、一見それとは結び付かない規範や社会システムにも接続しうる射程を持っている。前述の「ドグマ人類学」で知られるフランスの法制史家ピエール・ルジャンドルが「ドグマ」を「見せかけ」と定義し、「美学を欠いたドグマ学は存在しない(42)」として法を含めた社会的システムの根幹に位置づけていることは、ルジャンドルがラカン派の一員であり、かつ、法制史から見た西欧批判を行っているだけに興味深い。

> この語(ドグマ…引用者注)が我々に連想させるのは、見えるもの、現れるもの、それらしいもの、そう見させるもの――見せかけも含めて――である(Il nous renvoie à ce qui paraît, qui apparaît, qui semble et se fait voir, jusque dans la feinte)。時としてその意味は二つの側面から捉えられ、法的なものはしばしばその両面に言及し、またあらゆる権力はそれらを同時に動員

する。その両面とはつまり、公理、原理または決議としての（doxa）の側面と、名誉、美化、装飾としての（doxa）の側面である。[43]

つまりラカン的な「みかけ」は医学と法学を支える「ドグマ」そのものなのであり、美学的な領域だけでなく、美学的なものによって基礎づけられた社会的正義及び社会システムの分析にも転用可能なものであるということである。この点はルジャンドルの翻訳者である西谷修との対話の中で酒井直樹が明言している通りである。

酒井　ルジャンドルは「ドグマ人類学」を提唱していますが、そこで先日も西谷さんが触れられた『ドグマ』という考え方も、実は、社会的正義に関する理性の使用は、実は、劇的なファンタジーに基礎付けられているという点を指摘するために採用されているように思えます。法的なものや倫理的なものと劇的なものを分けて考えるわけには行かない。むしろ、社会正義に関する理性は多くを劇的なファンタジーに負っている。つまり、広い意味での劇的なものは社会的理性を基礎付けるのではないでしょうか。[44]

『混沌と抗戦』の「あとがき」で井上隆史は同書に積み残した問いとしてその進歩開始直前に起こった「パリ同時多発テロ」、つまり「テロの問題」を挙げ、「生の追求が、結果的にニヒリズムと殺人に行きついてしまう点において、三島とテロリストの間には、確かに通じ合うものがある」[45]と述べている。

この井上の問いかけを受け、それにルジャンドルが『ロルティ伍長の犯罪』において「現代のテロや人質といった現象」を「父殺しと同じメカニズム」＝「〈準拠〉の殺害」[46]としてとらえ、カナダケベックのテロリスト、ロルティを「劇的なファンタジー」としての「ドグマティーク」、主体が「禁止の組み立てとの関係で自分の演じる演技を発見する」[47]という観点から分析を行なっていることを接続させれば、「みかけ」＝「ドグマティーク」の観点から三島とテロリズムの問題を扱うことは十分に可能である。

この論点に関連して、国家権力がエロティシズムを占有することへの抵抗として「性的アナーキズム」を捉えた三島と野坂昭如がその先に「今日的なテロ」を見出していることは重要であり、三島と「劇的なファンタジー」「享楽」をめぐる問いから「今日的なテロ」を見つめ直すことが改めて重要となるであろう。

それでね、国家権力とは何か。エロチシズムと国家権力はどうして衝突するか。僕には長年の疑問がある。

もし、国家権力に非連続性の中心理念があるとすれば——それはつまりデモクラシーだが——国家権力とエロチシズムは相渉しない。それを極端な形で実現したのが、アメリカの占領だと思う。（略）というのは、もし国家権力が連続性を、死を、祭祀を代表しているならばひょっとすると国家権力とエロチシズムは同じ側に属していることになるかもしれないのだ[48]。

三島　ひとたびエロチシズムを扱ったら、政治の問題が必ず入ってくる。例えばあなたの（「エロ事師たち」の）乱交パーティーね、あれは性的アナーキズムの極で、その後には何がくるかね。

野坂　今の状態における最終的なものが乱交パーティーだけど、また少し先にゆけば、アナーキズムの先にある、政治とのかかわりあいは、また違ってくると思う。僕自身では、その先にあるものは今日的なテロですね。

三島　そうだろうね。僕はそれを聞きたかった。そこへゆくはずだもの[49]。

そして後述するラカンの概念の一つである「一の線（trait unaire)」、一九六一―一九六二年の「不同一化」セミネールで提出された「主体以前にある根源的な「一」の書き込み」と呼ばれる概念について、佐々木中が「批判的な弟子の一人であり「ドグマティシアン」であるルジャンドルから何らかの示唆を受けて[50]」いると述べており、佐々木中の言う通り、すべてに先立つ根源的な書き込みである「一の線（trait unaire)」は、「それ自体には因果性も根拠も説明もないがそこから因果性と根拠と説明が開始される何ものか[51]」という含意が含まれる点においてルジャンドルのいう「ドグマ」そのものである。

ラカンの概念をルジャンドルの議論を経由させて具体的な法制度へ接続することでより広範な国家論の文脈のなかで三島＝ラカン的主体を考察することが可能になる。ルジャンドルの「ドグマ人類学」を用いて北一輝や主権概念を論じた試みとして嘉戸一将の仕事があるが[52]、たとえば三島と北一輝との関係もまたラカン＝ルジャンドルのラインから問い直される必要がある[53]。

四、「見かけ」と「リチュラテール」　戦後詩研究への架橋

佐々木孝次らが三島解釈における論点として注目するラカンの「見かけ」の概念だが、この概念を例えば戦後詩解釈に援用する試みも存在する。

城戸朱理は谷川俊太郎と入沢康夫の詩作に対してラカンの言う「見かけ」を見出している。

> ジャック・ラカンが日本を訪れた後、サンブラン（見せかけ）の帝国」という言い方をしたことを思い出しました。（中略）意味するものが意味作用を逸脱して見せかけで構成されていくのが日本的なるものだということなのですが、谷川さんの詩の言葉も歴史的な意味の重層性が焦点を結ぶ象徴性を欠いていて、日常の意味伝達のための平均化された日本語という見せかけのうちに詩が成立しているのではないか[54]。

> これら（コジェーブとラカンの発言…引用者注）をあえて乱暴にくくってしまえば、日本的なるものとは形式があって内容がないという指摘だと思うんです。入沢康夫を考えてみる場合、今行ったことを否定的にとらえるのではなく、三浦（雅士）さんがいま空虚とは豊かだ、とおっしゃったように、肯定的に考えてみることができるんじゃないか（中略）入沢康夫の場合もそういった極端に日本的なものを非常に高い密度で拡充することで逆に空虚が成立しているんじゃないか[55]。

城戸は谷川と入沢の詩に「空虚」の周りに「見かけ」が充填され、象徴性や意味へと行きつかない構造を見ている。これはローランや佐々木孝次が三島に見た構造そのものである。

通常全く接点のないと考えられている谷川・入沢の詩と三島の小説が同一の論点——「みかけ」——で論じることが可能となるというのは極めて興味深いが（ちなみに三島—一九二五年生まれ—と谷川・入沢—一九三一年生まれ—は6歳違いである）[56]、彼らは日本語の「見かけ」「リテラチュール」としての性質を徹底して顕在化させ、その背後の「空虚」を暴いて見せているのかもしれない。

藤井貞和と野村喜和男が城戸の発言を受けて言う「沈黙以前と沈黙以後、その間において発生する日本語の機微」が谷川と「他の詩人と」異なっている（藤井）、「我々にとっての詩における他者と谷川さんの考えている他者が大きく離れている」（野村）という指摘は、佐々木孝次が「ことばとことばの隙間」を解釈で埋めようとせず、「意味が発生しない」ことにより「歴史」がないと論ずる「日本語」の「機微」の性質（井上が言う「詩の始まり以前のところを一挙に美学化する」[57]性質）を谷川がまさしく「見かけ」として顕在化させているということにほかなるまい。

こうした詩以前の「沈黙」の領域を三島は中村光夫との対談『人間と文学』の中で川端康成に触れながら問題化しているが[58]、これは先に触れたボロメオの環の「現実界」と関わる「意味」の領域、さらには「身体の享楽」の領域に関わる問題である。

戦後詩というジャンルは、ラカンのジョイス解釈によりながら福田の述べる「(隠)喩」の問題が集中的に問われた領域でもあり、戦後日本という「修辞的現在」(吉本隆明)がラカン的「意味」[59](および「現実界」と「享楽」)とどのようにかかわっているのかを、谷川・入沢ら戦後の詩人の仕事を切り口として考察することができるのではないだろうか[60]。

　さらに、入沢が『わが出雲・わが鎮魂』で虚構としての死と再生の物語を精密に模造し(岩成達也は入沢の詩に「細部の入念さ」「保守的な語感」と「全体の単調さ」「無機質的な感触」を指摘している[61])、しばしばその詩に「空虚」「たえざる引用による排除の空間」「ふり、見做し、口実、もどき」[62](つまりは「見かけ＝サンブラン」)が読み取られている詩人であり、かつ「幼年時代の原形質のようなものが一番露出している」[63]と評され「我々の生存の道順に従って／死者の群がる風景は展開する、鈍重に、時として過激に」[64]という詩句をその巻末に置く『死者たちの群がる風景』の作者でもあること、入沢だけでなく鮎川信夫をはじめとして「死者の代行(しかも往々にして女性の死者の身体である)」が戦後史のモチーフの一つであったこと、これらをすべて考え合わせれば[65]、三島＝ラカン的主体に特徴的な「死」の表象と「形式」「見かけ」にまつわる問題系は戦後詩全般を再考するための重要な手がかりともなりうるはずである。

　またこうした戦後詩を「喩」として捉える吉本隆明的な史観については、藤沢周が「「……のような」の下に「……のような」というのが永久に続きますから。その「喩」の循環の仕方というのは、やはり、近代から逃れていないんですね。そうじゃなくて全く新しい言語をいま人々が求めている」「いかに動物になるか、如何に違う言語を持って世界の地図を変えるか」と述べ、それを受けて野村喜和夫が「ぼく自身は、せっかく日本語の漢字かな混じり文で書いているわけですから、表意文字の表意性、音声に還元できない、書くということそれ自体にコアなものがあると思いたい」と発言をしている[66]。ここには、ラカンが見出した「漢字かな混じり文」である日本語の「リテラチュール」としての性質を戦後詩の核心として捉え、かつそれを「隠喩(シニフィアン)の循環」への切断(ラカン)として見るか、「動物性」(デリダ)を表象する「新しい言語」として見るかという、本稿で確認した主題が現代における日本語詩の表象可能性の問題として提出されている。

　現代詩を取り巻く状況は小説など他の芸術ジャンルと同じく、「市場と情報と軍事とが工学的に結合した三位一体、金融工学とハイテク軍団と産軍複合体を操る帝国的なものが、世界を覆いつくそうとしている」[67]時代において、かつてない危機的な状況となっている。

　更には二〇二二年という現在においては、その三位一体構造すらが、コロナウィルス禍というもっとも生物的、身体的な事態によって根幹を揺るがされているという未曾有の状況へと変貌している。また、『林房雄論』の「銀色の粉」という「隠喩」は原発事故とコロナウィルス禍を経由した現在、より不気味さを増した「文字」として機能するようになっているのである。こうした状況下の「享楽」、ラカンにおいては「自らの死と引き換えにはじめて接近可能であるものだった」はずの「享楽」の位置づけの変化を、松本卓也はスラヴォイ・ジジェクの指摘を受けながら「「享楽」は、死を賭した革命にも似た甘美な破滅に彩られた「不可能なもの」としてのそれから、消費社会における「エンジョイ」、つまりは制御の可能なものとしてのそれへと変貌」したと述べている[68]。

　だからこそ、まさに「今・ここ」で三島≒ラカン的主体の「死の欲動」「身体の享楽」を問い直す意義があるといえる。

五、「集合性」・「二の線」・「小説という装置」　他の戦後作家研究への展望

　三島をラカンに限らない精神分析の観点で読み解いた近年の試みとしては内海健『金閣を焼かなければならぬ』があるが、そこで内海はカントのアンチノミー論を援用して（アンチノミー論はラカンもよく援用する議論である）金閣寺放火事件の実行者林の精神世界を解釈している[69]。カント哲学の衝撃から「自同律の不快」の思想を生み出した作家として埴谷雄高の存在が挙げられるが、林もまた実存の根源としての「自同律の不快」を全身で経験したのだと言える[70]。つまり林への分析は「自同律の不快」を通して埴谷へと接続することが可能となる。あるいは精神疾患の経験を持ち『人間精神の諸領域の探求』のような感情や心理の実験であると同時に自らの治癒の試みを行った作家である中村真一郎をも視野に入れたとき[71]、〈戦後〉という「時代の病理」をラカン派の観点で読み解くことができるだろう[72]。

　さらに、内海は『仮面の告白』の本心＝素顔の不在を論じながら「素顔にあって仮面にないもの、それは差異のうごめきである」と述べている。この論点に、たとえば社会学者の遠藤知巳が提出する、観相学的言説と三人称的視点を構造化する十九世紀小説との並行性＝「物語世界の外から投げかけられる断言と世界内を動き続ける不安な推測」との交差、「虚無点としての〈内面〉をおくことによって成立している呪物＝物神[73]」という問題を結びつけたとき、〈はたして「顔」は情動や心理を表象しているのか〉という問いはそのまま〈小説とは何か[74]〉という問いへと読み替えることが可能である[75]。

　遠藤や内海のいう「顔」「仮面」が果たしてラカンの言う「対象ａ」なのかそれとも「見かけ」なのかは議論を要

するところであろうが、「物語世界の外から投げかけられる断言と世界内を動き続ける不安な推測」「虚無点としての〈内面〉をおくことによって成立している呪物＝物神」という問いは精神分析の言説とも重ね合わせ得るものであろう。「語り手の託宣的断言が、必ずしもつねに人物たちの判断の最終審級になるとは限らない」「それに還元しきれない余剰の感知を巻き込む[76]」という遠藤のコメントは殆んどラカン派の分析を見るようでもある。

　こうした「みかけ」「リテラチュール」としての言説そのものへの問いを孕んだ三島≒ラカンの問いは「精神分析」≒「小説」の存立機制それ自体を問い直すメタの言説となりうるものだと考えられる。中村、三島らの戦後派作家が「小説」についてその不可能性さえもにらんだ原理的考察をしていたことを考え合わせれば[77]、ここでの「精神分析」≒「小説」の存立機制への問いかけは戦後派の仕事を再考するための有効な武器足りうる。

　また、三島における「政治」と「集合性」の問題を福田は前述したラカンの「一の線（trait unaire）」（シニフィアン以前の「線」の単独性）という概念を用いて、詩「F104」をはじめとする『太陽と鉄』から読み解いている。とりわけ「形態自体が極限の可変性を秘めた、柔軟無比、ほとんど流動体が一瞬にえがく彫刻のようなもの」を「音速で飛行しながら静止した自分と日本とのたたかいの絵」として読解した『筋肉とエクリチュール』第7章の議論は三島における集合性の問題をラカン理論を用いて論じた刺激的な読解といえる[78]。この「一の線（trait unaire）」＝「ドグマ」を「フォルム」としての「文化的天皇」と接続することができるのかは先に見た三島における「ドグマティーク」とテロリズムとの関係を考察する際のカギとなるものである。

　この三島≒ラカン的な「一の線」を、例えば、ドゥルーズ＝ガタリが『ミル・プラトー』で提出した〈線〉（ligne）、「人称や主体、あるいは事物や実体の個体化とは全く違った個体化の様態」である「此性」（haecceitas）、「リゾーム[79]」とも等値された「此性」を描き出すため考案された〈線〉と比較したときに何が見えてくるのかは、理論的に興味深い問題である[80]。

　戦後派作家研究との関連でこの理論的な問いを再考してみるとすれば、ここに大岡昇平という存在が浮かび上がってくる。大岡は亀井秀雄が「個我の集合性」と呼ぶ主体の在り方を戦争や歴史への問いとともに問い続けた作家であり[81]、『少年』『幼年』で自身の記憶を精神分析的に解剖し、またバルト『零度のエクリチュール』、ドゥルーズ『プルーストとシーニュ』をいち早く原典で読んでいた人物でもある[82]。「敗走する集団」への偏執的なこだわり[83]をもった大岡の戦争小説、歴史小説をマイノリティの逃走する〈線〉という観点から読み替えることは、ドゥルーズ＝ガタリの精神分析批判の射程を理論的に検証することであると同時に、三島⫲ラカン的主体とはまた異なるいわゆる「人称や主体」とは「全く違った個体化の様態」をいかにして戦後文学に読み取っていくかという問いへもつながりうる(84)。

その問いかけは先に述べた原爆事故後のコロナウィルス禍での「市場と情報と軍事とが工学的に結合した三位一体」構造、そのただなかに取り巻かれた「文字」が、「身体」が、いったいどのような変容を被るのか、そしてそうした中でわれわれはいったいどのような「個体化の様態」を取ることが可能となるのか、こうした問いへも続いているのである。

それらの問いを解くためのヒントは三島をはじめとする戦後文学の、幾多の小説や詩の中に眠っているはずである。

（広島大学大学院総合科学部准教授）

注1　佐々木孝次『ラカン「リテラチュール」論　大意・評注・本論』（せりか書房　２０１７）。また佐々木『文字と見かけの王国』（太陽書房　２００７）。

2　佐々木孝次『三熊野幻想　天皇と三島由紀夫』（せりか書房　１９８９）。なお、同様の問題を論じた佐々木の近著として佐々木孝次『天皇と供犠　応用精神分析の試み』（せりか書房　２０２０）。

3　柳瀬善治「テロルにおける倫理の表象可能性―三島由紀夫の「ドグマティーク」―」（初出『三重大学日本語日本文学』12　２００１・６、のち『三島由紀夫研究「知的概観的な時代」のザインとゾルレン』創言社　２０１０に所収）。

4　この点を三島は「和歌や俳句のあるところにはそれ（＝エロティシズム）が必ず侵潤している」と説明している（『人間と文学』『決定版三島由紀夫全集』40　p60）。

5　井上隆史・佐々木孝次「日本語で表現できないところを日本語でどう表現するか」『図書新聞』（２０１７年11月28日　第３３２８号）

6　佐藤秀明『三島由紀夫　悲劇への欲動』（岩波新書　２０１７）。

7　福田大輔『筋肉のエクリチュール』（晃洋書房　２０２１）。

8　ラカンの理論が三島にこれほど適合的な理由はいくつも想定しうるが、佐藤秀明も述べるように（佐藤前掲書p16）三島はバタイユから同様の論理を直観した可能性が高いと思われる。「死」「享楽」と「文字」「権力」の関係、あるいは「父（の名）」と「母の身体」など三島のラカン的な発想が縦横に用いられている書物はおそらく中村光夫との対談『人間と文学』だと思われる（『決定版三島由紀夫全集』40）。

9　エリック・ローラン「三島とジョイス」（『混沌と抗戦　三島由紀夫と日本、そして世界』水声社　２０１５　p315-322）。

10 佐々木孝次「文字と天皇　三島由紀夫における二つの貢物」『混沌と抗戦』p324-327)。

11 「見かけ（サンブラン）」については後述の原和之論文に丁寧な解説がある。原和之「救済の二つの時間」（『混沌と抗戦』p341-342）。

12 この点を端的に突いたのが長崎浩の三島論である。長崎は「結局、三島のいう政治のダイナミズムとは、政治的というよりまったくのところ倫理的なダイナミズムである」「そして、天皇に『死』を賜う事によって、ダイナミズムは終局する。ありのままの天皇にすればこれほど有難迷惑なことはないだろう」（長崎浩「変革原理としての天皇―三島由紀夫の天皇論―」（『超国家主義の政治倫理』　１９７７所収　p216）と述べている。

13 佐々木孝次「文字と天皇　三島由紀夫における二つの貢物」『混沌と抗戦』p329）。

14 佐々木孝次・小阪修平「「見かけ」の魅惑」（『三熊野幻想　天皇と三島由紀夫』p154）

15 原和之「救済の二つの時間」（『混沌と抗戦』p331-339）。

16 原和之「救済の二つの時間」（『混沌と抗戦』p340）。

17 「宇宙人」の羽黒一味は「白鳥座十一番星」から来たことになっている。

18 山崎義光「二重化のナラティヴ―三島由紀夫『美しい星』と一九六〇年代の状況論―」（『昭和文学研究』43号　２００１・９）。

19 『鏡子の家』（『決定版三島由紀夫全集』７　新潮社　p23）。

20 この点については拙稿「三島由紀夫『美しい星』再考―大島渚・吉田大八との比較を中心に―」『近代文学試論』58　２０２０・12）。

21 ジャック・デリダ『動物を追う、ゆえに私は（動物）である』（筑摩書房　２０１４）。デリダと精神分析について守中高明『ジャック・デリダと精神分析　耳・秘密・灰　そして主権』（岩波書店　２０１６）。

22 井上隆史「もし二人が出会っていたら…」（前述『混沌と抗戦』p348）。

23 井上隆史「もし二人が出会っていたら…」（前述『混沌と抗戦』p355）。

24 福田大輔「序」（『混沌と抗戦』p309）。

25 福田大輔「序」（『混沌と抗戦』p310）。

26 福田大輔「序」（『混沌と抗戦』p311）。

27 福原泰平『ラカン　鏡像段階』（講談社　１９９８　p292-293）。ジョイスの『フィネガンズ・ウェイク』を日本語に翻訳した際にどのような問題が発生するかについて齊藤一「売買川走」（『テクストたちの旅程―移動と変容の中の文学』花書院　２００８）。

28 三島が自分が戦時中に書いた遺書（しかも「毛筆」で書いている）をカトリックの教会のアナロジーで説明したこのエッセイも「サントーム」と「享楽」の観点から別様の解釈が可能となるだろう。「当時は、末梢的な心理主義を病んでゐる青年の手をさえ捉えて、らくらくとこのやうに（「天皇陛下万歳」という遺書…引用者注）書かせるところの、別の大きな手が働いてゐたのではないか。それは国家の強権でもなければ、軍国主義でもない、何か心の中へしみ通つてきて、心の中ですでに一つのフォルムを形成させるところの、もう一つの、次元のちがふ心が、私の中にさへ住んでゐたのではないだらうか。カトリックにおける教会とは、そのやうなものではないか。われわれを代理し、代行し、代表するもう一つの心があるのだ。」（「私の遺書」34　p155）

29　井上隆史『暴流の人　三島由紀夫』（平凡社　２０２１　p520）。

30　福田前掲『筋肉のエクリチュール』p224。

31　福田前掲書 p226。

32　柴田勝二「三島由紀夫『憂国』論―大義としての肉体」（『相愛大学「研究論集」』第13巻　１９９７・３）、佐藤秀明「『憂国』論　肯定するエクリチュール」（『三島由紀夫の文学』試論社　２００８）。

33　森安敏久「三島由紀夫の映画『憂国』―書／器官／仮面／楽土―」（『宇都宮大学教育学部紀要』60‐3　２０１０）。

34　『憂国』をロザリンド・クラウス（彼女はラカン理論の影響を受けている）の『視覚的無意識』を用いて読解した試みとして拙稿「『憂国』、映画『憂国』」（井上隆史・久保田裕子・田尻芳樹・福田大輔・山中剛史編『三島由紀夫小百科』水声社　２０２１）。

35　『林房雄論』（『決定版三島由紀夫全集』32　新潮社　p354-356）。

36　『林房雄論』（『決定版三島由紀夫全集』32　新潮社　p354）。

37　しかもこれが佐々木・井上がいう「漢文」であるのはここでの「虚無」「享楽」がどのような分節をされているのかという新たな問題を派生させる。

38　『林房雄論』（『決定版三島由紀夫全集』32　新潮社　p366）。

39　守中高明『ジャック・デリダと精神分析　耳・秘密・灰　そして主権』（岩波書店　２０１６　p143）。

40　『林房雄論』（『決定版三島由紀夫全集』32　新潮社　p378）。

41　守中高明『ジャック・デリダと精神分析』p143。

42　ピエール・ルジャンドル『真理の帝国』（人文書院　２００６　p57）。

43　ピエール・ルジャンドル『真理の帝国』（人文書院　２００６　p57）。なお、Pierre Legendre L'empire de la vérité（Fayard 1983）を参照した。

44　酒井直樹・西谷修『世界史の解体』（以文社　p267-270）。

45　井上隆史「あとがき」（『混沌と抗戦』p461）。

46　P・ルジャンドル『ロルティ伍長の犯罪』（人文書院　１９９６　p104, p231）。

47　P・ルジャンドル『ロルティ伍長の犯罪』（人文書院　１９９６　p77）。こうした観点から三島の『道義的革命の論理』を論じた前掲拙稿「テロルにおける論理の表象可能性」を参照。

48 「エロチシズムと国家権力」（『決定版三島由紀夫全集』39　p686-687）。

49 「エロチシズムと国家権力」（『決定版三島由紀夫全集』39　p694）。

50 佐々木中『夜戦と永遠』（以文社　２００８　p592）。なお、佐々木中はさらに踏み込み「「想像界」と「象徴界」は実は同じものではないのか」（p92）として、この部分にラカン理論のほころびを見ている（佐々木中は「リテラチュール」以後のラカンには否定的である。同書 p160）。

51 佐々木中前掲書 p212。傍点は原文。

52 嘉戸一将『北一輝　国家と進化』（講談社　２００９）、また嘉戸一将『主権論史』（岩波書店　２０１９）。

53 この点については野口武彦『三島由紀夫と北一輝』（福村出版　１９９２）が重要な先行論である。

54 城戸朱理・野村喜和男『討議戦後詩』（思潮社　１９９７　p141）。

55 城戸・野村前掲書 p239。

56 つまりは『鏡子の家』の価値を同時代に評価していた江藤淳や大島渚と同世代ということである。

57 井上隆史・佐々木孝次「日本語で表現できないところを日本語でどう表現するか」『図書新聞』（２０１７年11月28日　第３３２８号）。

58 『人間と文学』（『決定版三島由紀夫全集』40　p62）。

59 これを福田は「感覚もしくは戦慄としての sensation」と呼んでいる。『混沌と抗戦』p313。

60 吉本理論と原爆文学（まさしく戦後文学であり、三島とも『美しい星』などを通じて接点のある）とを関連させて読み解いたものとして拙稿「「ムーゼルマン」の傍らにおける「倫理」と「連帯」は「喩」として表象可能か―「現代詩論史」の視角から吉本隆明『「反核」異論』を読む―」（『原爆文学研究』18　２０１９・12）。

61 岩成達也「入沢康夫氏に関する一つの虚像」（『現代詩文庫31　入沢康夫詩集』思潮社　１９７０　p137-145）。

62 吉田文憲『「さみなしにあわれ」の構造―禁忌と引用』（思潮社　１９９１　p32, p39）。

63 城戸・野村前掲書 p235。

64 城戸・野村前掲書 p235。入沢康夫『死者たちの群がる風景』（『入澤康夫〈詩〉集成　下巻』p358-359）。

65 この点について前掲拙稿「「ムーゼルマン」の傍らにおける「倫理」と「連帯」は「喩」として表象可能か」。

66 吉岡実・吉増剛造の詩をめぐる座談会「言語・世界」のなかでの藤沢周と野村喜和夫の発言（『討議詩の現在』思潮社　２００５　p346-347）。

67 荒川洋治・藤井貞和・瀬尾育生の詩をめぐる座談会「資本・痛覚」のなかでの永原孝道の発言（『討議　詩の現在』思潮社　２００５　p374）。

68 松本卓也『享楽社会論　現代ラカン派の展開』（人文書院　２０１８　p12-13）。ここで機能するのがラカンの言う「剰余享楽」である。松本前掲書 p162。

69　内海健『金閣を焼かなければならぬ』（河出書房新社　２０２０）。
70　埴谷とカントについて熊野純彦『埴谷雄高—夢見るカント』（講談社学術文庫　２０１５）。
71　『中村真一郎小説集成』第13巻（新潮社　１９９３）。
72　中村が妻の死を契機にして一時期精神を病んだことは周知であり、その際に電気ショック療法を受けたこと、精神の回復期に読んだ江戸の漢詩群が後の『頼山陽とその時代』に結実したことを彼自身が語っている。中村真一郎『愛と美と文学　わが回想』（岩波新書　１９８９）。
73　遠藤知巳『情念・感情・顔』（以文社　２０１６　p631）。
74　ラカン理論を〈小説〉として読み解いた古典的業績として赤間啓之『ラカンあるいは小説の視線』（弘文堂　１９８７）。
75　この個所は拙稿「書評　内海健『金閣を焼かなければならぬ』」（『図書新聞』２０２０・11・28）と部分的に重複している。
76　遠藤前掲書 p631。
77　たとえば、中村真一郎『現代小説の世界』（講談社現代新書　１９６９）。
78　福田前掲書 p230。
79　G・ドゥルーズ＝F・ガタリ『ミル・プラトー』（河出書房新社　１９９４　p303）。なお、Gilles Deleuze Felix Guattari Mille Plateux（minuit 1980 p321）を参照した。
80　この個所は拙稿「書評　福田大輔『筋肉のエクリチュール』」（『図書新聞』３５３５号　２０２０・３・19）と部分的に重複している。
81　亀井秀雄『個我の集合性—大岡昇平論』（講談社　１９７７）。
82　大岡昇平・蓮實重彦「崩壊する全体性」（初出「日本読書新聞」１９７7年1月1日　蓮實重彦『饗宴Ⅱ』日本文藝社　１９９０）。
83　丹生谷貴志『真理への勇気　現代作家たちの闘いの轟き』（青土社　２０１１）。
84　こうした問題意識で書かれた論として拙稿「森瀧市郎研究覚書その二—「中動態の哲学」を経由して原爆文学研究への架橋を試みるためのノート—」（『原爆文学研究』20　２０２２・３）。また拙稿「戦後文化批評史における三島由紀夫—「三島以後」を生きるために—」（井上隆史・久保田裕子・田尻芳樹・福田大輔・山中剛史編『三島由紀夫小百科』水声社　２０２１）を参照。

〈意識と無意識との卍がため〉という方法

三輪太郎

三島のことには関心がないと公言しながら、自身の長編第一作『羊をめぐる冒険』の第一章タイトルに三島の命日「1970／11／25」をかかげた村上春樹は、一九九〇年代初めから後半、年齢でいえば四十代初めから後半にかけて、自身の創作のありようや社会に対する見方を根底から再検証せざるをえない状態に追いこまれた。

再検証へ彼を追いこんだきっかけが、二つある。ひとつは湾岸戦争勃発というタイミングでアメリカに暮らしの場を移した結果、「自分とは何か」という問いを「日本および日本人とは何か」という問いと無関係に発することができなくなったことである。

湾岸戦争に一兵も出さず、友であるはずなのに友たる行動をしない日本への風当たりはアメリカで強かった。「自分とは何か」という問いが、「日本人である自分とは何者か」という問いへシフトすることで、長編五作目の『ねじまき鳥クロニクル』全三巻（一九九四～九五年）はノモンハン事件などの戦史をとりこむ意想外の展開となった。『羊をめぐる冒険』で歴史を切り棄てて個を守りぬくスタイルを打ち出した作家が、その十二年後、切り棄てたはずの歴史と対峙対話する小説を書いたのである。

もうひとつ、村上を総検証へ追いこんだのは、『ねじまき鳥クロニクル』第三巻執筆中に起こった地下鉄サリン事件（一九九五年三月二十日）であった。事件に接して居ても立ってもたまらず、彼は講談社や文藝春秋の力を借りて事件の被害者と加害者、双方に丁寧に聴きとりをおこない、『アンダーグラウンド』（被害者の聴きとり／一九九七年）と『約束された場所で　underground 2』（加害者の聴きとり／一九九八年）という二冊のノンフィクション作品にまとめた。

地下鉄サリン事件は村上にとって、ひとつまちがえば自分もまたその当事者になりかねなかった、という深甚な動揺をもたらした。当事者とは被害者の側であるばかりでなく、加害者の側でもある。自分の考えは正しいという揺るがぬ確信があり、正しさの実現のためには手段を選ぶ必要がないというもうひとつの確信がそこに連結すれば、地下鉄サリン事件と同様の事件は今までも起きたし、これからも起きるだろう。一九六〇年代末、直接であれ間接であれ、学生運動にかかわらざるをえなかった村上と同世代の少なからぬ男女には、オウム真理教による地下鉄サリン事件は、連合赤軍による山岳ベース事件（一九七一～七二年）をひとまわり大きく反復した事件として目に映じたことだろう。

この時期、村上のよき相談相手になったのは、ユング心理学者の河合隼雄だった。前述の『約束された場所で underground 2』巻末には河合隼雄との対談が二本収録されていて、これがめっぽう示唆に富む。村上はそこでこんな発言をしている。

> 村上　（略）取材していて肌身に感じたことがひとつありました。それは地下鉄サリン事件で人が受けた個々の被害の質というのは、その人が以前から自分の中に持っていたある種の個人的な被害のパターンと呼応したところがあるんじゃないかということです。（略）内部と外部とが、どうしようもなく結びついている部分があります。そういう意味ではこの本を書くために僕がやったことは、僕にとってきわめて有意義なことではあったけれど、同時にぞっとするほど恐いことでもあったと思うんです。

一般読者の関心は、まずもって事件の加害者の側へむかう。高学歴の生真面目な青年たちがどうしてあんな愚劣な大量殺戮に加担したのか、だれもが理解に苦しんだ。しかし、村上が加害者と被害者、双方に聴きとりをすすめる過程で、しぜんに心が寄っていったのは被害者の側だった。同情や憐憫といった心の寄り方ではない。人間としての魅力を被害者の側に感じとったのである。

一読者の私にも、同様の感慨があった。加害者は圧倒的な少数派であるし、社会に背をむけて波乱万丈を生きる青年たちなのだから、その人生の語りが読んでおもしろくないはずがないのに、意外にそうでなく、生真面目なだけで型にはまり、人間の幅が狭く感じられた。一方、被害者は社会の枠のなかで窮屈な日常をおくる圧倒的多数派であるし、波乱万丈など期待しようもないから、その人生の語りは平板になるはずなのに、意外にそうでなく、それぞれに切実で多様な試行錯誤があり、人間の幅が一段二段広く感じられた。つまり、非凡なるべき加害者が平凡であり、平凡なるべき被害者が非凡であるという反転が、著者の心にも読者の心にも生じたのである。

そして、村上はこれら被害者の人生の語りに素直に耳傾ける作業をとおして、「個人的な被害のパターンとの呼応」と「内部と外部とのどうしようもない結びつき」に気づくのだが、その気づきは「ぞっとするほど恐いこと」だったという。この発言を初めて読んだ私もまた、「ぞっとするほどの恐さ」を感じた。当時、私は編集者をしていて、村上担当の編集者とも親しかったが、よくもこれほど危険な発言を活字にしたものだ、と半ば呆れ、半ば敬服した。なぜ危険かといえば、「個人的な被害のパターンとの呼応」や「内部と外部とのどうしようもない結びつき」という文言が、「宿業」や「自業自得」という通俗仏教語を呼びよせかねないからだ。かつて「宿業」や「自業自得」は、被差別民やハンセン氏病者に対する差別を固定し助長しかねない、「加虐のロゴス」として機能したという事実[1]がある。

　むろん、村上も河合も担当編集者も、加虐に加担するつもりなど微塵もなかったろうが、そう誤解される危険性は排除できない。にもかかわらず、活字にしたのはなぜか。おそらくは、「内部と外部とのどうしようもない結びつき」こそが、一貫して村上が書きつづけてきた物語の基層部分をなすものであったし、それを不問に付しては作品が作品たりえない、自分が自分たりえない、ここはごまかせない、という痛切な思いがあったからだろう。

　ところで、「内部と外部とのどうしようもない結びつき」とは、どのような事態を指すのか。私たちの常識は次のように考えたがる。個々の人間は水槽に浮かぶ毬藻のようなもので、あらかじめ水槽という確固として客観的な空間があり、そのなかを均質均等に流れる時間があって、そこに私もあなたも彼も彼女も毬藻のようにぽつりぽつりと浮かんでいる。毬藻は水槽内部という環境に徹底的に拘束された無力な存在であって、水槽が毬藻に影響を与えることはあってもその逆はない。水槽が毬藻にもたらす突発的な作用は、毬藻にとってあくまで偶然であって、予見も操作もできない……と。

　村上の確信は、その逆を行く。水槽は確固として客観的に実在するのではなく、ひょっとすると、ひとつの毬藻の思念が産み出す仮象にすぎないのかもしれない。水槽が毬藻にもたらす突発的な作用は偶然の所産ではなく、毬藻の内的必然によって引きよせられたものかもしれず、内部と外部とは完全に断ち切れているのでなく、本当は背後で相互に密通しあっている可能性がある……。この世界観は三島の遺作における唯識仏教の世界観とかよいあう。ちなみに村上の父親は京都大学文学部出身の高校教師で、浄土宗の僧侶でもあったが、村上はこの父との折りあいが悪かった。ただし、父由来の無常観や仏教的コスモロジーは、いくら意識がこれを弾きかえしても、幼時期から村上の無意識に染みわたらざるをえなかったろう。彼のほぼすべての主要作品に、仏教の影響を見出すことができる。

私事で恐縮だが、私は間もなく還暦をむかえる。歳をとると、歳をとらないと見えないことが見えてくる。歳をとらないと見えてこないもののひとつに、「個人的な被害・加害のパターン」がある。村上は「被害のパターン」のみを指摘したが、これに「加害のパターン」を添えるのがフェアというものだろう。たとえば、ある人を傷つける。傷つける意図なくして、傷つける。どうしてこうなったか、克明に想起すると、ふらふらとそうしてしまった、としか呼びようがない自分が見えてくる。現実的な因果関係としては、この「ふらふら」までしかたどれないのだが、この「ふらふら」を以前にも幾度か経験していることに気づいて慄然とする。自分は同じ失敗を性懲りなくくりかえしているのではないか、と。

二十代、三十代のころにも、この性懲りなさの自覚がないわけではなかった。しかし、四十代五十代と歳がすすみ、近親縁者の死を看取るという経験を重ねると、ひとまわり大きな反復が見えてくる。ひょっとしたら、この「ふらふら」は自分だけの「ふらふら」ではなく、父母の「ふらふら」であり、祖父母の「ふらふら」であり、曾祖父母の「ふらふら」でもあったのではないか。「個人的な被害・加害のパターン」は、「個人」の枠を超えて、「家族」や「祖先」にまでひろがりかねないのではないか、というかすかな、しかし、執拗な不安がつきまとう。

こんなことがあった。父が肺癌で余命三ヶ月を宣告され、宣告どおり三ヶ月で余命が尽きたあとの通夜の場で、父の長兄の息子、歳のはなれた従兄弟から、父の父の話を聞かされた。父の父は相当の財産をもっていたのに、昭和初期の株ブームに乗って株を買い、その後の恐慌によって財産を失い、晩年はほとんど引きこもりのようなさびしい日々をおくったというのである。父は私にそのことを隠していた。黙りとおして逝った。きっと、それを語ることは家の恥をさらすことだと思っていたのだろう。私はそれを知って、「ぞっとするほどの恐さ」を感じた。その前々年に世に出した初めての小説が、株のディーラーを主人公とする小説だったからである。

三島の命日の十一月二十五日を誕生日として持ち、別々の学校ながら三島と同学年で進級し、敗戦を大学一年、二十歳の勤労動員中にむかえた吉本隆明は、代表作『共同幻想論』（一九六八年）で、『遠野物語』の怪異譚に「入眠幻覚」という語をあてがって分析した。

岩手県の遠野には、私も幾度か訪れたことがある。実際に遠野を歩いてみて驚くのは、「山の神」と刻まれた碑が山中深くではなく、里と山との境界上にいくつも立つことだった。里と山とはなだらかなグラデーションをその中間地帯におくのでなく、川ひとつ道ひとつ隔てて隣接している。碑が神々との不可思議な遭遇体験の痕跡だとすれば、それら遭遇の少なからざるものは里の日常のすぐかたわらで起きていたのである。その遭遇を吉本は入眠時の睡眠麻痺による幻覚体験、「入眠幻覚」として解釈することで、〈自己幻想・対幻想・共同幻想〉の三幅対の概念析出にむかう。私は三幅対の概念にはおおいに刺激を受けたが、神々との遭遇体験を「入眠幻覚」の一語でかたづける姿勢に反撥をおぼえ、吉本信者になりそこねた。

が、大学を出て出版社に就職した私は、吉本隆明の本を何冊か編集するめぐりあわせとなった。当時、在籍した出版社は吉本の本を一冊も出していなかったので、この欠落は埋めなくてはならない、という妙な使命感に駆られた私は駒込の吉本宅にかよい、ほそぼそと縁をつないだ。そして、単行本の企画を吉本に初めて了解してもらった日、うれしくて一睡もできなかった。

編集者は作家の生活圏に立ち入ることができる。吉本の自宅キッチンでともにスイカを食べ、呑み屋で焼き鳥を頬ばるうち、『遠野物語』を「入眠幻覚」で解こうとしたことへの反撥はゆっくり溶けていった。吉本は東京工業大学出身の化学者だから、文系人間以上に科学的な方法論にこだわり、厳密になるのはあたりまえである。しかし、吉本の本質は化学者である以上に詩人であり、詩人である以上に宗教的な資質の持ち主であることにしだいに気づくようになった。彼の真の代表作は『最後の親鸞』（一九七六年）ではなかろうか。

さて、「入眠幻覚」なのだが、私が四十後半の年齢にさしかかると、あ、これが、あれか、と納得せざるをえない体験をかさねるようになった。たとえば、寝入りばなに眼前に黒い染みが見える。黒い染みが影に見える。影が顔に見える。顔にときおり見覚えのある顔が混じるようになる。見覚えがある、との直観は揺らがないが、相手がだれなのか、はっきり思い出すことができない。夢といえば夢でもあるのだが、完全に醒めきるまでのほんの瞬間、夢と現実とが地続きになって境目が消えてしまう。そこにいないはずの人がいるという感触はあまりになまなましくて、幽霊とはかくのごときかと慄いた。しかし、睡眠外来の専門医に訊ねると、それは睡眠障害における一症状で、よくあることなのだという。つまり、吉本のいう「入眠幻覚」がこれか、と納得せざるをえなかったのである。

私事をくりかえして恐縮だが、父が逝く半月ほどまえ、八月半ばのお盆、こんな「入眠幻覚」に襲われた。その夜、病院のつきそいに疲れきって自宅へもどると、二階の自室へあがるのも億劫で、私は一階の仏間で寝入ってしまった。お盆の最中だから仏壇の扉はあき、仏壇の両脇には盆提灯がともっている。寝入ってすぐのことだったと思う、同じ仏間に寝入る自分の姿が夢のなかで見えた。が、自分の横に白い着物姿の女が坐っている。長い黒髪をすべらかしにした女。見ていると、女は寝ている私の唇にお猪口を近づけて、何かを呑ませようとする。そのお猪口が唇に触れた瞬間、私は声をあげて跳ね起きた。お猪口の磁器のひんやり硬い質感があまりに明瞭精細で、思わず指の腹で唇を撫でてしまったほどだ。

　その女が何者だったのか、最初はわからなかったが、あるとき、あ、この人か、と見当がついた。父の遺品整理をしているとき、アルバムをめくりかえしたら、父の姉、つまり私の叔母の若い時分の写真が出てきて、それが「入眠幻覚」で見えた女の顔と似ていたのである。叔母は、父の死の一年前に癌で亡くなっていた。そこで、私はこう考えた。一足先にあの世へ行った叔母が、お盆に私のもとを訪れて、次はあなたのお父さんの番よ、とささやきかけたのではないか、と。死者が生者のもとを訪ねて、目前の危機を告げるという古譚はめずらしくない。要するに私は、すでに崩れてしまった古い共同体の「共同幻想」のなかに自己の体験を埋めこむことで、「入眠幻覚」の異様な生々しさと折り合いをつけたのである。埋めこむことで、「共同幻想」の内部に掌を触れることができた。幻想は外から見ればまがいものだが、内から見たら生きた現実だった。

　安部公房との対談「二十世紀の文学」（「文藝」一九六六年二月号／『感情の源泉』所収）で、三島はこう頑なにいいつのって、安部を呆れさせた。

三島　おれは、だけれどもう、無意識というのはなるたけ信じないようにしているのだ。
安部　信じなくても、いるのだ。
三島　そうか。無意識のなかに精神分析学者なり、精神病医なりが僕のなかに発見するものは、みんな僕が前から知っていると言いたいわけだな。だから無意識というものは、絶対おれにはないのだと。
阿部　そんなバカな。
三島　絶対にないのだから。
安部　そんなむちゃくちゃな。

　このくだりは、三島読者のあいだでよく引き合いに出される。すべてを明瞭に見おさめないと気がすまない、天下無双の自意識家、三島ならではの微笑ましいエピソードとして語る人もいる。また、無意識がないと頑なにいいつのることによって逆に無意識を露呈させてしまう、言葉のしくじりの格好の例として、鬼の首でもとったように語る人もいる。

　私は学生時代にこの対談を読んで、「ぞっとするほどの恐さ」をおぼえた。今でもその恐さを忘れない。言葉（＝

意識）から生まれて肉体（＝無意識）を置き去りにした人間の、病膏肓に入ってもはやとりかえしのつかない、誇りと引け目と孤立感とがこもごも痛ましく交錯する、血痰のような吐露、と感じられたからである。

天下無双の自意識家ゆえ、むろん、彼は無意識を知らないわけではない。いや、ならびなき自意識家だからこそ、無意識をだれよりも日々生々しく蝕知していたはずである。現に彼は『美と共同体と東大闘争　三島由紀夫VS東大全共闘』（一九六九年）で、「芸術の作品というものは、無意識の領域が非常に大きい。どんなに意識的に書いたって、無意識の領域が非常に多い」と明言している。無意識がないといいつのることが蒙昧であることを、彼は熟知している。ならば、なぜ、蒙昧と知りつつ、蒙昧を演じたのだろう。

もとより意識は一面的なものであって、全方位をひとしく視界におさめることなどできない。何かを見ようとすれば、何かを視界から排除せざるをえない。何かに焦点をあてれば、何かを死角に追いやらなくてはならない。それが意識のメカニズムなのだから、排除されたり死角に追いやられたりするものが集積する場として無意識が生じるのは当然である、と考えるのが現代人の常識だが、常識だからといって正確であるとはかぎらない。

フロイトは言葉のしくじりから無意識を発見したが、無意識が本当に在るのかどうか、これはだれも目で確かめることができない。あくまでもそれは理屈のうえでの、そうあらねばならないという仮説ないし要請であって、精神医学の「知の効果」[2]として現われるものにすぎない。在るでもない、無いでもない、二律背反の性格を帯びる点で、無意識は神の存在に似ている、といえなくもない。在ると無しとの無限循環は、在らねばならぬ、という要請によって食いとめられる。生きることの苦しみという現実が神の存在を要請するように、言葉のしくじりという現実が無意識の存在を要請する。

ふたたび、みたび、私事で恐縮だが、歳をとってしみじみ感じるようになったことのひとつに、言葉と意識とのあいだの、主体のウェイトの置き替わりがある。若いころは意識を尽くして言葉をぎこちなく組み立てるのに精一杯だったが、歳を重ねていくと、言葉が自我意識から独立してあたかもひとつの生命体と化していく感触にときおり見舞われる。自我意識が言葉を使うのではなく、言葉が自我意識を使嗾する。意識が言葉を動かすのではなく、言葉が意識より先に動く。その時差がぐんぐんひろがっていく。

私のような者でもそんな奇妙な感覚を味わうのだから、まして三島にあっては言葉が自律性を帯びて息づくという感触は濃密鮮明にあっただろう。創作は設定や語彙や助詞のひとつにいたるまで、無数の選択を強いる。選択の一々を意識のみでこなすことは不可能である。選択の量が増えれば増えるほど、無意識にゆだねざるをえない選択の量も増えていく。ゆだねられてきちりきちり仕事する無意識は、草原に寝そべる巨象ではない。それは意識によって鞭打たれて鍛えこまれ、筋肉化され、俊敏に反応して、予期せぬ獲物をくわえて持ちかえるヒョウだろう。

　創作だけでなく、肉体改造や武道習練の現場においても同様のことが実感されたにちがいない。意識的努力をつぎこめばつぎこむほど、肉体（＝無意識）はそれに応じた報酬をくれる。肉体（＝無意識）は意識的努力の集中によって、象からヒョウに変わりうる。意識によって無意識は活かされ、無意識によって意識は活かされる、という循環が見えてくる。意識はポンプである。ポンプの圧を高めれば高めるほど、意想外のものが吸いあげられる。強力なポンプが意識と無意識とを卍がためにする。三島はこの「意識と無意識との卍がため」を精密に手入れし、方法化した。だから、膨大な著作が可能になった。だから、めざましい肉体改造が実現した。だから、筋肉化されたヒョウの無意識をそこらの象の無意識と同じ俎上で扱われることを嫌って、俺には無意識はない、と安部にいいつのったのではないか。

　「意識と無意識との卍がため」のもっとも劇的な例は、フロイトとほぼ同時期に心理学の基礎を築きあげたウィリアム・ジェームズの、後期の名著『宗教的経験の諸相』（一九〇一年～〇二年）に見ることができる。

　ウィリアム・ジェームズは信仰を二種類に分ける。「一度生まれの信仰」と「二度生まれの信仰」と。「一度生まれの信仰」をもつ人は、現世をありのままに肯定できる、ただ一度の誕生で幸福になりうる人びと。「二度生まれの信仰」をもつ人は、幸福になるために一度死んで「二度目の誕生」をむかえることを不可欠とする人びとである。

　「二度目の誕生」とはどういうものかというと、たとえばアウグスティヌスやパスカルの「回心」（コンヴァージョン）のような体験である。ジェームズは「回心」の例をふんだんに引用して並列させる。比較すると、それらはどれも似た行程をたどるように見える。まず、徹底して意識によって突きつめ、自己を否定する。「血を吐くような深刻な悩み、砂漠をうろつくような彷徨、大地にずり落ちるような不安、盲目になるような迷い」が、反省的自我意識を極度に集中させ、先鋭化させる。やがて、張りつめられた自我意識は力尽きる。力尽きてふっと力が緩むとき、積荷の偏りによって船が転覆しかねなくなるのをバラストによって調整するように、無意識の側から意識の側への反作用が生じ、心全体の「再編成」が達成される……。

　私は想像する。三島が十九歳から二十歳半ばにかけての時期、とりわけ入隊検査で即日帰郷を命じられたあと、勤労動員先の片隅で時間を盗んで原稿用紙にくらいつく姿を。

書くことが彼の逃げ場であり、自己確認の場だった。それがなくては、彼はただの腑抜けになるしかなかっただろう。原稿用紙を惜しみ惜しみ、万年筆のインクを惜しみ惜しみ、一文字一文字を書きつける彼の心境は、ウジたかれる黄泉のイザナミから一散に逃げるイザナギの心境に近かったろう。四方八方、死が包囲している。包囲がじわじわ彼を追いつめる。逃げ場がない。原稿用紙のうえのみに自由の場がある。こうした自我意識の極度の集中が、彼の無意識にヒョウの筋肉をもたらしたにちがいない。

フロイトは個人の無意識を探り、ユングは人類の無意識を問うた。が、その中間、家族や祖先の無意識（家族的無意識）を探求した心理学者がいる。ハンガリー系ユダヤ人のレオポルド・ソンディ（Leopold Szondi 一八九三年～一九八六年）である。

ソンディの日本での知名度は低い。まとまった翻訳や紹介（注）は少ないが、彼が開発した「ソンディ・テスト」は今も犯罪心理学で多用されている。国会図書館で調べると、「ソンディ・テスト」の事例研究は膨大な量にのぼる。

ソンディは遺伝学から出発して、精神分析との統合をめざした。そして、自身の研究を「運命心理学」(Schicksalsanalytische Therapie) と名づけた。この「運命」という名づけが、彼の研究を傍流に追いやる一因になったのかもしれない。「運命」は「宿命」や「自業自得」という通俗仏教語を呼びよせ、自由意志を認めない決定論との誤解を招き、「加虐のロゴス」に加担しかねないからだ。

ソンディが「家族的無意識」に着目したきっかけは、ドストエフスキーを耽読したことだった。ドストエフスキーの諸作品をひときわにぎわせるのは聖職者と犯罪者だが、これはひょっとすると彼の祖先たちの「無意識の遺伝」が反映されたものではないか、とソンディは考えた。実際、アンリ・トロワイヤの『ドストエフスキー』などを覗くと、中世にまでさかのぼるドストエフスキーの家系に、聖職者と犯罪者とが相噛みあうようにたたなずく。

ソンディはこんな言葉を残している。[3]

あらゆる祖先は、ひとつの運命可能性として、家族的無意識に出現する。しかし、われわれは、運命のこの「内的計画」（いわゆる家族的無意識）の中に、さまざまな祖先を所有し保持するのである。したがってまたわれわれは、おそらく、両極的に対立するような多くの運命可能性を持つのである。

祖先の無意識は「遺伝」する、とソンディは考える。したがって、私たちのなかには、無数の祖先たちの無意識がひしめきあう。それらの無意識は私たちに思わず知らず、

「被害・加害・選択・好悪のパターン」をくりかえさせる。たとえば、似たタイプの女性を好きになってしまう。たとえば、似た死に方をしてしまう。ソンディは家族間における恋愛・友情・職業・疾患・死の各位相における「被害・加害・選択・好悪のパターン」の呼応を分析する。

ちなみに、ソンディは運命の決定論者ではない。ただし、次の言葉[4]は意味深長である。

> 人間は（略）「祖先の流れ」に逆らって泳ぐことができる。だが、それは、ただ祖先の欲求をより高いレベルで社会化したり、人間化したりすることによって行われるだけであり、祖先の回路から自らを意図的に遮断することによってではない。

「人間化」という訳語はこなれない。気になって調べると原語はHumanisierungで、「人間化」は誤訳といえないが、概念の中身に手がとどかない。エレンベルガーの浩瀚な精神分析学史をひもとくと、ソンディの用いた「人間化」の概念は、「人類全体の役に立つことにまで拡張された昇華の高級形態[5]」と説明されている。

さて、三島の家系研究には、長い積みかさねがある。私がもっとも早く接した家系研究は、越次倶子の『三島由紀夫　文学の軌跡』（一九八三年）だが、そのあとに猪瀬直樹の『ペルソナ　三島由紀夫伝』（一九九六年）の桁外れに精密な調査がつづき、近年では片山杜秀の『尊皇攘夷』（二〇二一年）が出て、三島の家系を幕末から近代にわたる広い歴史的文脈に据えなおして、私たちを驚嘆させた。

今さら詳述する必要もないだろうが、三島の祖母なつの祖父、松平頼位《よりたか》は宍戸藩主の大名であった。その頼位の息子の頼徳《よりのり》は幕末の「天狗党の乱」鎮圧を幕府から命じられて、水戸の諸生党一派と戦い、さまざまな事情がからみあって、幕府から天狗党の一味のごとくみなされ、幕府の追討軍が幕府から追討される側にまわった。頼徳はとらえられ、切腹を命じられる。無念の死である。この実話を、三島は幼時に祖母なつから聞かされて育つ。金閣ほど美しいものはこの世にない、と幼時から父に教えこまれた溝口のように。

紙数が尽きる。結論を急ごう。意識の強力なポンプが鍛えあげた「意識と無意識との卍がため」は、無意識から珠玉の言語表現や隆々たる筋肉ばかりでなく、「祖先の被害・加害・選択・好悪のパターン」をも吸いあげただろう。だが、パターンはただ単純にくりかえされるのではない。それは変更しうる。ただし、変更するためにはパターンのなかにいったんは身を沈めなくてはいけない。ソンディの語を借りれば、「祖先の欲求をより高いレベルで社会化したり、人間化したり」しなくてはいけない。

天下無双の意識家は、抜け目なく予見していたにちがいない。いずれ自分の家系が洗いざらい調べたてられる日が来る。そして、自分の最期の行為は祖先の無意識に使嗾されたものである、とまことしやかに書きたてる者が出てくるだろう、と。それを先取りしたうえで、「意識と無意識との卍がため」に身をゆだねる。意識が無意識を活かし、無意識が意識を活かす。意識によって鍛えぬかれた無意識は象でなく、ヒョウである。だから、三島はなおも頑なにいいつのるだろう。俺には絶対に無意識はないんだ、と。

（文芸批評家）

注1　安冨信哉『親鸞・信の構造』（二〇〇四年・法蔵館）
2　生方智子『精神分析以前―無意識の日本近代文学』（二〇〇九年・翰林書房）
3　鈴木清「ソンディ心理学序説（1）」（一九六五年・立命館産業社会論集第一号）
4　佐竹隆三『増補　運命心理学入門　ソンディ・テストの理論と実際』（一九八四年・黎明書房）
5　アンリ・エレンベルガー『無意識の発見』（木村敏・中井久夫監訳／一九八〇年・弘文堂）

ミシマ万華鏡

山中剛史

二〇二一年一二月は、三島関連舞台の上演が立て続けにあった。プロジェクト榮『サド侯爵夫人』（銕仙会）、ダンス『綾の鼓』（神奈川芸術劇場）、ウータビジョン『サーカス』（ココキタ）、古川日出男作『ローマ帝国の三島由紀夫』（シアター風姿花伝）リーディングである。

『サド』はルネのみが面をつけた女方で能楽スタイルを取り入れた能舞台での上演。『綾の鼓』は笈田ヨシと伊藤郁女のダンスとパーカッションのライブ感溢れる上演で、これは三島原作の表記はなく、謡曲にインスパイアされたもののようだが、現代フランスのダンス学校の若いダンサーと老いた清掃夫の話にしてあるので、どうしても近代能楽集のそれを想起してしまう。古川日出男の戯曲は数年前に『新潮』で読んではいた。三島由紀夫が登場人物として出てくるわけではないが、動きも美術も作り込んだ上で台本片手にリーディングするという公演であった。

そして『サーカス』。師走の三島関連舞台の中ではこれが一番印象的であった。会場は元中学校の校舎で、いわば教室の中での上演。全文を複数の俳優に分割して台詞のように発声しながら、生演奏、大小の人形操作、俳優のパフォーマンスと複合した形の舞台にしていた。センスの良いあれこれの意匠、生演奏、教室の中での手作り感が絶妙にマッチして、三島作品の上演（というよりもパフォーマンス）の様々な可能性について考えさせられた上演であった。

資料

三島由紀夫写真集「憂国」

犬塚 潔

はじめに

三島由紀夫は自決を決心した後、自らを被写体にした3つの写真集の出版を計画した。

○ 細江英公写真作品集「新輯版・薔薇刑」（集英社）
○ 篠山紀信写真作品集「男の死」（薔薇十字社）
○ 松永清寿写真作品集「憂国」（牧羊社）

である。

しかし、この3つの写真集はいずれも生前には出版されなかった。自決の計画は、三島だけが知っていたことであり、三島が死んでしまうことなど誰も考えもしなかった。出版社が写真集の制作を急がなかったのも、もっともなことであった。

この中で、松永清寿写真作品集「憂国」だけが、未刊行のままである。この写真集はどのようなものであろうか。

第一章 細江英公写真作品集「新輯版・薔薇刑」

「新輯版・薔薇刑」（写真1a、b）は、1963年（昭和38）3月25日に集英社より刊行された「写真集・薔薇刑」の再刊である。

写真1a 新輯版 薔薇刑 内容見本（1970）

写真１ｂ　新輯版　薔薇刑　内容見本（1970）

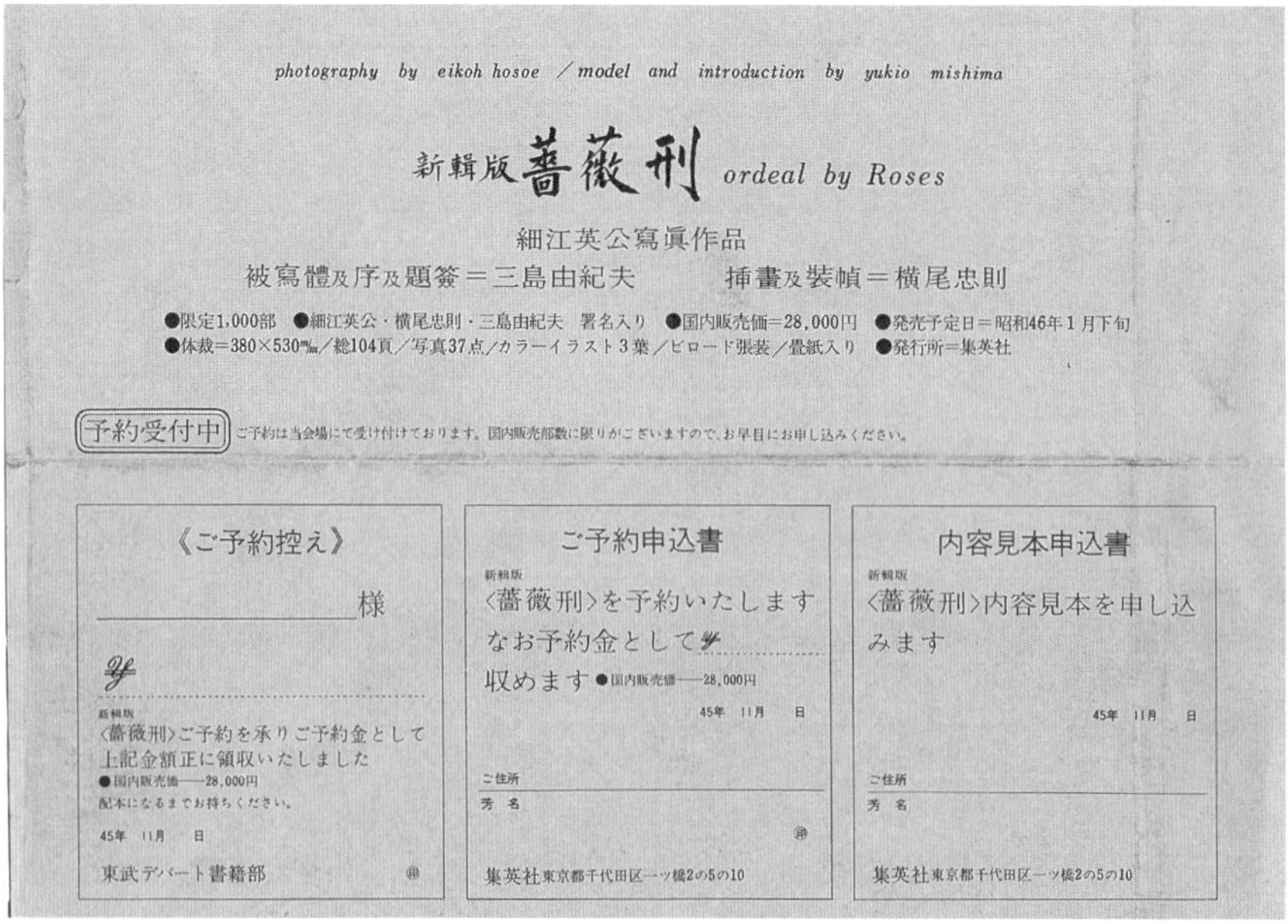

photography by eikoh hosoe ／model and introduction by yukio mishima

新輯版 薔薇刑 *ordeal by Roses*

細江英公寫眞作品

被寫體及序及題簽＝三島由紀夫　　挿畫及裝幀＝横尾忠則

●限定1,000部　●細江英公・横尾忠則・三島由紀夫　署名入り　●国内販売価＝28,000円　●発売予定日＝昭和46年１月下旬

●体裁＝380×530㎜／総104頁／写真37点／カラーイラスト３葉／ビロード張装／畳紙入り　●発行所＝集英社

予約受付中　ご予約は当会場にて受け付けております。国内販売部数に限りがございますので、お早目にお申し込みください。

《ご予約控え》

＿＿＿＿＿＿様

￥

新輯版
〈薔薇刑〉ご予約を承りご予約金として
上記金額正に領収いたしました
●国内販売価――28,000円
配本になるまでお待ちください。

45年　11月　　日

東武デパート書籍部　㊞

ご予約申込書

新輯版
〈薔薇刑〉を予約いたします
なお予約金として￥
収めます ●国内販売価――28,000円

45年　11月　　日

ご住所

芳　名　㊞

集英社 東京都千代田区一ツ橋2の5の10

内容見本申込書

新輯版
〈薔薇刑〉内容見本を申し込みます

45年　11月　　日

ご住所

芳　名

集英社 東京都千代田区一ツ橋2の5の10

写真１ｃ　新輯版　薔薇刑　予約申込書（1970・11）

三島は「こうして出来た横尾氏のイラストは、特に帙裏面の極彩色のイラストは、おそらく横尾芸術の頂点である。ヒンヅーイズムの暗い土俗性を背景に、金色燦然たる中にいかにも暗鬱な死のイメージが横溢し、厭離の感情が沼の瘴気のように湧きのぼり、見る者の心に圧倒的な死の情感を培うこのイラストは、一片一片を眺めても、人物の足尖のみあらわれた左方の一区劃など、ルネサンス絵画のパルティコラーレの完成度がある」[1]と評している。

「新輯版・薔薇刑」の予約申込書（写真１ｃ）には、申込日「45年11月　日」とあり日付は空欄で、発売予定日は「昭和46年1月下旬」と記されている。三島の存命中に申込みが開始されたことがわかる。

細江は「まるで三島氏の自決を見越して出版が計画されたような誤解を与えてはならない」と出版を延期しようと考えたが、「主人が楽しみにしていた『新輯版・薔薇刑』の出版をそろそろ出してくれませんか[2]」という瑤子夫人の要望により予定通り自決の約2ケ月後の１９７１年（昭和46）１月30日に集英社より出版された。

写真２ａ　「男の死」チラシ
（薔薇十字社、1973）

第二章　篠山紀信写真作品集「男の死」

「男の死」は、三島没後3年目（１９７３年）に薔薇十字社で出版案内（写真２ａ）が作成された。

「写真集　男の死
撮　影／篠山紀信
装　本／横尾忠則
被写体／三島由紀夫
跋　文／澁澤龍彦
11月25日刊行予定　Ａ４判　豪華上製本　総頁数１００頁
写真40点　付／撮影日録　予価３５００円
豊饒なる天才のおもむくところついに『男の死』を選びとって永劫の彼岸へと飛翔した三島由紀夫を被写体として、その自刃の直前一月半を費して撮影された黙示的写真集『男の死』。篠山紀信の澄明なカメラ・アイが把える三島美学の源泉―男の死に賭けるその冷徹なまでに構築された死への願望を、撮影開始から自刃までの篠山の撮影日録とともに、横尾忠則の豪華な装本で、三島の三周忌に世に問う!!」

しかし、この出版は瑤子夫人の要望により見送られた。

三島由紀夫没後50年、瑤子夫人没後25年の２０２０年9月29日に、「男の死」（写真２ｂ）はアメリカ・ニューヨークのRIZZOLI社で出版された。タイトルは「THE DEATH OF A MAN OTOKO NO SHI」である。この写真集には未発表写真

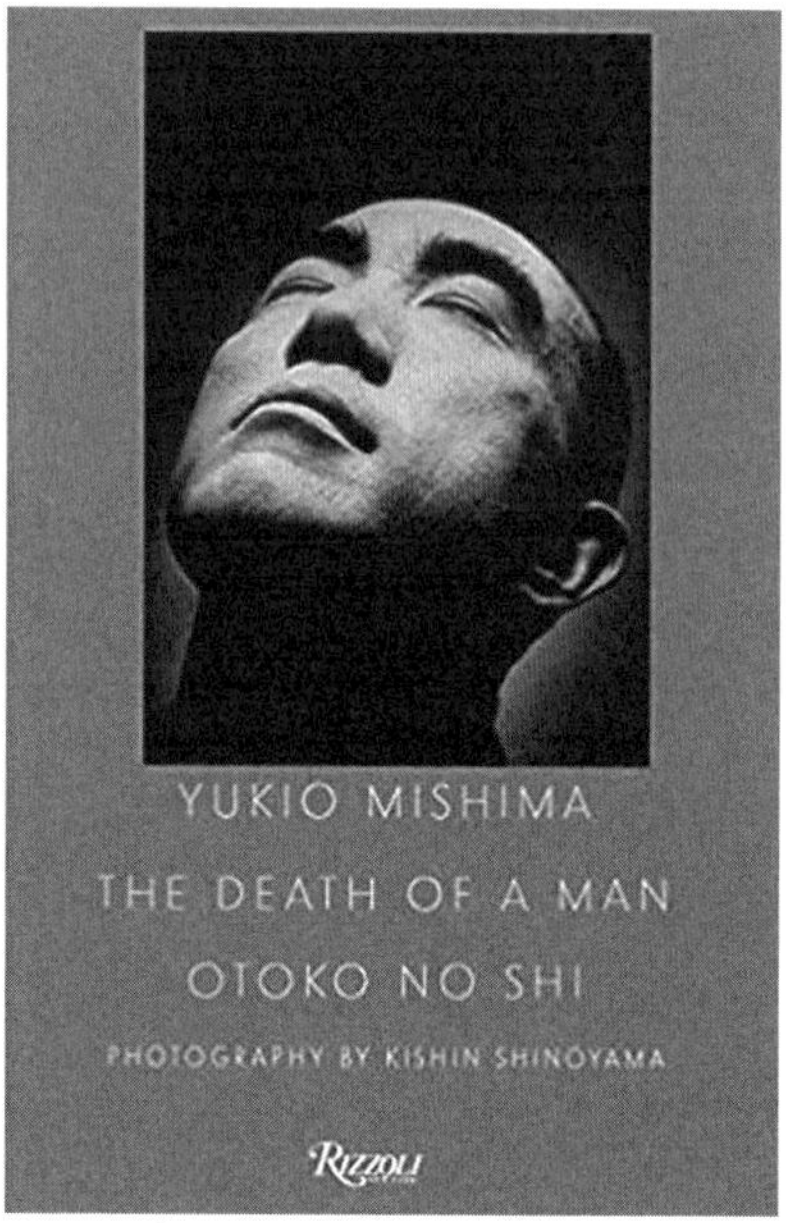

写真２ｂ　THE DEATH OF A MAN　OTOKO NO SHI（2020）

写真２ｃ　男の死（日本版、2020）

が多く印象深い作品集である。しかし、当然掲載されると思われた「聖セバスチャンの殉教」や「七生報告の鉢巻きを巻いて日本刀を持つ姿」などは割愛されていた。

続いて、２０２０年11月25日に「男の死」日本版（写真２ｃ）がＣＣＣアートラボ株式会社から出版された。製品仕様は初版50部、Ｂ２判（５１５×７２８㎜）、上製本、総頁数１００頁である。海外版で割愛された「聖セバスチャンの殉教」や「七生報告の鉢巻きを巻いて日本刀を持つ姿」も収録されており、「文豪 三島由紀夫が企画・出演し篠山紀信が撮った幻の写真集『男の死』を再構成した超大型版写真集『OTOKO NO SHI』を国内初刊行」と宣伝された。篠山紀信、横尾忠則の署名入り、販売価格は、50万円（税込55万円）であった。

憂國

三島由紀夫

壹

昭和十一年二月二十八日、（すなはち二・二六事件突発第三日目）、近衛輜重兵大隊勤務武山信二中尉は、事件発生以来親友が叛乱軍に加入せることに対し懊悩を重ね、皇軍相撃の事態必至となりたる情勢に痛憤して、四谷区青葉町六の自宅八畳の間に於て、軍刀を以て割腹自殺を遂げ、麗子夫人も亦夫君に殉じて自刃を遂げたり。中尉の遺書は只一句のみ「皇軍の萬歳を祈る」とあり、夫人の遺書は両親に先立つ不孝を詫び、「軍人の妻として来るべき日が参りました」云々と記せり。烈夫烈婦の最期、洵に鬼神をして哭かしむの概あり。因みに中尉は享年三十一歳、夫人は二十三歳、華燭の典を挙げしより半歳に充たざりき。

貳

武山中尉の結婚式に参列した人はもちろん、新郎新婦の記念写真を見せてもらつただけの人も、この二人の美男美女ぶりに改めて感嘆の聲を

37

写真３ａ　小説中央公論（1961）

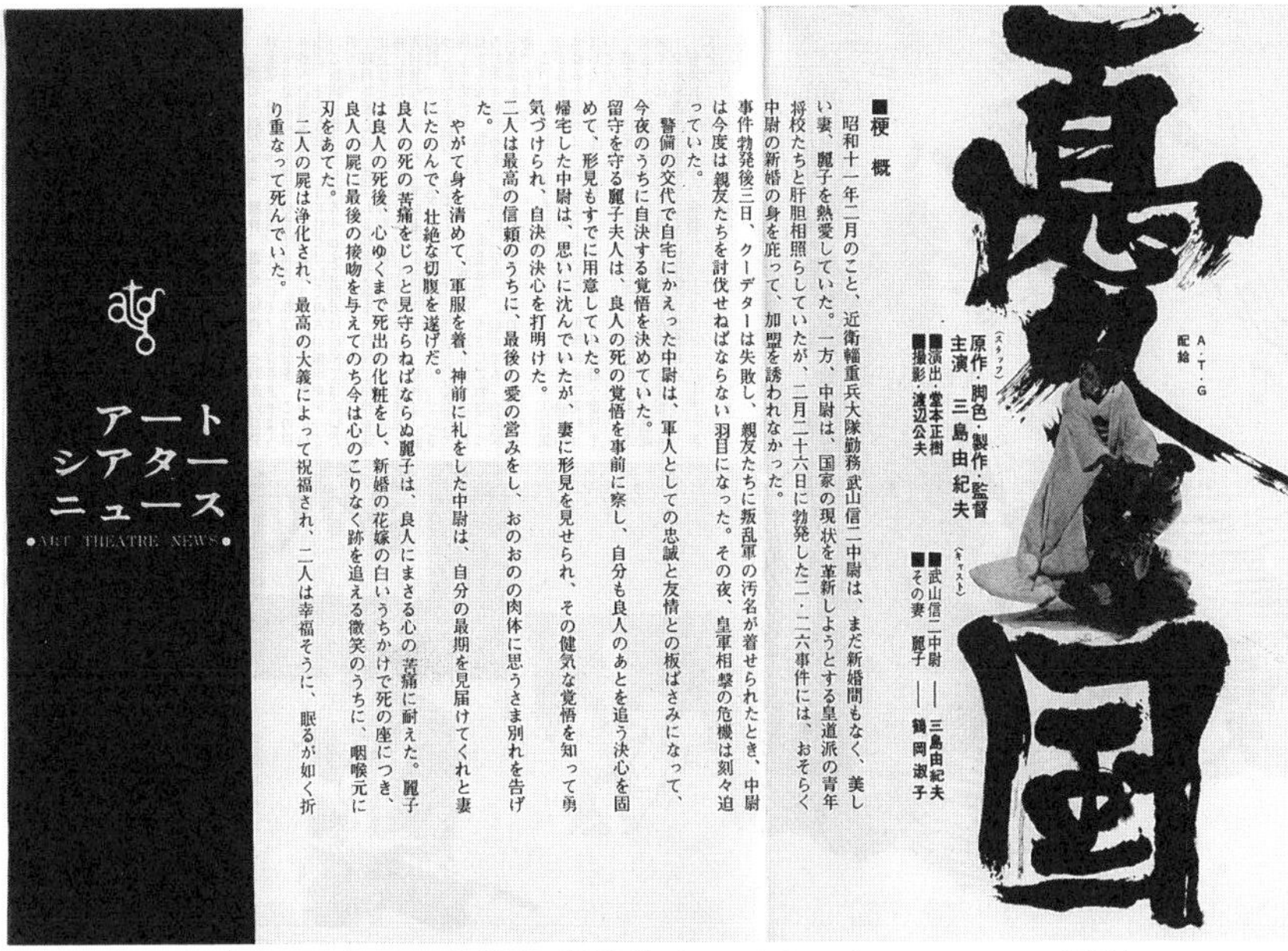

憂国

A・T・G
配給

（スタッフ）
原作・脚色・製作・監督
主演　三島由紀夫
■演出・堂本正樹
■撮影・渡辺公夫

（キャスト）
■武山信二中尉　——　三島由紀夫
■その妻　麗子　——　鶴岡淑子

■梗　概

昭和十一年二月のこと、近衛輜重兵大隊勤務武山信二中尉は、まだ新婚間もなく、美しい妻、麗子を熱愛していた。一方、中尉は、国家の現状を革新しようとする皇道派の青年将校たちと肝胆相照らしていたが、二月二十六日に勃発した二・二六事件には、おそらく中尉の新婚の身を庇って、加盟を誘われなかった。

事件勃発後三日、クーデターは失敗し、親友たちに叛乱軍の汚名が着せられたとき、中尉は今度は親友たちを討伐せねばならない羽目になった。その夜、皇軍相撃の危機は刻々迫っていた。

警備の交代で自宅にかえった中尉は、軍人としての忠誠と友情との板ばさみになって、今夜のうちに自決する覚悟を決めていた。留守を守る麗子夫人は、良人の死の覚悟を事前に察し、自分も良人のあとを追う決心を固めて、形見もすでに用意していた。

帰宅した中尉は、思いに沈んでいたが、妻に形見を見せられ、その健気な覚悟を知って勇気づけられ、自決の決心を打明けた。二人は最高の信頼のうちに、最後の愛の営みをし、おのおの肉体に思うさま別れを告げた。

やがて身を清めて、軍服を着、神前に礼をした中尉は、自分の最期を見届けてくれと妻にたのんで、壮絶な切腹を遂げた。良人の死の苦痛をじっと見守らねばならぬ麗子は、良人にまさる心の苦痛に耐えた。麗子は良人の死後、心ゆくまで死出の化粧をし、新婚の花嫁の白いうちかけで死の座につき、良人の屍に最後の接吻を与えてのち今は心のこりなく跡を追える微笑のうちに、咽喉元に刃をあてた。

二人の屍は浄化され、最高の大義によって祝福され、二人は幸福そうに、眠るが如く折り重なって死んでいた。

atg

アート
シアター
ニュース
●ART THEATRE NEWS●

写真３ｂ　Ａ・Ｔ・Ｇ配合「憂国」（アートシアターニュース、1966）

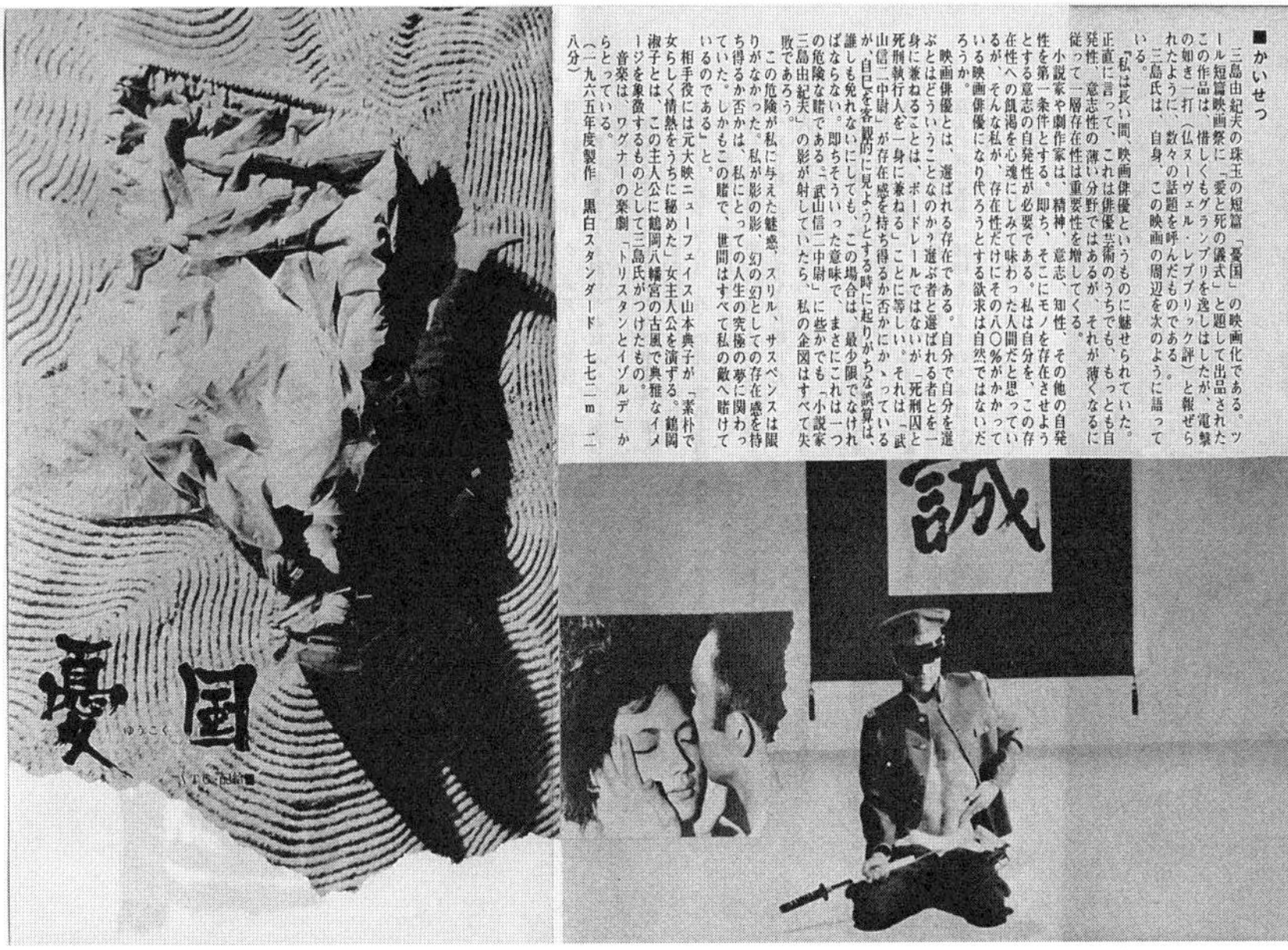

■かいせつ

三島由紀夫の珠玉の短篇「憂国」の映画化である。ツール短篇映画祭に「愛と死の儀式」と題して出品されたこの作品は、惜しくもグランプリを逸しはしたが、電撃の如き一打（仏ヌーヴェル・レプブリック評）と報ぜられたように、数々の話題を呼んだものである。三島氏は、自身、この映画の周辺を次のように語っている。

「私は長い間、映画俳優というものに魅せられていた。正直に言って、これは俳優芸術のうちでも、もっとも自発性、意志性の薄い分野ではあるが、それが薄くなるに従って一層存在性は重要性を増してくる。

小説家や劇作家は、精神、意志、知性、その他の自発性を第一条件とする。即ち、そこにモノを存在させようとする意志の自発性が必要である。私は自分を、この存在性への飢渇を心魂にしみて味わった人間だと思っているが、そんな私が、存在性だけにその八〇％がかかっている映画俳優になり代ろうとする欲求は自然ではないだろうか。

映画俳優とは、選ばれる存在である。自分で自分を選ぶとはどういうことなのか？選ぶ者と選ばれる者とを一身に兼ねることは、ボードレールではないが「死刑囚と死刑執行人を一身に兼ねる」ことに等しい。それは「武山信二中尉」が存在感を持ち得るか否かにかゝっているが、自己を客観的に見ようとする時に起りがちな誤算は、誰しも免れないにしても、この場合は、最少限でなければならない。即ちそういった意味で、まさにこれは一つの危険な賭である。「武山信二中尉」に些かでも「小説家三島由紀夫」の影が射していたら、私の企図はすべて失敗であろう。

この危険が私に与えた魅惑、スリル、サスペンスは限りがなかった。私が影の影、幻の幻としての存在感を持ち得るか否かは、私にとっての人生の究極の夢に関わっていた。しかもこの賭で、世間はすべて私の敵へ賭けているのである」と。

相手役には元大映ニューフェイス山本典子が「素朴で女らしく情熱をうちに秘めた」女主人公を演ずる。鶴岡淑子とは、この主人公に鶴岡八幡宮の古風で典雅なイメージを象徴するものとして三島氏がつけたもの。

音楽は、ワグナーの楽劇「トリスタンとイゾルデ」からとっている。

（一九六五年度製作　黒白スタンダード　七七二ｍ　二八分）

写真３ｃ　Ａ・Ｔ・Ｇ配合「憂国」（アートシアターニュース、1966）

写真３ｅ　ポスター（東宝 ATG 配給、1966）

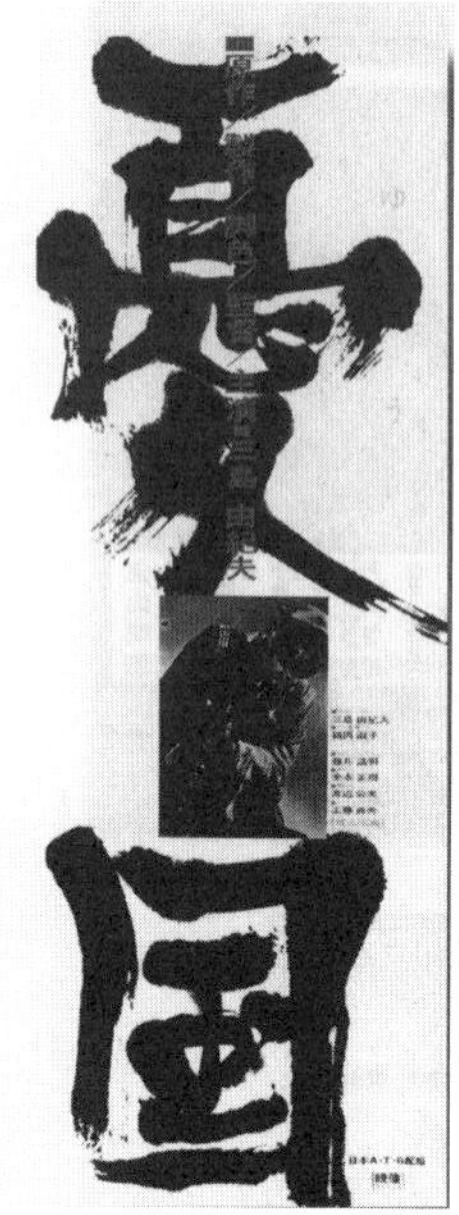

写真３ｄ　ポスター（ATG 配給、1966）

■かいせつ

三島由紀夫の珠玉の短篇「憂国」の映画化である。ツール短篇映画祭に「愛と死の儀式」と題して出品されたこの作品は、惜しくもグランプリを逸しはしたが、電撃の如き一打（仏ヌーヴェル・レプブリック評）と報ぜられたように、数々の話題を呼んだものである。

三島氏は、自身、この映画の周辺を次のように語っている。

『私は長い間、映画俳優というものに魅せられていた。正直に言って、これは俳優芸術のうちでも、もっとも自発性、意志性の薄い分野ではあるが、それが薄くなるに従って一層存在性は重要性を増してくる。

小説家や劇作家は、精神、意志、知性、その他の自発性を第一条件とする。即ち、そこにモノを存在させようとする意志の自発性が必要である。私は自分を、この存在性への飢渇を心魂にしみて味わった人間だと思っているが、そんな私が、存在性だけにその八〇％がかかっている映画俳優になり代ろうとする欲求は自然ではないだろうか。

映画俳優とは、選ばれる存在である。自分で自分を選ぶとはどういうことなのか？選ぶ者と選ばれる者とを一身に兼ねることは、ボードレールではないが「死刑囚と死刑執行人を一身に兼ねる」ことに等しい。それは「武山信二中尉」が存在感を持ち得るか否かにかゝっているが、自己を客観的に見ようとする時に起りがちな誤算は、誰しも免れないにしても、この場合は、最少限でなければならない。即ちそういった意味で、まさにこれは一つの危険な賭である。「武山信二中尉」に些かでも「小説家三島由紀夫」の影が射していたら、私の企図はすべて失敗であろう。

この危険が私に与えた魅惑、スリル、サスペンスは限りがなかった。私が影の影、幻の幻としての存在感を持ち得るか否かは、私にとっての人生の究極の夢に関わっていた。しかもこの賭で、世間はすべて私の敵へ賭けているのである』と。

相手役には元大映ニューフェイス山本典子が「素朴で女らしく情熱をうちに秘めた」女主人公を演ずる。鶴岡淑子とは、この主人公に鶴岡八幡宮の古風で典雅なイメージを象徴するものとして三島氏がつけたもの。

音楽は、ワグナーの楽劇「トリスタンとイゾルデ」からとっている。

（一九六五年度製作　黒白スタンダード　七七二m　二八分）

■梗　概

昭和十一年二月のこと、近衛輜重兵大隊勤務武山信二中尉は、まだ新婚間もなく、美しい妻、麗子を熱愛していた。一方、中尉は、国家の現状を革新しようとする皇道派の青年将校たちと肝胆相照らしていたが、二月二十六日に勃発した二・二六事件には、おそらく中尉の新婚の身を庇って、加盟を誘われなかった。事件勃発後三日、クーデターは失敗し、親友たちに叛乱軍の汚名が着せられたとき、中尉は今度は親友たちを討伐せねばならない羽目になった。その夜、皇軍相撃の危機は刻々迫っていた。

警備の交代で自宅にかえった中尉は、軍人としての忠誠と友情との板ばさみになって、今夜のうちに自決する覚悟を決めていた。

留守を守る麗子夫人は、良人の死の覚悟を事前に察し、自分も良人のあとを追う決心を固めて、形見もすでに用意していた。

帰宅した中尉は、思いに沈んでいたが、妻に形見を見せられ、その健気な覚悟を知って勇気づけられ、自決の決心を打明けた。

二人は最高の信頼のうちに、最後の愛の営みをし、おのおの肉体に思うさま別れを告げた。

やがて身を清めて、軍服を着、神前に礼をした中尉は、自分の最期を見届けてくれと妻にたのんで、壮絶な切腹を遂げた。

良人の死の苦痛をじっと見守らねばならぬ麗子は、良人にまさる心の苦痛に耐えた。麗子は良人の死後、心ゆくまで死出の化粧をし、新婚の花嫁の白いうちかけで死の座につき、良人の屍に最後の接吻を与えてのち今は心のこりなく跡を追える微笑のうちに、咽喉元に刃をあてた。

二人の屍は浄化され、最高の大義によって祝福され、二人は幸福そうに、眠るが如く折り重なって死んでいた。

東宝／日本A・T・G共同配給

憂国

写真３ｆ　プレスシート（東宝 ATG 共同配給、1966）

第三章　「憂国」について

未刊行写真集「憂国」の説明の前に、「憂国」についての情報を整理したい。

「憂国」は、１９６１年（昭和36年）1月、雑誌「小説中央公論」（写真３ａ）に掲載され、同年1月に新潮社より刊行の短編集「スタア」に収録され、１９６６年（昭和41年）6月に河出書房新社より刊行の「英霊の聲」に、「十日の菊」と共に二・二六事件三部作として収録された。

三島は、「この小説は私にとっては忘れがたい作品で、わずか五十枚足らずのものながら、その中に自分のいろんな要素が集約的に入っている作品と思われるので、もし私の小説を一編だけ読みたいという人があったらば、広く読まれた『潮騒』などよりも、むしろこの『憂國』一編を読んでもらえば、私という作家のいいところも悪いところもひっくるめて、わかってもらえるように考えている[3]」と記している。

写真３ｇ　堂本正樹旧蔵（憂国フィルム）

映画「憂国」は、１９６５年4月に自主製作された。原作・脚色・製作・監督・主演・三島由紀夫である。4月12日にリハーサルが行われ、4月15日、16日の2日間で撮影が行われた。

この映画は、１９６６年1月のツール国際短編映画祭に出品され、劇映画部門で第2位を受賞した。そして、１９６６年4月12日に日本ＡＴＧ（写真３ｂ、ｃ）より封切（写真３ｄ）され、アートシアター始まって以来のヒット作となった。同年6月15日からは、東宝＋日本ＡＴＧ（写真３ｅ）より共同配給で上映された。（写真３ｆ）

三島事件後、この映画の切腹シーンが三島事件を連想させるとの瑤子夫人の意見があり、夫人の要望により映画フィルムのほとんどが回収されて焼却処分された。

憂国の映画に演出として参加した堂本正樹は、三島自身から贈呈された憂国の映画フィルムを保管しており、「これは三島本人から贈られたものだから」と焼却されることを阻止した。堂本旧蔵の映画フィルムには「№４」の番号（写真３ｇ）がある。この映画の台本は、三島自筆版の青焼き14ページで12部が作成されスタッフに配布された。堂本が使用した台本（写真３ｈ～ｋ）が残されている。また、三島が堂本に進呈した憂国のオリジナルプリントが残されている。これらの写真には映画のスチールに使用されたものだけでなく、堂本の演出を撮影したメーキングの場面があり興味深い。（写真３ｌ～ｑ）

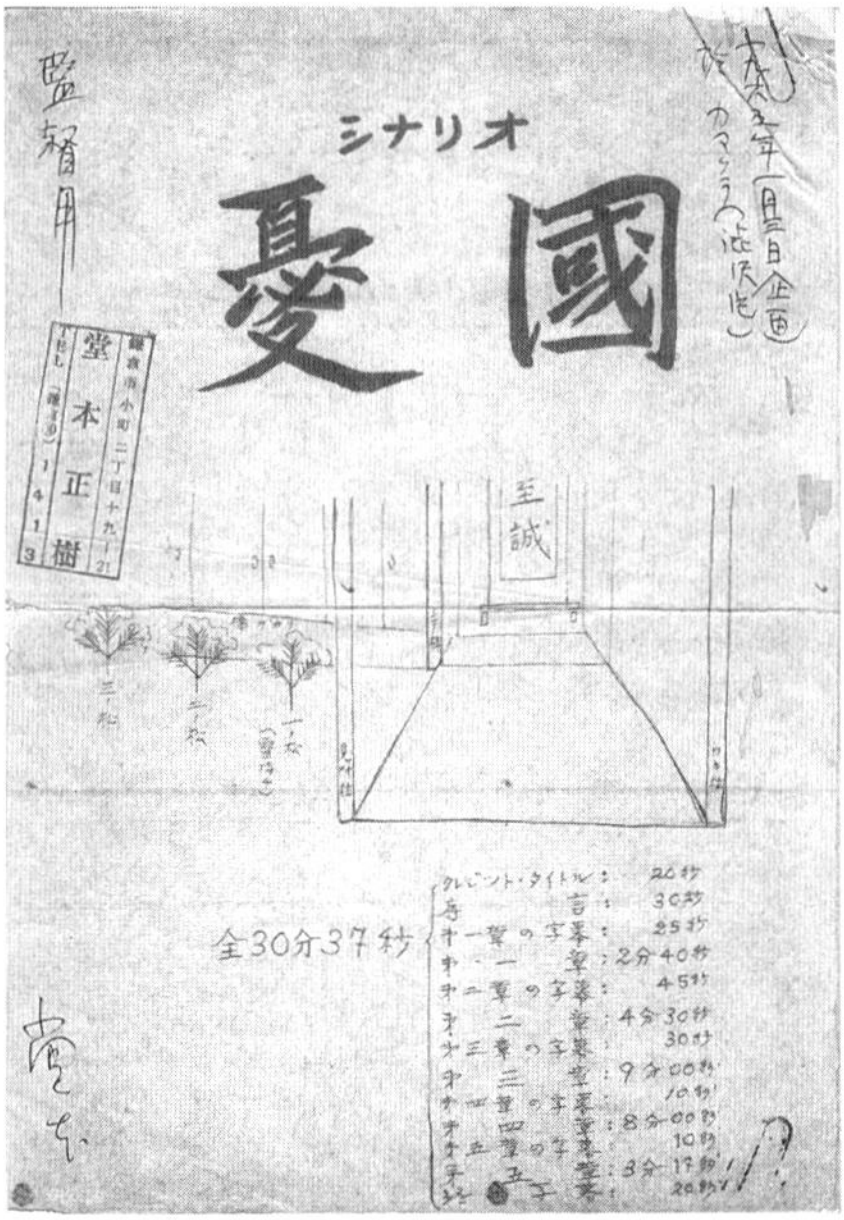

写真３ｈ　映画版「憂国」台本

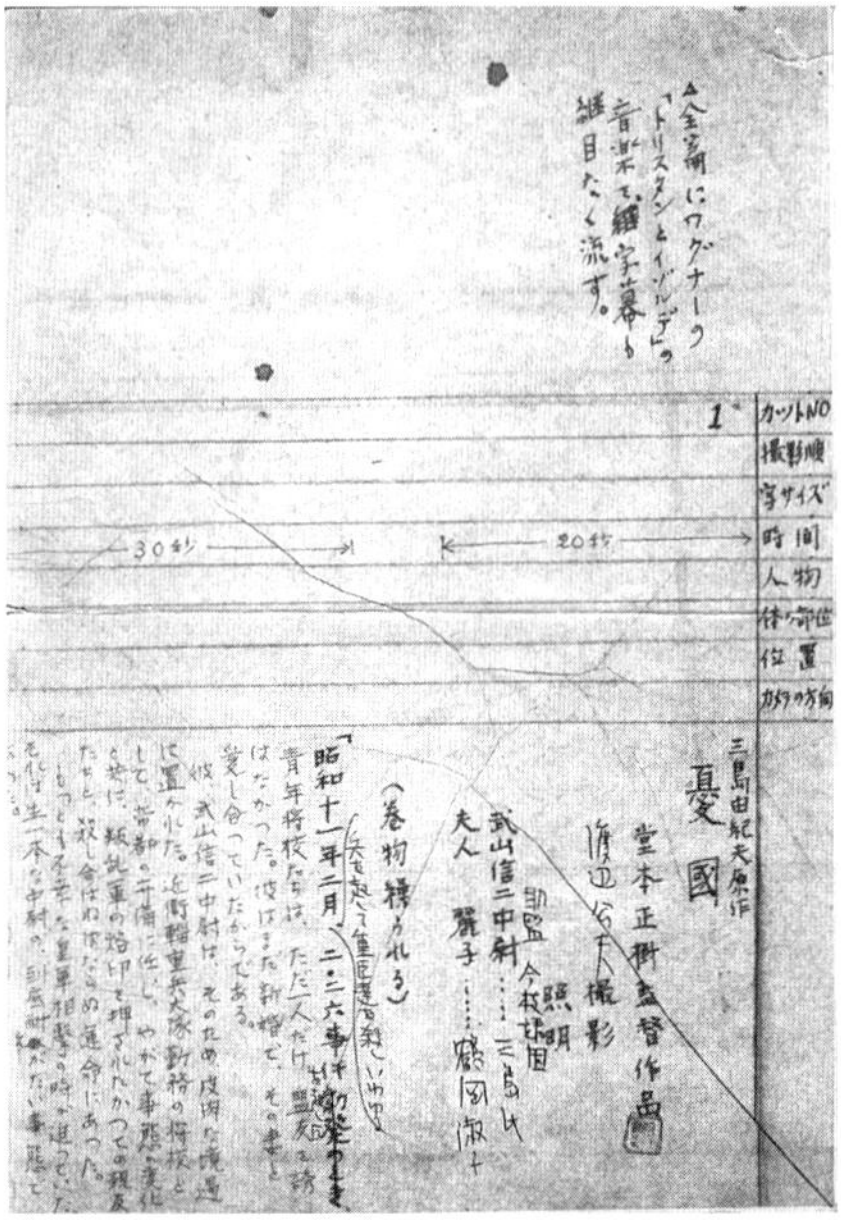

写真３ｉ　台　本（堂本正樹旧蔵）

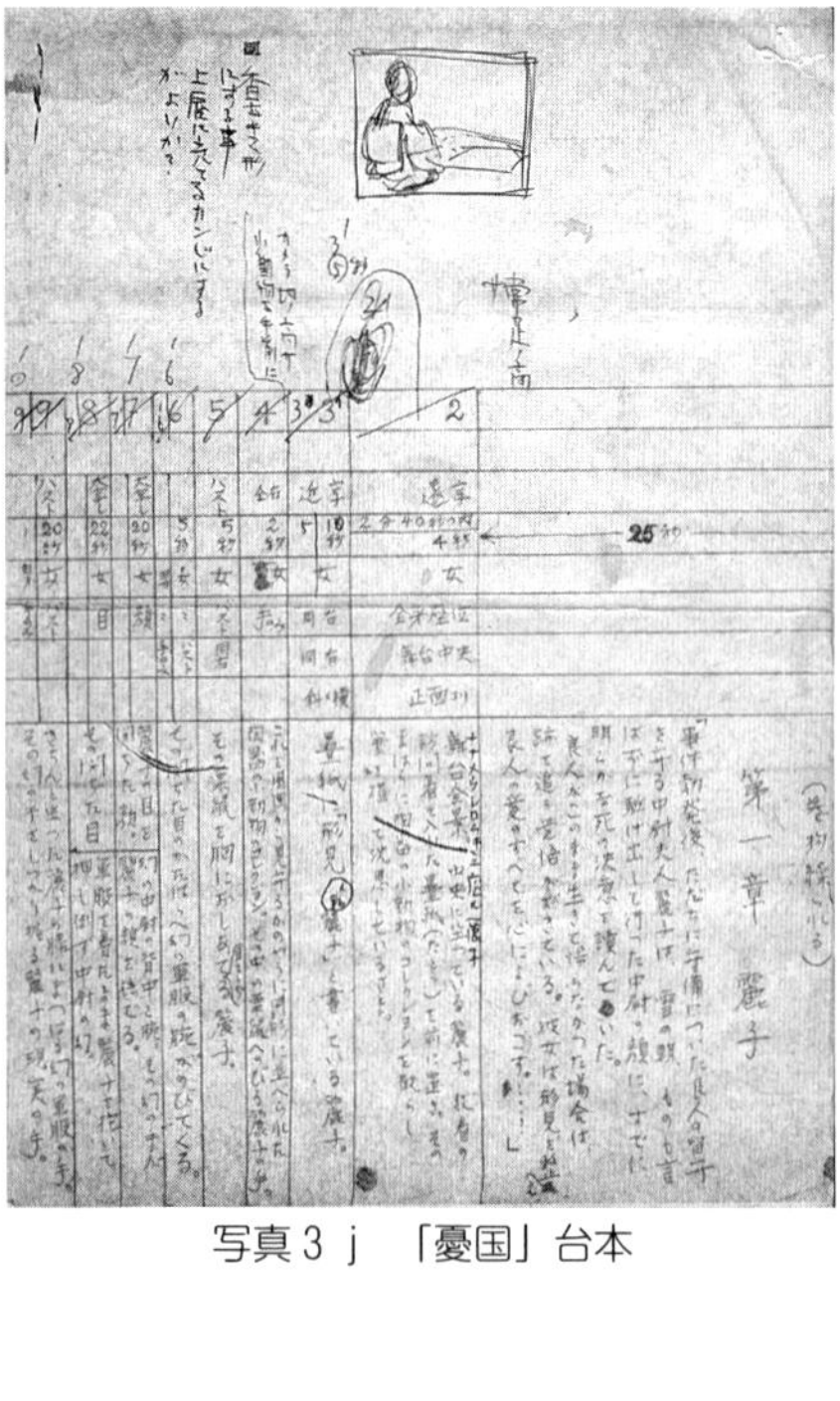
写真３ｊ　「憂国」台本

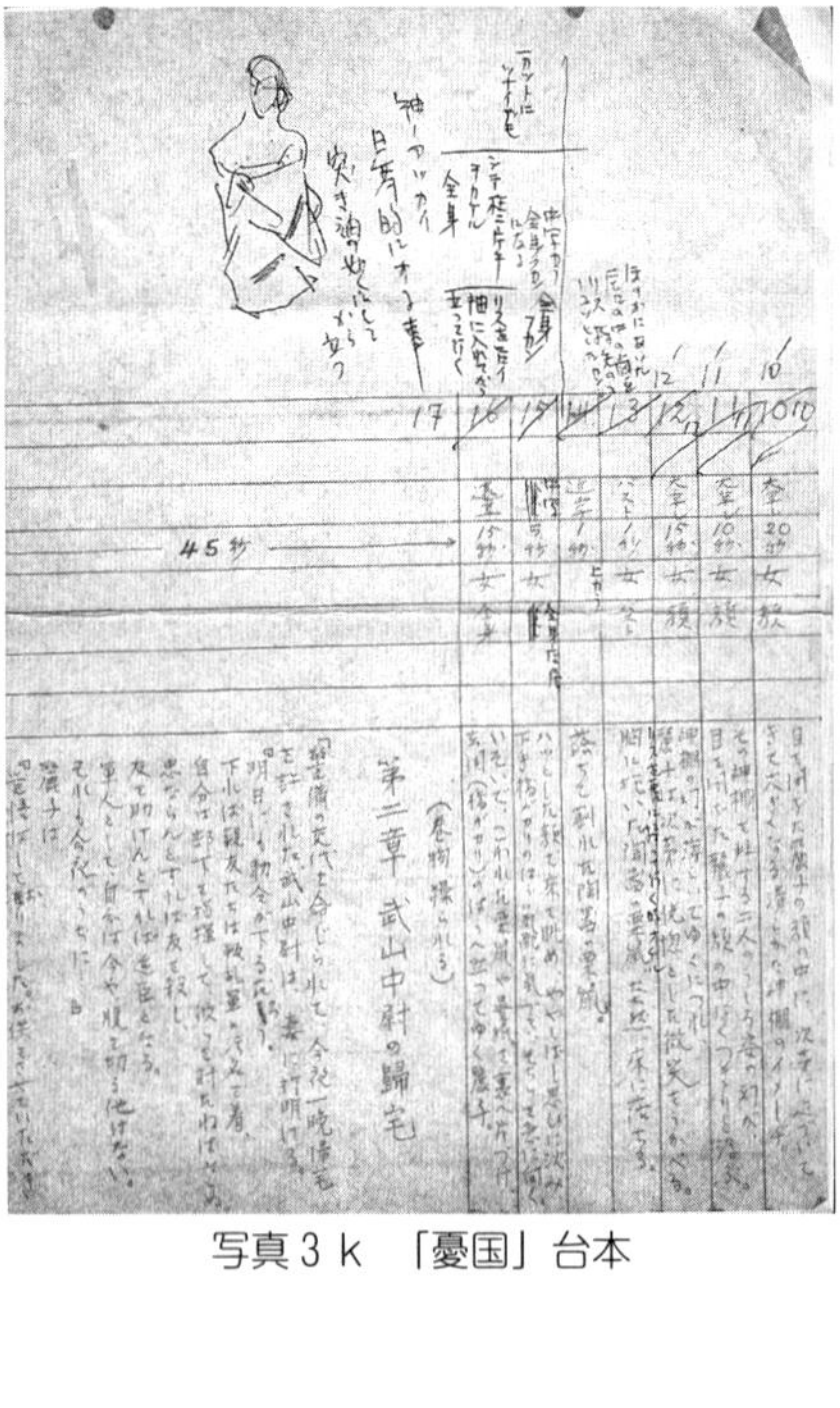
写真３ｋ　「憂国」台本

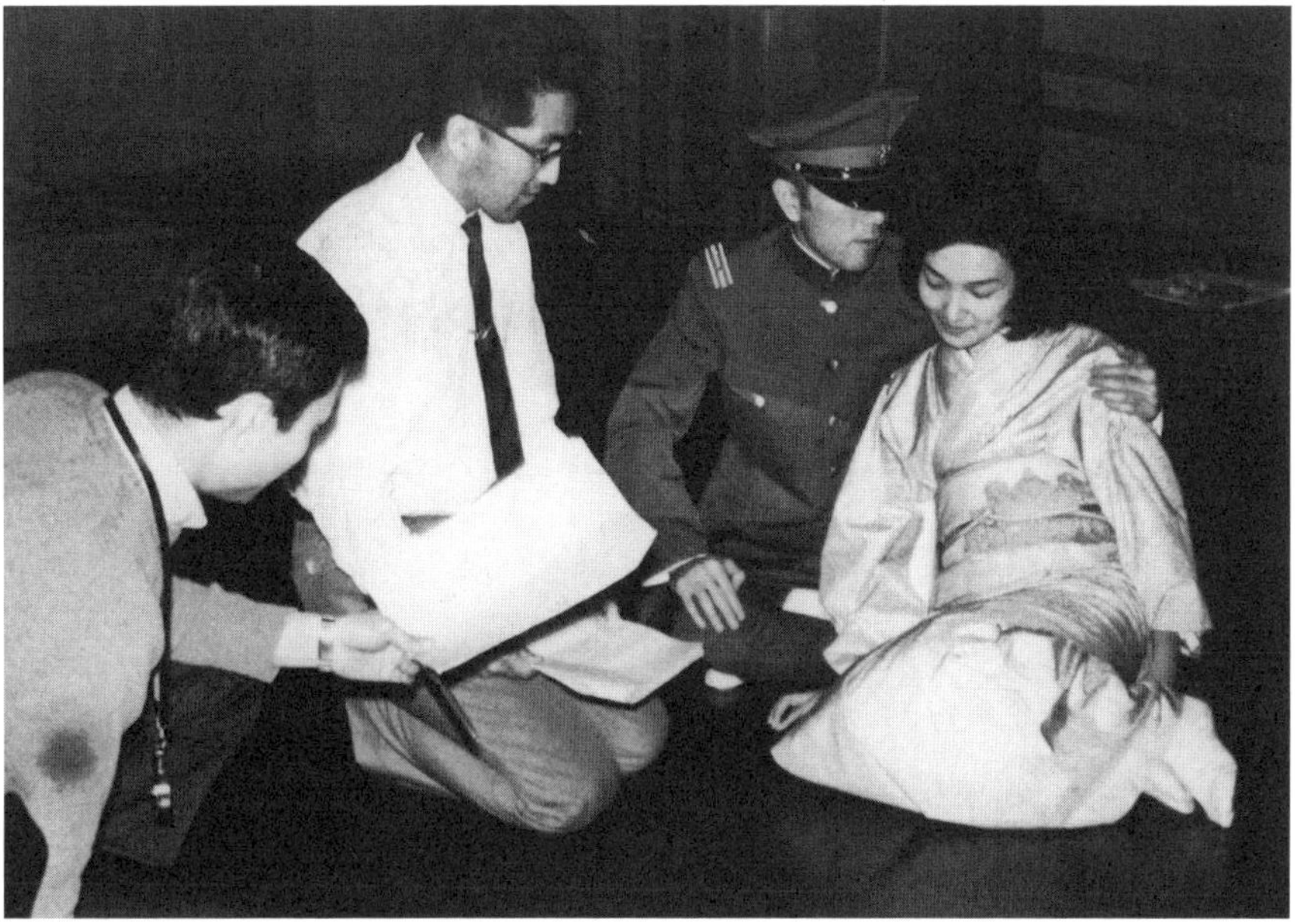

写真３ｌ　メーキング写真（右から鶴岡淑子、三島由紀夫、堂本正樹）

写真３ｍ　メーキング写真（右から鶴岡淑子、三島由紀夫、堂本正樹）

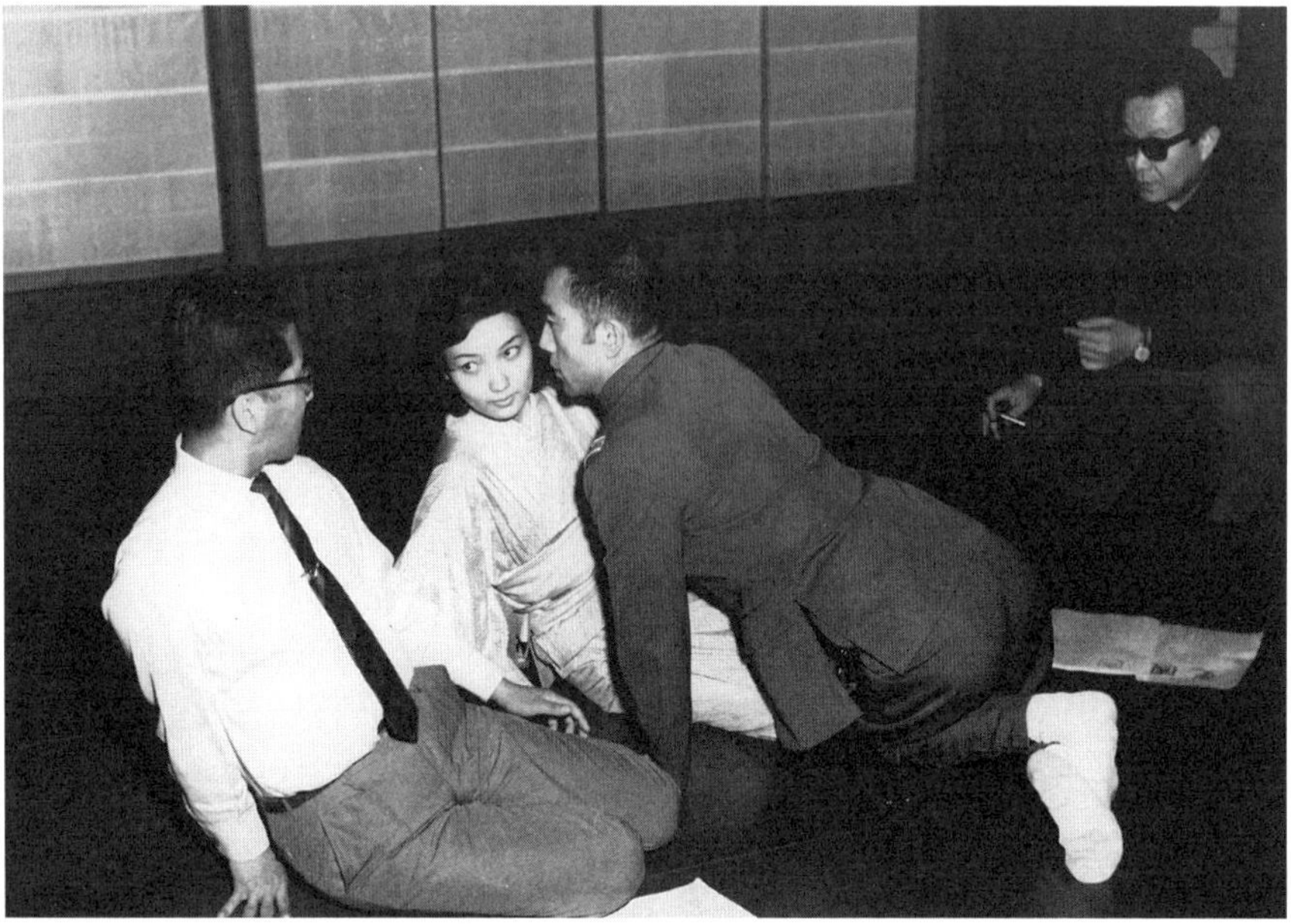

写真３ｎ　メーキング写真（左から堂本正樹、鶴岡淑子、三島由紀夫）

写真３ｏ　メーキング写真（左から堂本正樹、三島由紀夫、鶴岡淑子）

写真３ｐ　メーキング写真（左から三島由紀夫、堂本正樹）

写真３ｑ　メーキング写真

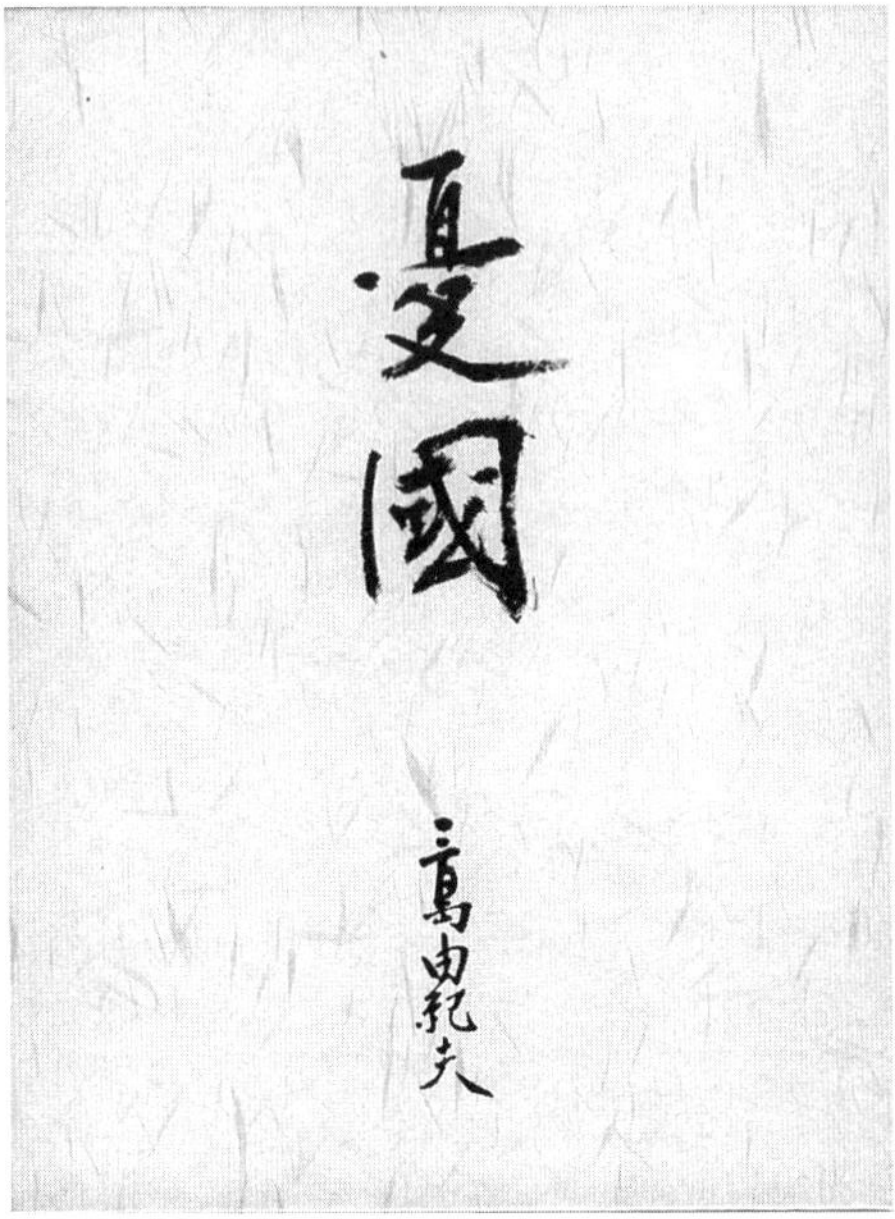

写真３ｓ　憂国ＤＶＤ（東宝）

写真３ｒ　決定版三島由紀夫別巻

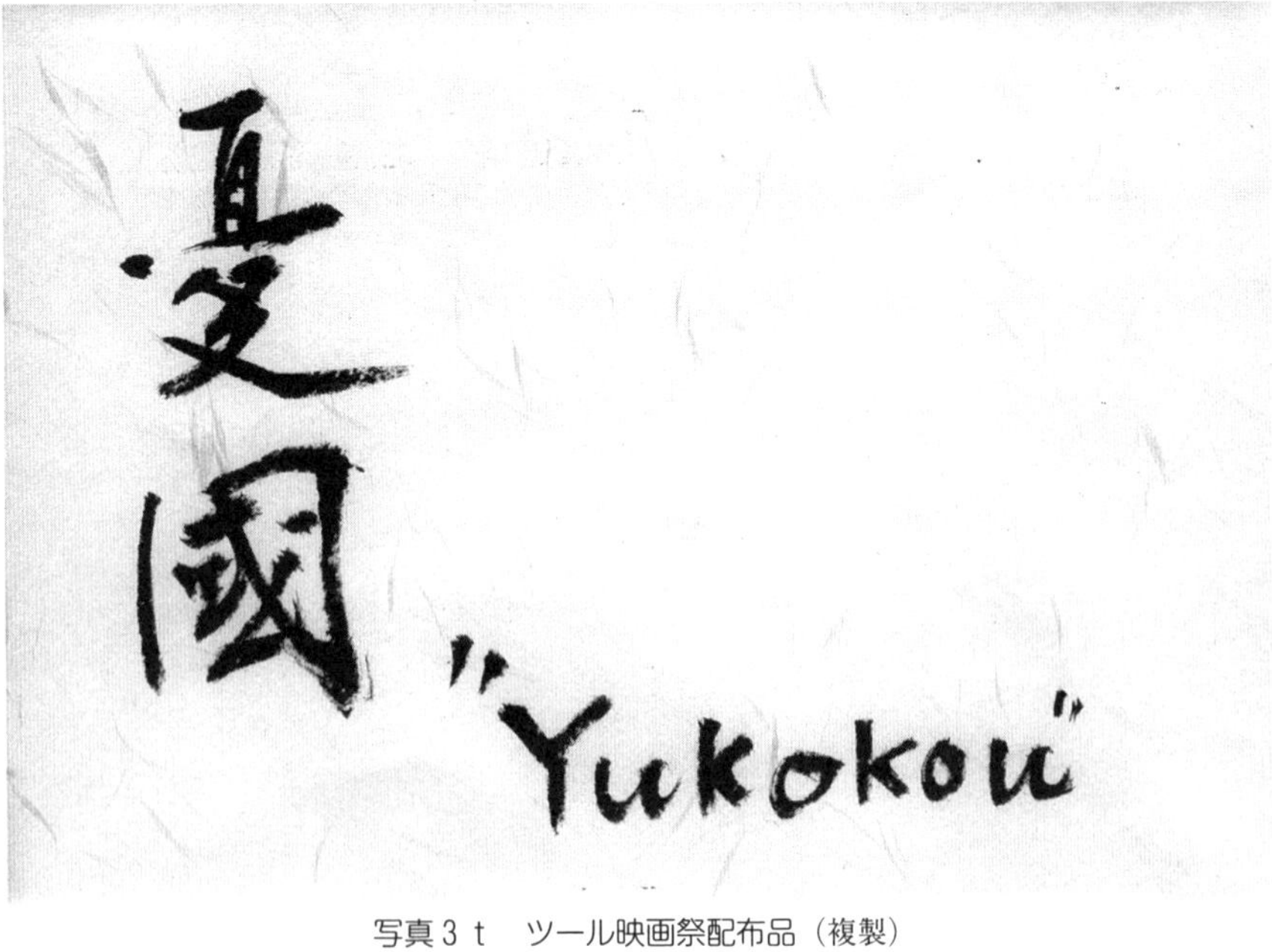

写真３ｔ　ツール映画祭配布品（複製）

写真４ａ　映画版「憂国」表紙

写真４ｂ　裏表紙

また一方で、映画「憂国」のプロデューサーとして参加した藤井浩明の要望により三島家にＡＴＧのマザーフィルムが保存された。２００６年4月に、この三島家に保存されたフィルムを基に決定版三島由紀夫全集別巻・映画「憂国」（写真３ｒ）としてＤＶＤが発売された。ＤＶＤは東宝（写真３ｓ、ｔ）からも発売されている。

このＤＶＤ化は藤井浩明が総監修を行ったことで可能となったことであり、他の誰にもなし得ないことであった。今では誰でもＤＶＤで「憂国」を鑑賞することができる。

第四章　映画版「憂国」

映画版「憂國」（写真４ａ、ｂ）は１９６６年（昭和41）４月10日に新潮社より刊行された。「原作」「撮影スチール」「台本」「製作意図及び経過」が掲載されている。

三島は「製作意図及び経過」に「私は、スチールマンとして、昔からよく知っている写真家の神谷武和氏と助手の松永清寿君を連れてきた[3]」と記している。スチール写真の撮影は神谷武和と松永清寿の2名によって行われた。憂国スタッフの集合写真（写真４ｃ）に神谷と松永が確認できる。映画版「憂國」に使用された写真は69枚で「写真　神谷武和」と記されている。フィルムは6×6㎝の正方形のフィルムで撮影され、オリジナル写真が確認された15枚の写真は全てトリミングされていた。

映画版「憂國」にはオリジナル写真を貼り付けた署名入の稀覯本がある。龍生書林の大場啓志は「収録した六九枚のスチール写真の内一枚が著者の意向と異なった為、生写真張り付けの訂正版が少部数ある。時期は正確ではないが、昭和五十年代初

写真４ｃ　憂国スタッフ（前列左から１人目松永清寿、６人目三島由紀夫、後列左から１人目神谷武和、1965）

めに、即売会の目録上と、また、明治古典会でと、二度出品を記憶しているが、この十数年まったく見かけない[4]」と記している。

69枚の写真の中で、№28の写真（写真４ｄ）にオリジナル写真（写真４ｅ）が貼られているもので、これまで5冊を確認した。この中で献呈署名入りが4冊で、署名のみのものが1冊あった。写真４ｆは神谷武和宛の献呈署名本である。神谷武和は、このスチールなどを撮影した写真家である。三島の献呈署名の右側にはこの映画にプロデューサーとして参加した藤井浩明の署名も確認できる。藤井は三島に勧められて署名したものと考えられる。

写真４ｇ、ｈは長尾一雄宛の献呈署名本である。長尾一雄は作家である。

映画版「憂國」の№28の写真（写真４ｄ）は、三島の上半身

写真４ｄ　映画版「憂国」（№28）

写真4 e　貼付された生写真（神谷武和旧蔵書）

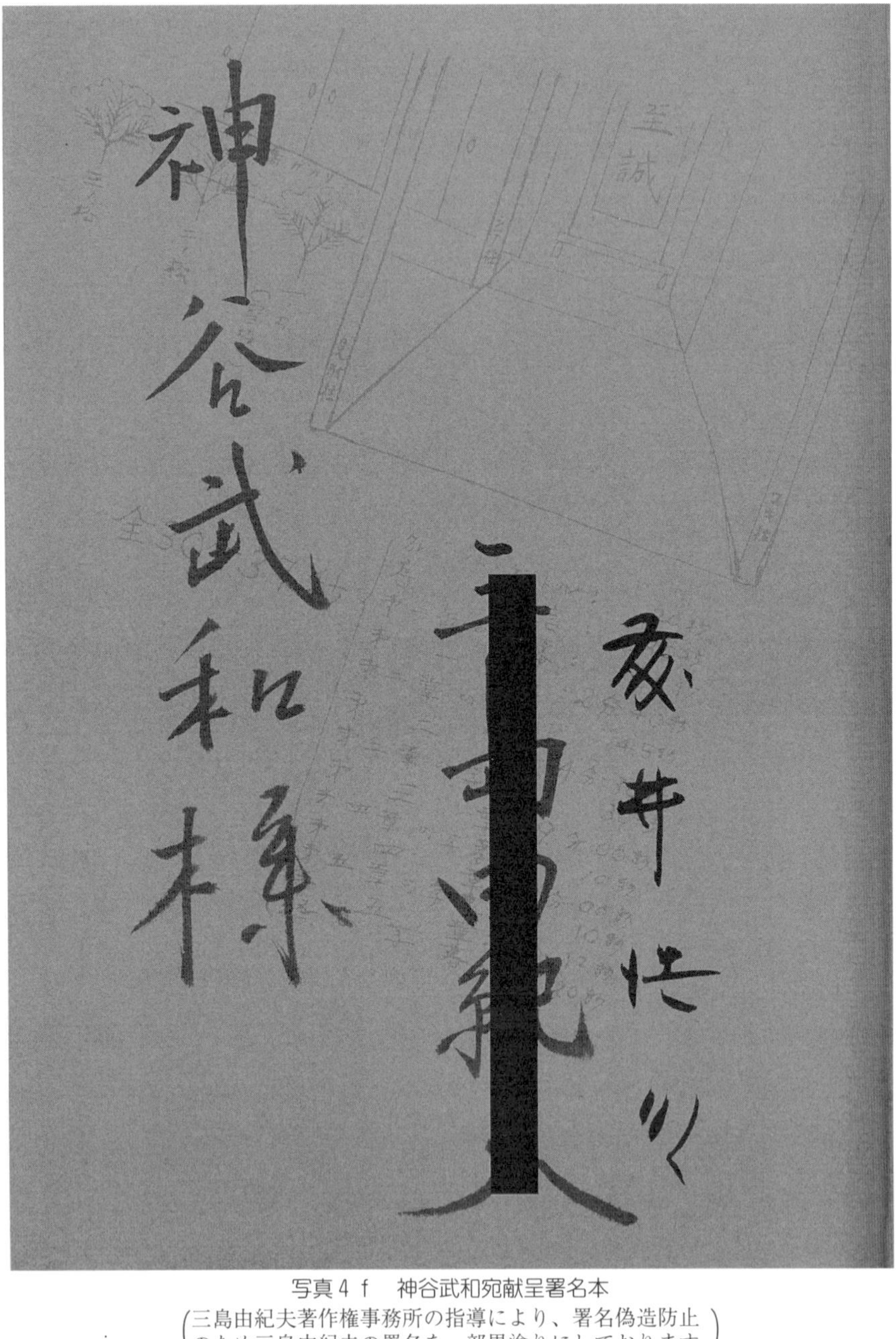

写真４ｆ　神谷武和宛献呈署名本
（三島由紀夫著作権事務所の指導により、署名偽造防止のため三島由紀夫の署名を一部黒塗りにしております。）

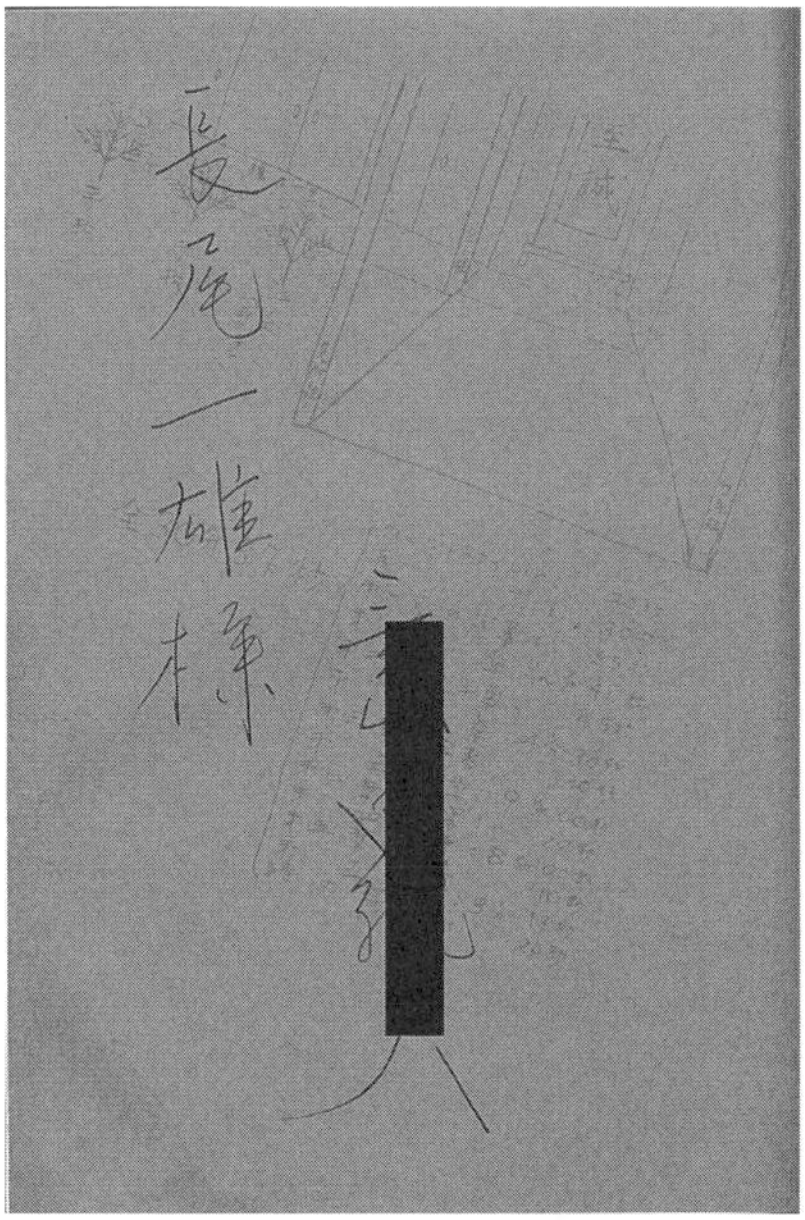

写真４ｈ　長尾一雄宛献呈署名本

写真４ｇ　生写真（長尾一雄旧蔵書）

（三島由紀夫著作権事務所の指導により、署名偽造防止のため三島由紀夫の署名を一部黒塗りにしております。）

写真４ｉ　週刊誌・サンデー毎日（1966（昭和41）年２月６日号）

写真4 j　神谷武和宛献呈署名本　表紙（写真貼り付け版）

が白っぽく印刷されており筋肉の隆起が不鮮明である。この写真が気に入らなかった三島はコントラストを強くして筋肉の隆起が強調された写真を希望したものと考えられる。貼付されたオリジナル写真は、掛け軸の幅を見ると明かだが、一枚一枚トリミングの状態が異なっているのが確認できる。

写真４ｉは、昭和41年2月6日号のサンデー毎日に掲載された写真である。至誠の掛軸も写っている。

大場が指摘するように、No.28の写真にオリジナル写真が貼られている本は稀である。これまで確認した本の中で、神谷武和宛の献呈署名本は、No.28の写真だけでなく表紙にもオリジナル写真が貼付されていた。（写真４ｊ）この一冊は極めて稀な本である。

写真５ａ　川端康成著「定本　雪国」
内容見本（1971）

第五章　牧羊社限定豪華本
松永清寿写真作品集「憂国」

三島は１９７０年に牧羊社から豪華本として松永清寿写真作品集「憂国」を出版する計画をしていた。

１９６９年（昭和44）９月に牧羊社から刊行された豪華本シリーズ10冊の出版案内に「憂国」は含まれていないが、１９７１年（昭和46）９月に刊行された川端康成の「雪国」の出版案内（写真５ａ、ｂ）に「憂国」の広告が確認され、牧羊社は、「三島由紀夫豪華限定本シリーズ」（続刊）として「憂国」を加えた。これが松永清寿の撮影した憂国のメーキング写真を含めて新たに構成する豪華写真集「憂国」であった。

三島由紀夫大鑑に「憂国　半紙版　定価未定」として書物研究家・保利祥子の以下の記述がある。

「これは三島氏に自決を決意させたような作品かも知れない。ちょうど十一月十日に川島さんが訪問した際、この文字をタイトルにしてもらいたいと言って、揮毫された、『憂国』の墨痕鮮やかな色紙がある。『表紙は白地に日の丸、タイトルはいれないようにしてみたらどうか』という話が出たが、すでに外出の約束の時間が切迫している模様で細部にわたる相談はなされなかったという。この日はいつもポロシャツ姿なのに、珍らしく白のＹシャツにカフスボタンで題箋の署名をしてくれた。このときの墨を白いシャツの袖にちらしてまた別の白いシャツに着かえて急いで出かけたという。このとき『憂国』といっしょに『行動』という文字も揮毫してくれたがいま考えると大へん切迫した時期の一齣である」[5]

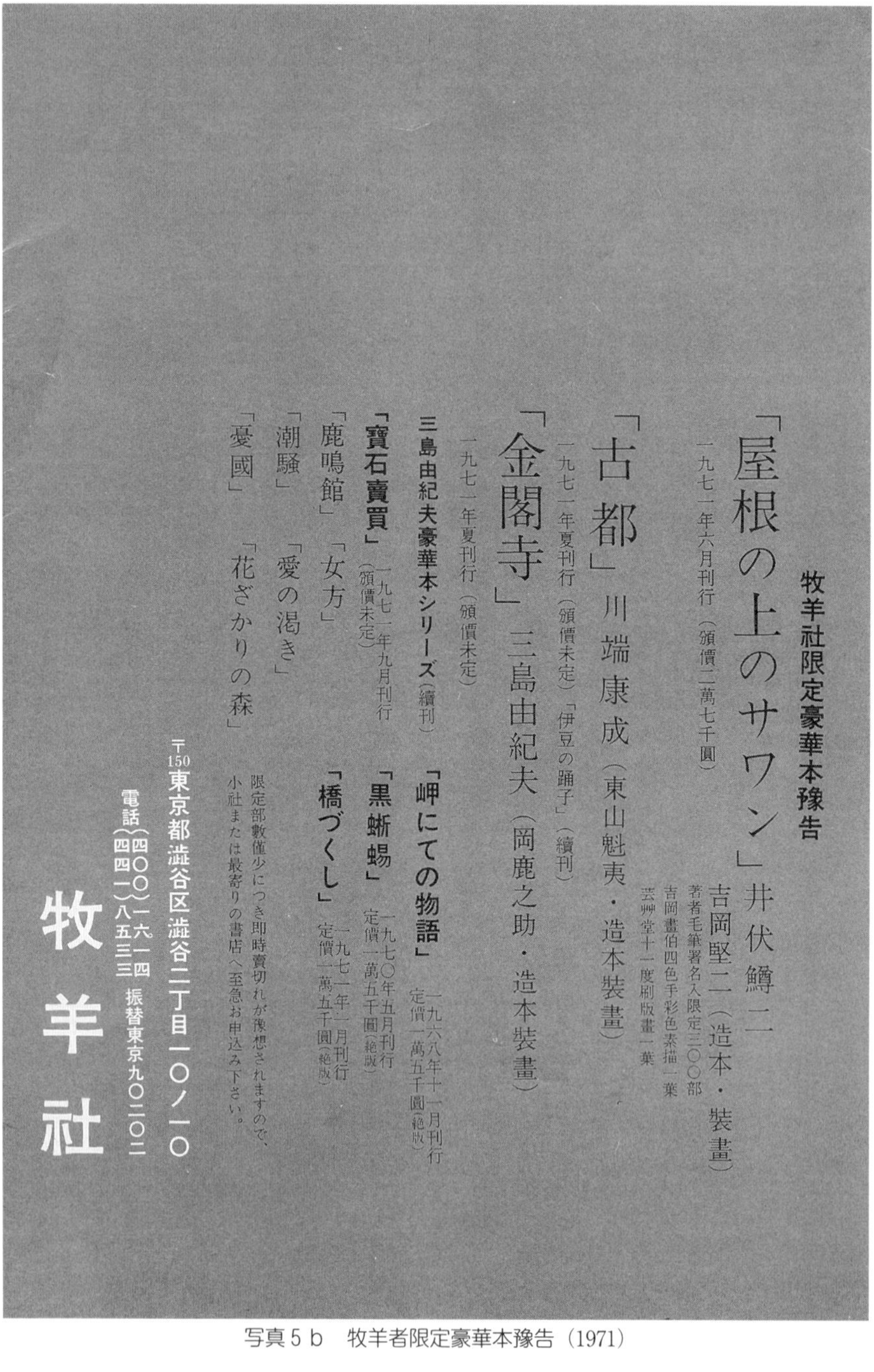

写真５ｂ　牧羊者限定豪華本豫告（1971）

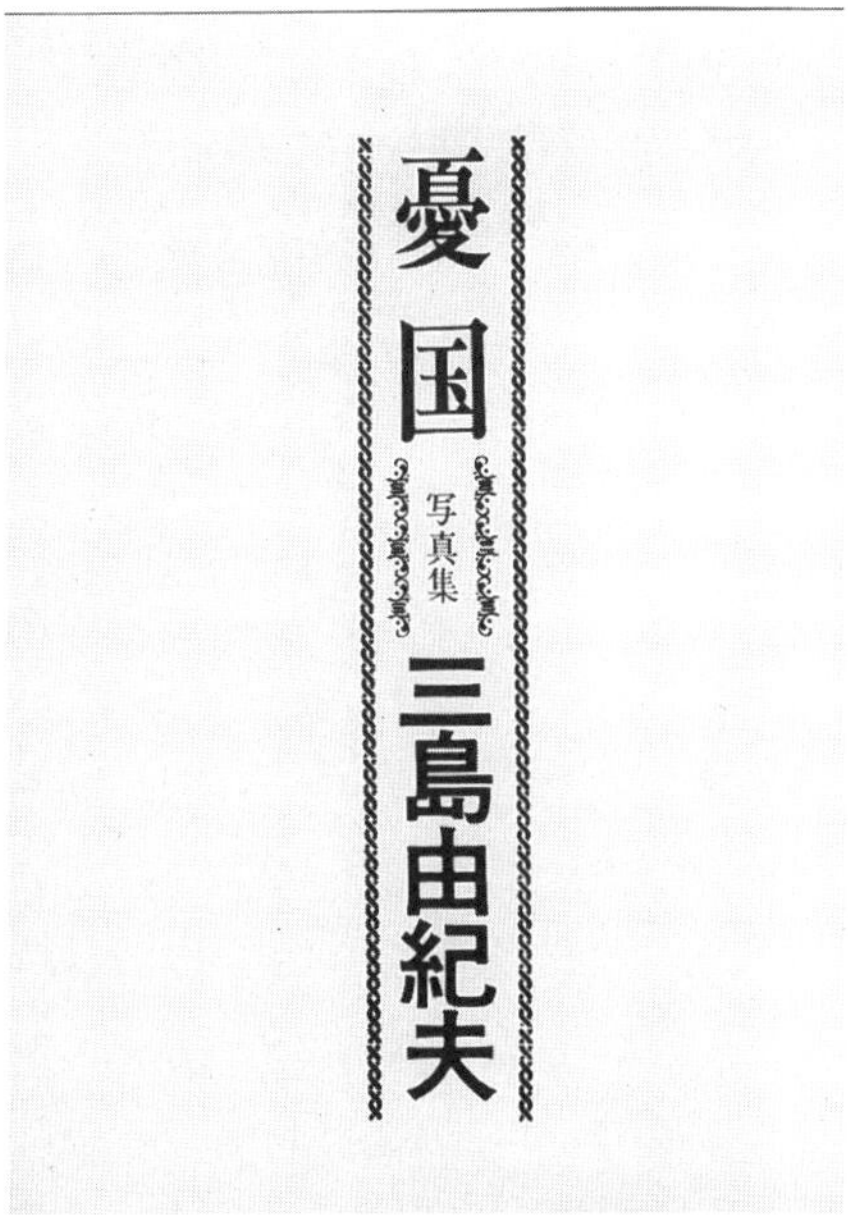

写真５ｃ　表紙または扉の見本

写真５ｄ　表紙または扉の見本写真

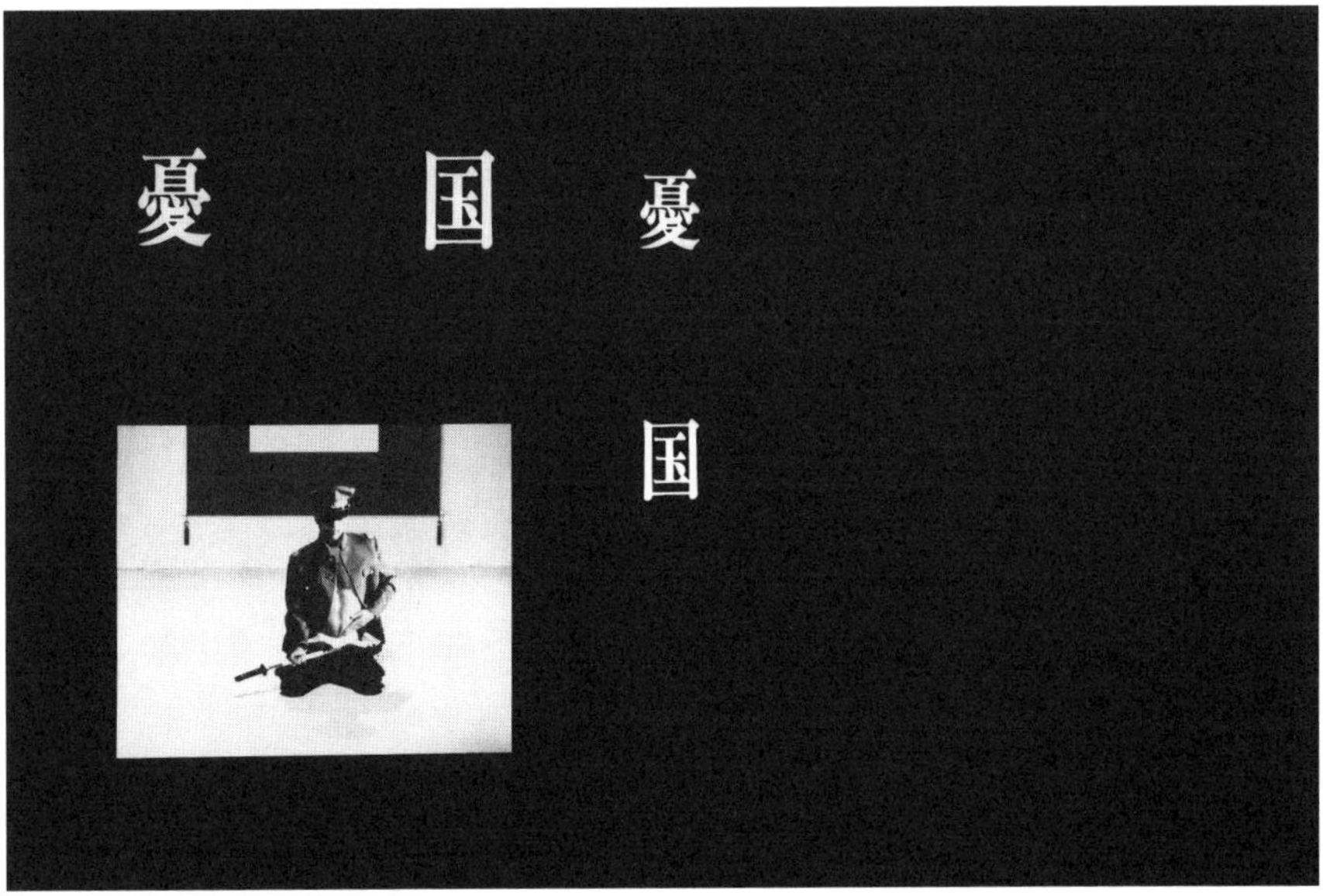

写真５ｅ　表紙の見本

松永清寿が作成した「憂国」の表紙または扉の図案（写真5c、d、e）が残されている。松永は、三島に依頼されて見本版を2種作成したようだ。刊行予定の牧羊社は既になく、松永も死去している。松永が作成しようとした豪華本「憂国」の全貌は現在明らかになっていないが、資料はいつ出現するかわからない。私は、いつか豪華本写真集「憂国」が出版されるのを希望するものである。

（三島由紀夫研究家）

註1　三島由紀夫：無題、「新輯版・薔薇刑」内容見本、集英社、1970
2　細江英公：誠実なる警告、続・三島由紀夫が死んだ日、実業之日本社、2005
3　三島由紀夫：製作意図及び経過、憂国、新潮社、1966
4　大場啓志：三島由紀夫　古本屋の書誌学、ワイズ出版、1998
5　保利祥子：三島由紀夫が情熱をこめた豪華本十冊、三島由紀夫大鑑、評論新社、1971

ミシマ万華鏡

山中剛史

河盛好蔵のエッセイ「献辞の話」（『回想の本棚』所収、初出は昭和四十九年六月）を読んでいたら、三島由紀夫の話題が出てきた。近頃は著名人からの献呈署名本を譲ってくれと古本屋がうるさいが、断固拒否してきたのに、知らぬ間に大阪の古本屋目録に自分宛の『金閣寺』限定本が掲載されていると人から教えられ仰天した、というのである。

人に貸した覚えもないしそんな筈は絶対にないと書庫を探したが確かにない。河盛は、遊びに来た学生に三島ファンがいて出来心で失敬されたのであろうと書き、「痛くもない腹を探られるのではないかと当分は憂鬱であった」という。三島追悼の夕べで挨拶もした河盛であってみれば、変に勘繰られた日にはさぞ体面が悪いことであろう。

河盛が亡くなったのは二〇〇〇年だが、現在インターネットで検索してみれば、河盛好蔵宛の献呈署名本が古書店のサイトに数冊出てくるし、私も学生時代から古書店の目録などで河盛宛の三島署名本は何度も見かけている。

そういえば、つい先日行われた業者の市で、三島の宮崎清隆宛の献呈署名本、書簡や葉書、三島署名のある熨斗などが出品された。三島は宮崎の著書に序文を書いており、また三島没後、宮崎は自宅に三島由紀夫文学碑を設けていることでも知られている。さまざまな理由で市場に出てくるのだろうが、こうしたものからは献辞相手との関係が伺われ、研究的視点からも極めて興味深いものがある。

断想

『三島由紀夫VS音楽』補遺

宇神幸男

三島由紀夫について書けという。拙著『三島由紀夫VS音楽』刊行後、書き足したいことがありはしないか、というありがたいお話である。お言葉に甘えさせていただく。拙著と重複する記述もあるが、ご容赦願いたい。

ドビュッシー

戦中から戦後にかけての数年間、三島由紀夫は積極的に音楽会に出向いている。この時期だけをとれば、れっきとしたクラシック音楽ファンである。しかし、『仮面の告白』以後、執筆に追われるようになると、実演からは足が遠のいた。

日記体エッセイ集『小説家の休暇』の昭和30年6月29日に、「某君はレコオド狂である。そして私は、レコオドの一枚も、蓄音機の一台も持たない」と三島は宣言口調で書き出し、クラシック音楽嫌いの弁を延々と書き綴る。語り足りなくて、7月1日、三島は続きを書く。

三島にとって、絶対音楽の器楽曲や管弦楽曲は「意味内容を持たず、目に見えず、無形態」なので、「不安と危険、恐怖」を与えられる。それゆえに、この種のクラシック音楽を三島は忌み嫌った。

しかし、オペラやバレエは熱心に鑑賞した。欧米旅行でもオペラやミュージカルを観劇し、病膏肓、昭和38年夏にオペラ台本「美濃子」を、昭和43年春にバレエ台本「ミランダ」を書いている。

三島はワグネリアンを自称していたが、川端康成の作品を解説するにあたって、ワーグナーとドビュッシーを例にあげている。であるから、三島はドビュッシーも興味深く聴いていたはずである。

昭和26年10月、新橋演舞場で泉鏡花の「天守物語」を観劇した三島は、

> 戦後新派によつて、花柳章太郎の天守夫人、水谷八重子の亀姫の配役、千田是也の演出、ドビュッシーの「雲」を伴奏音楽に使つた上演が、おそらく初演であらう。その後歌舞伎でも上演されたが、私にはこの初演のすばらしさがいつまでも目に耳に残つてゐる。

と後年、回想している。

このことを、私はうっかりして『三島由紀夫VS音楽』（以下、拙著）に書かなかった。ドビュッシーの「雲」は、3曲からなる「管弦楽のための夜想曲」の第1曲で、巴里の空に垂れ込める雲を描いて神韻縹渺たる名曲。「天守物語」の伴奏音楽として悪くない選曲である。だが、オーケストラを使ったとは思えないし、当時はテープレコーダーも普及していない。電蓄でSP盤を再生し、舞台袖から流したのだろうか。

判明しているものに限るが、三島が実演で聴いたドビュッシーは、①昭和33年12月9日の歌劇「ペレアスとメリザンド」の日本初演②昭和35年4月19日の神西敦子ピアノリサイタルでの

「ベルガマスク組曲（前奏曲～メヌエット～月の光～パスピエ）」③昭和38年1月15日の小沢征爾（現小澤）指揮日本フィルハーモニー管弦楽団による「牧神の午後への前奏曲」と「月の光」——である。

　死の9か月前の昭和45年2月19日、三島は翻訳者ジョン・ベスターのインタビューに「美術も音楽も自分の生活には必要ない」とそっけなく答える。その一方、「暁の寺」を執筆中、ドビュッシーの「シャンソン・ド・ビリティス」を何度も何度も聴き、イメージが出てきたとも語っている。

　世紀末パリの詩人ピエール・ルイスが、「レスビエンヌ・ラブを謳歌した古代ギリシャの詩人ビリティスの作」と偽って発表したのが、一四六篇からなる「シャンソン・ド・ビリティス（ビリティスの歌）」である。ルイスと親しいドビュッシーが三篇を選び、「ビリティスの三つの歌　パンの笛～髪～ナイアードの墓」という歌曲にした。

　三島が「暁の寺」を執筆していた頃、フランスのソプラノ歌手レジーヌ・クレスパンによる最新ステレオ録音のLP盤（英デッカ原盤）が出ていたから、三島はこの盤を購入したと思われる。何度も何度も聴いてイメージが出てきた、というのは「暁の寺」第二部の月光姫と久松慶子の淫美な同性愛のことであろうか。

　何度も何度も聴くためには、レコードを聴く装置が必要である。三島由紀夫は随筆・評論集『藝術断想』で、フルトヴェングラー指揮の「トリスタンとイゾルデ」のレコードに熱中した、と書いている。この函入り6枚組のLP盤（英EMI原盤）が日本で東芝EMIから発売されたのは、昭和33年12月である。ということは、遅くとも昭和34年には再生装置を所有していたことになる。しかし、それがどのような装置であったかは不明である。また、所蔵レコードについても記録は一切ない。

　そんなことができたはずもないが、私は万難を排して三島邸を探訪し、再生装置と所蔵レコードを調査すべきであった、と悔やまれてならない。

鉢の木会

三島由紀夫が鉢の木会を脱会したのは、吉田健一への嫌悪が原因とされている。

　昭和33年3月9日、三島は北鎌倉東慶寺での神西清の一周忌法要に参列、長谷の川端康成邸を訪ね、大磯の福田恆存邸での鉢の木会に出席した。東京への帰途は吉田健一と一緒で、三島と吉田の関係は良好のようである。

　吉田健一は鉢の木会の席上で、三島由紀夫に悪態をついたという。その内容は、①「お前は俗物だ。あまり偉そうな顔をするな」と面罵した。②新築の三島邸の高級な家具調度を無遠慮に値踏みし、東京會舘から取り寄せた高級料理を茶化した。③「こんなものしか書けないんだったら、この会から出て行ってもらわなくちゃな」と『鏡子の家』を酷評した——などと伝えられる。

　吉田としたら酔余の他意なき失言であるが、三島にとっては節度なき悪口雑言である。なお、②と③は昭和34年のことであるが、この時点では、三島は鉢の木会を脱退するとまでは考えていない。

　近年、横浜の神奈川近代文学館が、機関紙「神奈川近代文

学」に、鉢の木会に関する記事を連載した。季刊であるから、2019年1月15日号（第143号）から2021年7月15日号（第153号）まで、連載は11回、約3年半に及んだ。実に興味深い内容で、三島ファン必読である。この連載記事を参照しつつ、三島の鉢の木会脱退について以下に記述する。

昭和36年11月11日、牛込払方町の吉田健一邸で鉢の木会の例会があった。参会者は吉田、中村、福田、三島の4人。吉田は懐石料理の辻留、西洋料理の小川軒から仕出しを取り寄せ、吉田夫人の手料理も加わり、美酒佳肴でもてなした。

初期の鉢の木会については、

「戦後の物資のない時代でしたから、母（神西清夫人百合子）は料理にはたいへん苦労しました」

と神西敦子さんが語っており、まさに鉢の木会のゆえんである。それが辻留と小川軒の仕出しであるから、隔世の感がある。

この11月例会で、三島と吉田に決定的な何かがあったのだろうか？　三島は12月の例会を欠席する。

なお、この年の3月に「宴のあと事件」が起きている。「宴のあと裁判」で、①吉田が被告三島に不利な行動を取った②仲介に入った吉田の動きを三島が悪く受け止めた――これが吉田との敵対の理由である、と書いている本も少なからずある。いかにもと思わせるが、その信憑性は如何なものであろうか。

翌る昭和37年の1月例会に、三島は出席した。この例会は、大岡昇平の長篇「花影」の新潮社文学賞受賞を祝う会でもあった。中村光夫が幹事で、会場は中村が贔屓にしていた銀座八丁目の鰻屋竹葉亭本店。元々鉢の木会は、月番の幹事が自宅で催す、家族ぐるみの和気藹藹の集まりだった。しかし、この頃になると都内の高級料理店を使うようにもなり、これも会員間の人間関係に微妙な影響を及ぼしたようである。

吉田健一に我慢がならないので退会したい、と三島は中村光夫に申し出た。中村にとって吉田健一は盟友であり、三島由紀夫は得難い年少の友である。中村の困惑は想像に難くない。

三島は2月例会を欠席、3月例会は「神西忌」であったが、これも欠席した。大岡昇平が4月22日付で中村光夫に宛てた葉書には、

> 三島が健坊の理由でやめたことは、もうみんな知っています。鉢の木解散説も出ている。（菅原の話）そう知れてればだつたいもいゝと言えましょう。

とある。健坊は吉田健一である。菅原は新潮社の編集者菅原国隆と考えられる。大岡昇平は「だつたいもいゝ」、すなわち「脱退もよかろう」という考えである。

大岡昇平が月番にあたっていた5月例会は、大岡本人が入院中につき休会となった。5月9日、三島はライシャワー駐日米国大使が主催する「ドナルド・キーン氏を囲む会」に出席した。吉田健一も招待されていた。記念の集合写真で吉田は破顔一笑、三島は微笑しているが、写真からは二人の確執は窺い知れない。

中村光夫は、福田恆存、吉田健一と相談した。なんとも困ったことになった、というのが中村と吉田であるが、福田はちょっと違っていたようで、

中村「三島君も大人げないと思うけど」

吉田「そんなに怒るほどのことかなあ」

福田「やめたけりゃ、やめりゃあいい」

とまあ、こんな感じであろうか。

劇作家でもある福田は、三島の戯曲の才能に嫉妬していたのではないだろうか。以心伝心、三島も福田とそりが合わない。これも脱退の理由の一端だったかもしれない。

吉田健一は13歳年少の三島に詫び状を書くことになった。それも、手紙の下書きを中村光夫が添削し、吉田が浄書して送る、という腫れ物にさわるような念の入れようである。添削後の文面は以下の通り。

拝啓　その後御無沙汰致してをります。

先に、聞きました所によれば、僕が鉢ノ木の席上で色々と申します為に脱会なさりたき由、僕が口下手の為にそのやうなことになりましたのは全く慙愧に堪へません。お許し下さるやう願ひます。又以後、充分に気を付けますから、御再考なさいませんか。何となく、どんなことを言ひ合つても、それ以外に意味を持たない話が出来る会合といふものが、今後の我々にとつては益々必要になつて来るのではないかといふ気が致します。

何もこのやうなこと、会の席上でも公表する必要はなく、又、毎回必ず御出席願はなくとも、ただ随時、気儘にお出でになるといふことで如何でせうか。思ひ付いたままを書きましたが、御賢察下さることと存じます。

先は取敢不右まで

三島由紀夫様

この手紙に三島は返事を書かなかった。6月10日、中村は吉田に速達で、

二三日まへに三島君にあひましたが、どうも折角のお手紙も効果がないやうです。それなら、それで、またむかしにかへつてやればよいと思ひます。

と伝えた。吉田は責任を感じていたのか、諦めることなく、6月例会の案内状を三島に送った。6月12日、三島は吉田に速達で、

この間中村氏とお目にかかり、その時も申上げましたが、甚だ我儘ながら、このまま長期欠席といふ形をつづけさせていただきたいと存じております、何卒皆様にも悪しからずお伝へ下さい。

きっぱりと脱退を宣言した。

6月14日、吉田健一邸での例会に大岡、中村、福田、吉川逸治が出席し、5人は三島の脱会を確認した。

福田恆存は吉田に同情し、三島には悪感情をいだいた。それが翌る昭和38年1月の文学座分裂事件での三島の微妙な立場に、いくぶんかは繋がるのではないだろうか。

この事件は、文学座の俳優29名の脱退、現代演劇協会と劇団「雲」の創立、という未曾有の分裂騒動である。裏工作は半年前から行われ、文学座を牛耳る杉村春子に反撥する福田恆存がその首魁とされる。

三島由紀夫は蚊帳の外に置かれ、1月14日のマスコミ発表の前夜、福田から電話で知らされる。寝耳に水であった。現代演劇協会の理事に大岡昇平、中村光夫、吉田健一が名を列ねているが、当然ながら三島由紀夫の名はない。福田は三島に一泡吹かせてやろうと思っていたのではないだろうか。三島は福田の行動に一応の賛意を表したが、いっそう文学座に肩入れすることになる。

ところがわずかに1年後、屈辱的な「喜びの琴」事件で三島

は怒り心頭、文学座と訣別する。それ見たことか、と福田は快哉したであろう。

4年後（昭和42年）、大岡昇平が鉢の木会を脱会した。大岡は埴谷雄高との対談で、吉田健一の奇声と奇怪な笑い声に閉口して退会した、と語っている。その一方、三島も自分（大岡）も福田恆存が嫌になったので退会した、とも述懐している。

とまれかくまれ、大岡昇平の退会により、鉢の木会は、事実上、消滅した。

神西敦子

文士が愛用したオーディオの名機といえば、五味康祐のタンノイ、小林秀雄と大岡昇平のテレフンケン、安岡章太郎のクォードなどがある。

神西清は戦後、レコードを買い集め、電蓄に凝って新式の機械が出ると取り寄せ、技術屋を呼んでいろいろと注文をつけていたという。鉢の木会では、大岡昇平より神西清がオーディオの先輩である。

拙著の執筆にあたり、神西清の長女でピアニストの神西敦子さんに貴重な情報を賜ったが、刊行後、新たな情報も寄せられた。以下に、ご紹介する。

吉田健一は、神西邸での鉢の木会にはいつも定刻ぴったりに来訪した。吉田は服装も英国紳士然としていたが、あるとき、吉田が玄関で靴を脱ぐと、靴下に小さな穴があいていた……少女敦子の微笑ましい記憶である。

昭和27年、三島由紀夫は最初の世界旅行で亀を象ったペンダント・トップを買い、フェリス女学院高校1年生の神西敦子の

① 亀のペンダント・トップ（写真提供：神西敦子）

土産にした。拙著刊行後、敦子さんから送られてきた三島関係の何枚かの写真（複写）の中に、ペンダント・トップの写真もあった。

昭和35年4月19日、東京藝術大学専攻科の神西敦子のデビューリサイタルがあり、銀座ヤマハホールに三島が聴きに来た。鉢の木会の面々でリサイタルを聴きに来たのは三島だけだったという。

敦子さんからいただいた写真には瑤子夫人も写っている。当時の銀座ヤマハホールは、2層524席の中規模ホールである。さだめし三島夫妻は目立ったであろう。

昭和38年10月から11月にかけて、日生劇場の柿落とし公演として、ベルリン・ドイツ・オペラが初来日した。公演に先立ち、打ち合わせのために、日生劇場の浅利慶太と照明や録音の技師が渡独してベルリン入り（当時の西ベルリン）した。

このとき、ベルリン大学に留学中の神西敦子さんが通訳をつとめた。ベルリン・ドイツ・オペラのスタッフとの最初の面談の日、浅利慶太が朝寝坊してホテルのロビーに出てこない。困った敦子さんは、部屋をノックして浅利を起こした。

音楽関係者や音楽愛好家はもちろん、多くの文化人や芸術家が、画期的なベルリン・ドイツ・オペラの来日公演に足を運んだ。三島由紀夫も、豪華絢爛なこの公演に期待した一人である。

しかし三島は、ベートーヴェンの「フィデリオ」のルドルフ・ゼルナーの表現主義的な演出に失望した。また、「トリスタンとイゾルデ」のヴィーラント・ワーグナーの非写実的な演出を「珍演出」とし、ヴィーラントを「ワグナーの不肖の孫」とまで貶している。

② 客席にて（写真提供：神西敦子）

③　楽屋前にて（写真提供：神西敦子）

一方、大岡昇平はモーツァルトの「フィガロの結婚」を堪能した。お小姓ケルビーノを演じたソプラノ歌手エディット・マティスは、その美声と可憐な容姿で並み居る観客を魅了した。大岡昇平もマティスに魂を奪われた。

マティスにぞっこんの大岡昇平は、舞踊家武原はんが経営する六本木の高級料亭「はん居」にマティスを招待し、神西敦子さんも同席した。マティスは「はん居」のしつらえに目を輝かせ、敦子さんは武原はんの挙措に感銘した。

拙著に、三島由紀夫と作曲家矢代秋雄の関係について言及したが、神西敦子さんは矢代秋雄と親しかった。敦子さんのフェリス女学院高校時代、一学年下に才媛の女生徒がいて、のちに矢代夫人となる。

敦子さんがコンサートでピアノ協奏曲を演奏するにあたって、矢代秋雄は神西邸にやってきて、オーケストラ・パートをピアノで弾いて協力した。矢代は「いいね、その指使い、いただき」などと言い、二人は幸福な音楽の時間を過ごした。

三島由紀夫没後、敦子さんはほぼ同年齢の瑤子夫人と親しく交遊し、瑤子の急逝にあたっては通夜にかけつけた。

山口瞳

三島と同世代の作家山口瞳は、三島の政治思想を認めなかったが、三島由紀夫その人には好感をいだいていた。三島も山口瞳には好意的で、自邸のパーティに招待し、一緒に剣道をやろうと誘った。いずれも山口は断っている。

三島事件直後、山口は「週刊新潮」に連載中のエッセイ「男性自身」に、実に7回（7週）にわたって三島由紀夫についての文章を綴った。この連載では、三島由紀夫は鮨屋でマグロのトロしか食べなかった、という逸話だけが有名になった。

三島事件の約三年前、山口瞳は六本木の鮨屋で三島由紀夫と遭遇した。深夜である。三島は近くのホテルで執筆後、立ち寄ったらしい。三島がマグロばかり注文するので、山口は奇異に思う。

マグロは鮨屋の目玉商品であるが、赤字商品でもある。鮨屋はマグロがなくなったら閉店しなければならない。鮨屋はマグロばかり食べられては商売にならない。したがって、客はおそるおそるマグロを注文しなければならない——というのが山口瞳の常識である。

そういう常識を三島由紀夫は知らなかった、だから三島由紀夫は世間知らずだった、と山口は言う。しかし、これは言いがかりではないだろうか。このエッセイを読んで、江戸前の鮨屋とはそういうものなのか、と知った人は少なくないと思う。

山口瞳は、こんなことも書いている。

> 三島さんは、ときに意外に思われるような、二流、三流の週刊誌や、若向けの婦人雑誌に連載小説を書いたりすることがある。それは、三島さんの、ものにこだわらない、好ましい性格のあらわれであるが、あきらかに金のための仕事だと思われるようなこともあった。

昭和43年7月20日に刊行された『三島由紀夫レター教室』（新潮社）を、高校生の私は面白く読んだ。その一方、なぜ三島さんはこんな通俗な小説を書くのだろう、と不思議に思った。

この長篇は、「三島由紀夫レター教室—手紙の輪舞」と題して「週刊女性自身」の昭和41年9月26日号から昭和42年5月15日号まで連載された。あきらかに金のための仕事である。

山口瞳は「三島さんのような人が、お金に追われて仕事をするのが残念」で、三島にからんだ。

> 「三島さん、そんなにお金がかかるんですか」
>
> すると三島さんは、そりゃかかりますよ、と言って、かなりくわしく経済状態を説明した。そういう態度は、まことに率直で、気持のいいものである。さばさばしている。

三島は楯の會の維持のための原稿料稼ぎ、印税稼ぎをした。「週刊プレイボーイ」に連載（昭和43年5月21日号〜10月8日号）された長篇「命売ります」も、そういう作品である。

スーパースター三島は「週刊プレイボーイ」よりも、「週刊平凡パンチ」のグラビアやインタビュー記事に登場することが多かった。同誌には椎根和という熱烈な三島ファンの編集者がいたからである。

ともに若者向けの娯楽週刊誌であるが、「週刊平凡パンチ」の創刊は昭和39年4月28日、「週刊プレイボーイ」は昭和41年10月28日である。当時、私には「週刊平凡パンチ」の方が格上のイメージがあったが、いずれも売れ行きのよい、元気な週刊誌である。三島由紀夫はバランス感覚を発揮して、「週刊プレイボーイ」に小説「命売ります」を連載したのかもしれない。

三島の生前、集英社から通常版とコンパクト版の『命賣ります』が刊行され、没後9年目には集英社文庫で復刊された。いずれもあまり売れなかった。ところが平成時代の終盤、ちくま文庫で復刊されると、どうしたことか、これが売れに売れた。『三島由紀夫レター教室』もちくま文庫で復刊され、これもよく売れた。令和の現在も売れているようだ。

中村晃子

三島にとって女優といえば若尾文子である。映画「永すぎた春」の若尾を三島が気に入り、「からっ風野郎」では共演した。若尾は「お嬢さん」と「獣の戯れ」にも主演した。洋装も和装も美しい若尾文子であるから、「午後の曳航」の黒田房子、「絹と明察」の芸者菊乃、いずれもうってつけだと思うが、残念ながら映画化されなかった。

三島がそのコケティッシュな猫顔に惹かれた中村晃子は、若尾文子よりうんと若く、三島にとって遅すぎた女優（兼歌手）であった。

前述したように、スーパースター三島由紀夫は週刊誌によく登場したが、大衆週刊誌での対談、インタビュー記事、コメントなどは、新旧の三島由紀夫全集には収録されていない。以下の文章もそうである。

> 私は中村晃子のピチピチした桃のような肉体存在のファンだったので、一度会って話したことがあるが、ちゃんとおめかしした彼女には、全然ちがうお嬢さんらしさがあって、芸能界はそっちの面をちっとも活かしていないことがわかった。彼女は顔や体に何となくイタズラっ子みたいなところがあり、ただ挑発的というのとはちがうのだが、鳳仙花がピチピチと実をはじき出すような魅力が、こちらの顔にじかに当たるのだ。「チンコロねえちゃん」とは勿体ない。巧く使えば、日本のBBにだってなれるのだ。私がもし映画監督だったら、彼女を大ブルジョアのお嬢さんとミス・トルコとの一人二役にでも使いたい。そして、可愛らしい二重人格の分裂を、ガラスの破片のように画面一杯にバラまきたいのだ。

これは「週刊平凡パンチ」の昭和44年1月20日新春特別号の、「happy girls」というグラビア頁に掲載された文章（掲載誌面では横書）である。中村晃子は21歳になったばかり。文章の調子からして口述筆記と思われるが、名人・巨匠が煙草を一服しているような、こういう文章も私は好きである。

とはいえ、瑣末なことであるが、

> 「チンコロねえちゃん」とは勿体ない。巧く使えば、日本のBBにだってなれるのだ。

という一文は三島の錯誤である。

当時、冨永一朗の人気漫画「チンコロ姐ちゃん」が「週刊アサヒ芸能」に連載中だった。そして、同作を原案とする松竹映画「ちんころ海女っ子」が昭和40年6月に公開された。17歳の中村晃子が全裸にこそならないが、肌もあらわに熱演した。漫画と映画を、三島は混同しているのである。もっとも、訂正できなかった担当編集者のミスでもある。

文中の「日本のBB」は「べべ」と読み、BBの愛称で一世を風靡したフランスの肉体派女優ブリジッド・バルドーである。「ミス・トルコ」は「トルコ嬢」と同義語で、いまや死語であるが、現在の「ソープ嬢」のことである。

> 一度会って話したことがあるが、ちゃんとおめかしした彼女には、全然ちがうお嬢さんらしさがあって

とあるが、ちょうど3年前、「週刊平凡」（昭和41年1月6日号）の「逢いたかった人」という連載企画で三島由紀夫は中村晃子と対談している。この対談も新旧の三島全集には収録され

ていない。ちなみに、この「逢いたかった人」では、自民党幹事長田中角栄と鰐淵晴子、社会党委員長佐々木更三と佐久間良子、評論家大宅壮一と西田佐知子、小説家水上勉と藤純子などが対談している。

昭和21年3月21日、三島は日比谷公会堂で世界的プリマドンナ三浦環の生涯最後のリサイタルを聴いている。中村晃子の母雪子は、三浦環門下のオペラ歌手である。中村晃子は良家の子女であり、おめかしをした17歳の晃子には三島好みの「お嬢さんらしさ」があったのである。

午後の曳航

迂闊にも拙著には書かなかったが、長篇「午後の曳航」に、船乗り竜二の愛唱歌として流行歌（歌謡曲）「マドロス稼業はやめられぬ」（矢野亮作詞）が出てくる。

汽笛鳴らして　テープを切って
船は離れる　岸壁を
海の男と　きめてる俺も
遠くなってく港の街に
そっとそっと　手を振りゃ　じんと来る

これによって竜二の通俗的で感傷的な内面が表現されている——と書いて済ませたいところだが、大長篇ではない「午後の曳航」に、この歌は3回も登場する。

書き下し長篇『午後の曳航』が講談社から刊行されたのは、昭和38年9月10日である。三橋美智也の歌う「マドロス稼業はやめられぬ」は、前年にキングレコードから発売されている。

昭和30年代、マドロス歌謡ブームがあったが、この曲はあまりヒットしなかった。初読の際、高校生の私は「マドロス稼業はやめられぬ」を知らなかった。それゆえ、歌詞は読み飛ばすことができた。

第四章には、竜二が交際まもない黒田房子に歌って聞かせる場面がある。

「海の男ときめてる俺も
遠くなってく港の街に
…………………。
可笑しいですか。これが私の一等好きな唄ですよ」

歌詞だけであれば、なんとかやりすごすことができる。しかし、三橋美智也の歌声とメロディーが脳裡に泛ぶと、これはもう滑稽であり、堪えがたい。

しかし、それを三島由紀夫は百も承知だったはずだ。船乗り竜二が「マドロス稼業はやめられぬ」を愛唱するのは、竜二が通俗的で感傷的な人間だからである。そして、通俗的で感傷的な竜二は、三島由紀夫の自己投影でもある。

この小説の末尾は、海の英雄から陸の俗物に堕落した竜二が、少年たちによって処刑される場面である。

竜二はなお、夢想に湎りながら、熱からぬ紅茶を、ぞんざいに一息に飲んだ。飲んでから、ひどく苦かったような気がした。誰も知るように栄光の味は苦い。

睡眠薬入りの紅茶を飲まされた竜二は、全裸に剥かれ、解剖され、生きながら死ぬことになる。誰もそんな屈辱的で痛い目には遭いたくない。しかし三島由紀夫は、若年の頃から屈辱的な肉体的苦痛に遭いたいと願っていた。澁澤龍彦言うところの「セバスチャン・コンプレックス」である。

繰り返すが、竜二は三島由紀夫の分身である。横山郁代『三島由紀夫の来た夏』（扶桑社）によれば、夏を過ごした伊豆下田で、三島は白ずくめのマドロス姿で港を闊歩していたという。

かかる三島の変身願望・仮装癖・苦痛嗜好は、『仮面の告白』にすでに顕著であるが、やがて切腹願望とあいまって自殺にいたる宿痾となる。市ヶ谷での楯の會の制服と七生報國の鉢巻、これを仮装癖といえば身も蓋もない。しかし、まったくそうではないとも言い切れない。

当時も今も、私は三島由紀夫の凄絶な「恋闕」には一抹の疑念を払拭できない。さるにても、私は一度たりとも、三島さんの純情を疑ったことはない。

（作家、音楽評論家）

ミシマ万華鏡

有元伸子

三島由紀夫は、「金閣寺」「午後の曳航」など、歌劇にも多くの素材を提供してきた。最初にオペラ化されたのは、『近代能楽集』の一つで、ロマン主義者の詩人と透徹した認識者の老婆（＝小町）による詩劇「卒塔婆小町」であった（初演は一九五六年）。

作曲の石桁真礼生は、オペラ化に際しての改変をめぐり、三島との間で「ずいぶん烈しいやりとりがあった」と記している（「作品について」）。三島の原作では、老婆と小町は一人物が演じる。鹿鳴館の場面も老いさらばえた老婆が詩人の目には美しい小町として幻想的に見える設定である。

石桁は、それを老婆（アルト）と小町（ソプラノ）の二人のキャストに分化させた。石桁はこの改変に自負と同時に不安も抱いていたが、舞台稽古を見た三島が改変の成果を認め自分に握手を求めて喜んでくれたと書き記している。

三島の方も、初演の舞台の感想を残している（「私の永遠の女性」）。詩人と踊りながら老婆が台のうしろに隠れたのち、ありし日の小町が現れたとき、あまりの美しさに戦慄し、「夢に遊んでいるような気がした」という。

二〇二二年二月に大阪の堺シティオペラが「オペラ卒塔婆小町」を、老婆と小町を一人で演じる回と二人で演じ分ける回の二バージョンで上演予定であったが、残念ながらコロナ禍により中止となった。改めて五月に上演が模索されているという。感染状況が落ち着いて、競演の舞台の幕が開くことを心から願いたい。

断想

小さな文学館の日乗

杉田欣次

「やはり新幹線に乗るのが怖いような気がするのですが、……」

二月末の土曜日の朝の電話だった。二〇二〇（令二）年三月に文学館での記念講演をお願いしている講師の織田《おりた》紘二さんである。国立劇場の理事をされている方である。三島由紀夫の歌舞伎の演出助手をされていた。

「隠し文学館花ざかりの森」は個人立で、対象作家は三島由紀夫である。三月のみの定期開館で運営し、私が館長を務めている。

二〇〇八（平二〇）年三月の第一回開館記念企画展でも、特別講演は外部講師にお願いした。中央公論社の元・三島担当で、当時は山梨県立文学館館長の近藤信行さんだった。近藤さんの演題は「三島由紀夫、その生と死」であった。氏は、一九七〇（昭四五）年の夏、三島から最後の電話を頂いた話をされてから、三島の死についての私見を述べられた。口述筆記であった「文章読本」などを挙げて三島の明晰さを語られたのを覚えている。

二回目以降の企画展からはいつも館長である私が、展示解説の講話をしてきた。

十三回目の二〇二〇（令二）年三月の企画展は「三島由紀夫の歌舞伎」であった。三島由紀夫没後五十年なので、久しぶりに中央の講師をお願いすることにした。織田さんの演題は「三島由紀夫と歌舞伎」であった。私としては、少し背伸びし過ぎたかなと思える講師であった。

織田さんが新幹線に乗りたくないという気持ちが分からない訳ではなかった。新型コロナウィルスの感染が拡大し始めた時であったからだ。だが、直ぐには、「それでは講演会は中止にしましょうか」とは言えなかった。

「ちょっと考えさせて下さい」

その日の朝の電話はそう言って切った。

富山県内にはまだ感染者は報告されていなかった。関東、関西の都市圏では日々感染者の拡大が報告されていた。元は中国のいち地方都市で新型ウィルスの感染者が報告されたに過ぎなかった。かつては、サーズ、マーズなどもそうであったから、その内に治まるだろうと思っていた。しかし、瞬く間に世界中に蔓延し、やがて死者も増え始めた。

誰言うとなく、密閉、密室、密集の3密を避けることが合言葉のようになった。

マスク着用は外出の必須条件になり、手指消毒用のアルコール剤は公共施設に当然のように求められ、供えつけられていった。そのため薬局などでは忽ち必須アイテムが品切れになり、ネット上でもこれらの関係商品が高値で取り引きされるようになっていた。

織田さんの電話があってから、一日考えた。

文学館は公共的な役割も担っている。いくら貴重な講演であっても、参加者の安全と安心を保障しなければならないのは、文学館としては絶対条件である。講師自身の安全も確保しなければならないのは当然である。

熟慮の結果、記念講演は中止と決めた。

翌日、日曜日の朝に織田さんに電話をした。

「やはり、今の場合、感染拡大の機会を作らないことを優先しなければならないのではないかと思います。講演は中止にさせて貰いたいと思います。誠に残念ですが、……」

「それが良いと思います。講演は又の機会に」

織田さんはほっとしたようであった。

期間中イベントのメインであった記念講演の中止を決めると、それからしなければならないことが幾つかあった。

参加者を公募しており、既に応募の往復ハガキが何枚も届いていた。これらの応募者に中止を伝えなければならない。「共催」の北日本新聞社、「協賛」の富山市教育委員会など、名義使用許可を貰っていた機関に、期間中イベントの中止を報告しなければならない。記念講演会のほか、ボランティアによる「読み聞かせ」、私が講師である「文章教室」の二つのイベントをどうするか。これらに関するＨＰの表示も変更も考えなければならない。

まず、講演の応募者への対応に取りかかった。すべてのイベントは開催日の一週間前が参加者応募締め切り日である。講演の定員は三十名としていた。記念講演は三月八日の日曜日の予定だった。

例年の場合は、当選者には入場証、選外の人には割引券を復信していた。今回は、感染拡大防止のためとは言え、こちらが中止したので、期間中に入館できる招待ハガキにした。

次は、共催、協賛団体への届け出である。企画展自体を中止にする訳ではないので、届け出だけで良かった。県内でも、美術展などの期間中イベントが軒並みに中止され始めた。のちに三月末になると富山県でも感染者が報告され始め、やがてイベント本体が中止、延期になっていった。ホールのステージ・イベントはそのまま中止になった。新聞、ラジオ、テレビでは、「何月何日に予定しておりました、〇〇は新型ウィルス感染拡大防止のため、中止しました」という告知が日々に増え始めた。

変更届けを済ませると同時に、すべての期間中イベントの中止を決め、ＨＰに表示した。新たな応募ハガキには、その都度対応した。

そうしてから、企画展本体の入館者の受け入れ態勢も点検した。入り口には、館長からの告知で、マスクの着用など「感染拡大防止策のお願い」を掲げ、ジェル状消毒剤とアルコール配合のウエットティッシュを配置した。そうして、二月二十八日の内覧会を迎えた。

初日前夕の内覧会は、マスク着用をお願いして、細やかに実施させて貰った。

例年と違って、期間中イベントという節目がないので、館長としてはちょっと拍子抜けした企画展となった。しかし一方では、感染拡大の原因を作らない対応を迅速・機敏に出来たという自負が、自身を慰めていた。

今回の講師であった織田さんと繋がりが出来た切っ掛けを少し述べておきたい。

二〇一九（平三一）年三月の企画展は「三島由紀夫、同世代

作家らへのメッセージ展」であった。その企画展の収穫の一つは、三島由紀夫研究会との関わりが具体的になったことであった。これまでも、例年十一月に東京の星陵会館で開催されている、三島由紀夫研究会主催の「憂国忌」には、いち三島由紀夫文学ファンとして毎年参加していた。

その研究会の事務局の浅野正美さんが三月の定期開館中にお見えになった。私は留守にしており、妻が受付をしてくれていた。浅野さんは、ゆっくり観覧されたあと、「館長に見て貰って下さい」と文書を置いて行かれた。

それは「潮騒の島・三重県『神島』ツアー」という三島由紀夫研究会主催の文学散歩の案内であった。「潮騒」が発表された一九五四（昭二九）年から六十五周年を迎えるのを記念して、当年六月に実施されるとあった。以前から一度は訪ねてみたいと思っていた神島だけに、迷わず参加することにした。館の協力者に声をかけ、妻を含めた三人で申し込んだ。

するとツアー直前まで丁寧な旅行情報がメールで送られてきた。総勢が十二名であること、島にはコンビニも商店もない、空き缶等は必ず持ち帰ることなどの情報もあった。しかし、間近になると当日の伊勢湾神島の天気予報が増えて行った。初日が雨と出ていることから、雨に対する装備など、一喜一憂されながら配信されていることが伝わってきた。

そして、当日。富山駅で早朝の北陸新幹線に乗り、東京駅で東海道新幹線に乗り換え、合流場所の豊橋駅に向かった。落ち合った一行はレンタカーで渥美半島の伊良湖港へ向かった。この時は晴れていた。浅野さんの計らいで、迂回して半島南側の道を通り、船で十五分の神島を遠く望むことが出来た。標高一五〇メートルと聞いていた島は、海に浮かぶ小高い山のようで、中腹には小説の舞台になった白く輝く灯台が見えた。明日はあの灯台を間近に見られる。この時はそう思っていた。

正午過ぎ、伊良湖港に着くと、思ったより風が強いのに驚いた。太平洋から伊勢湾に吹き込む海風である。予定の午後一時発の船の欠航が既に決められていた。午後二時発も、風の様子を見て、船長が判断するということであった。もう暫らくである。食事を済ませて待っていると、その船の欠航のアナウンスが港のビルに伝えられた。

ここでの事務局の判断は早かった。浅野さんは即、ツアーの中止を決定し、豊橋駅まで戻り、一行を解散することにした。帰りに、島が見えた道をもう一度通って貰った。が、その時には風に雨が加わり、神島は雨雲に覆われ、灯台どころか島影も見えなかった。

浅野さんは、気候の不安定な梅雨時を選んだことを大変恐縮されていた。私の方は残念と言う思いはまったくなかった。島影を望まれただけでなく、研究会の皆さんの三島由紀夫への様々な思いをお伺いすることも出来た。大変収穫の多い一日であった。

帰途のレンタカーの車中、翌年春（二〇二〇・令二）の当館企画展の話になり、三島由紀夫の歌舞伎をテーマにしたいと言った。

「何か協力出来ることがあれば」との言葉を頂き、有り難く思った。その時に、織田さんのお名前も出ていたが、お願いする時には改めてということにした。浅野さんを通じて、織田さんに講演をお願いしたのは秋も深まった頃であった。織田さんは快諾された。織田さんの奥さんも富山が初めてとのことで、冬の北陸を楽しみにしているとのことであった。

織田さんは、大学卒業と同時に国立劇場に就職された。最初の仕事が、三島由紀夫演出の「椿説弓張月」公演の、三島の助手であった。以降四十三年間、歌舞伎、新派をはじめ、文楽、舞踊、邦楽、民族芸能など、あらゆる伝統芸能の制作、脚本、演出に携わられた。

織田さんから、「折角の機会であるから、三島歌舞伎の世界も見て欲しいので、ＤＶＤを上映できるように準備しておいて下さい」と連絡があった。ＤＶＤは事前に浅野さんを介して送られてきた。一度だけ、専門の人にＰＣとの接続などについて助言を受けた。結果、私のＰＣでも上映が可能であった。

機器に習熟するために、何度か自分で上映してみた。歌舞伎の企画展の前年の暮れまでにここまでの準備をしていた。その期間中イベントの講演を中止にしたのである。それは確かに残念なことではあったが、この企画展の準備中にはいろいろな経験をさせて貰った。

歳の瀬、翌年（二〇二〇・令二）一月に、東京の「町田市民文学館ことばらんど」で、肉体をキーワードに三島由紀夫展が開かれることになり、その内覧会の招待状が届いていた。この時は、まだ新型ウィルスの脅威はほとんどなかったので参加させて貰うことにした。

その頃、更に胸をときめかせることを知った。一月二日のテレビで歌舞伎座の初春歌舞伎の演目「鰯売恋引網《いわしうりこいのひきあみ》」が中継されるのである。

そのテレビを見てから、歌舞伎座へ電話した。町田市民文学館へ行く日にも上演されているか、上演されていても鑑賞できるものか、可能性を探ったのだ。「鰯売――」は午後の最後の演目であった。一見席というのがあって、一演目だけでも観ることが出来る。親切に教えて貰ったが、この時は、まだ本当に観覧できるとは思っていなかった。

二〇二〇（令二）年一月十七日。新幹線を乗り継いで町田市民文学館へ向かった。勿論、マスクをしていった。この時点では新型ウィルス対策というよりインフルエンザの感染予防のためであった。内覧会は午後三時からで、三十分ぐらい前に文学館に着いた。

まだ、ほとんど参加者は見えなかった。席で待っていると、会場がざわつき、ポンと肩を叩かれた。佐藤秀明先生である。山中湖村の三島由紀夫文学館の館長で、この町田市民文学館の企画展の監修をされている。何かと私の文学館も気に掛けて頂いている。「今日ぐらいに、お宅に映画会社からポスターとチラシが届いている」と言われた。映画は「三島由紀夫vs東大全共闘」で、町田の会場の一角にも、このポスターが掲示してあった。受付でもこの映画のチラシを貰っていた。

次第に席が埋まり、佐藤先生の前の三島館館長の松本徹先生も見えたので挨拶に行った。

内覧会の最初は式典であった。市長の開式の辞があり、次に佐藤先生の挨拶があった。佐藤先生は、「没後五十年が経ってもこういう文学展が開催され、沢山の人たちが見に来られるというのは、大変偉大な作家であるということだ」と企画展の盛会を祈念された。

観覧に移って、先生らの後に付いて歩くと、佐藤先生が私を紹介して下さった。

「富山で三島由紀夫の文学館をやっておられる杉田さんです」

すると、びっくりすることが起こった。

「僕が三月に行くことになっている文学館だ」

声の方を見ると、テレビでよく見ていた人がそこにおられた。記念講演をお願いしていた織田さんである。早速駆け寄ってご挨拶した。この日の幾つかの幸運の一つである。内覧会の会場では他にも三島研究家の犬塚潔さんなど何人かにお会いした。三島資料の裏話など、話は尽きなかった。

その内、歌舞伎座へ行くため、時間を見計らって退席した。往路と同様、新幹線で東京へ戻り、タクシーで歌舞伎座へ向かった。

木挽町へ着いたのは午後五時ぐらいであった。防寒コートを着て腕章をしているガイドの人に聞くと、「鰯売――」を見るためには、六時にここに並んで下さいとのことであった。時間があったので、歌舞伎座地階の売店へ行った。そこでは、プログラムや歌舞伎絵模様の手拭いなどを買った。他に、私の文学館の歌舞伎展に展示出来る小物を探していると直ぐに時間になった。

先ほどのところへ行くと既に長椅子に座っての列が出来ていた。座って待っていると、列が動きだし、私は五十八番の札を貰った。四階の一見席は八十席で、それより多い場合には、本当の立ち見になるらしい。「次は開演二十分前の七時頃に、再び番号順に並んで下さい」という。開演は七時十九分である。

それまで軽く食事をすることにした。歌舞伎座の直ぐ左脇に蕎麦屋があったので、そこで天麩羅蕎麦を食べた。

七時に再び並んで、程なく四階まで直通のエレベーターで案内された。四階は一見席の客だけの専用フロアで、他の階へは行けない。見渡していると歌舞伎座のカレンダーが目に留まって求めた。その内、ホール内へ案内された。無事、最後尾の席に座れた。学生の時以来である。舞台までは少し遠いが充分である。ほっと一息である。

「鰯売――」は喜劇で、会場はよく湧いた。

一九五四（昭二九）年、三島二十九歳の作品である。同年十一月二日（火）から二十六日（金）まで、芸術祭十一月公演として歌舞伎座で初演されている。演出・久保田万太郎。出演・中村歌右衛門、中村勘三郎、市川中車、市川団造ほかで上演され、かなり好評であったようだ。

舞踊劇を除く、六本ある三島の歌舞伎作品の二作目である。人気狂言としてその後も度々上演されている。歌舞伎の様式美を最大限に利用し、人間的な喜劇を作ることを目的にした三島が注目したのは、幼い時から親しんできた御伽草子の「猿源氏草子」であった。

あらすじは次のようになる。鰯売りの猿源氏は、五条東の洞院の遊女蛍火に恋焦がれていたが、蛍火は大名高家の客以外の相手をしない。一計を案じた父海老名なみあみだぶつは、猿源氏を大名に化けさせて、蛍火のもとへ乗り込ませる。猿源氏は遊女達に余興として戦物語を望まれる。恋しい蛍火のため、魚の名を並べ、戦物語を面白く語った猿源氏は蛍火の膝枕で寝入ってしまう。しかも日ごろの鰯売りの呼び声をあげてしまう。それを聞いた蛍火は、自分は紀州丹鶴城の姫だが、ある日聞いた鰯売りの声に魅かれて城を抜け出し、人買いによって廓に売られたのだと語る。猿源氏も自分の素性を打ち明ける。丹鶴城の家来次郎は姫を城へ連れ戻そうとするが、姫は猿源氏とともに鰯売りになるのだと言い張る。二人は手に手を取り、鰯売りの呼び声を上げながら廓から出て行く。

今回は鰯売りを中村勘九郎が、蛍火を中村七之助が演じていた。兄弟の息もぴったり合っていた。勘三郎の「鰯売――」はテレビのビデオで見ていた。勘九郎の仕草や言い回しはしっかり勘三郎を踏襲していた。

東京の人たちには、日常の直ぐ隣にこういう夢のような伝統芸能の世界があるのだと思うと、とても羨ましかった。

芝居は、予定通り丁度一時間で幕となった。ゆっくりエレベーターで一階へ下りて外へ出、客待ちのタクシーに乗った。東京駅には直ぐに着いた。北陸新幹線の金沢行の最終便、二十一時四分発に充分間に合った。

この頃には、新型ウィルスは、警戒しなければならない対象ではあったものの、まだ猛威を振るっているという状態ではなかった。だからこそ、上京出来たのである。

このように、二〇二〇（令二）年の企画展は準備段階からいろんな経験をさせて貰った。

以来、あらゆる感染対策を講じて開館した。

開館から暫らくすると、日ごとに危機感が高まって行った。テレビ、新聞の取材があっても、マスクのまま対応させて貰った。県内で一人でも感染者が報告されれば、企画展の中止を検討しなければならないと思っていた。最終日の三月二十二日まで、幸いにも検討も決断もしなくて済んだ。

企画展を無事最終日まで続けることが出来たことを織田さんに知らせると、労いのハガキが届いた。「三島と全共闘」の映画に絡めて、「三島が討論会のために東大へ赴く、一九六九年の五月十三日、国立劇場で見送りました。五十年前のことです」とあった。

二〇二〇（令二）年三月の富山県はその後も暫らく、感染者がいない幾つかの県の一つだった。しかし、三月末、一か所でクラスターが発生すると、忽ち全国上位に食い込んでしまった。公立の小中高が一斉休校となった。やがて、主要都市では緊急事態宣言がなされ、ステイホームや七割の人との接触の削減が要請された。程なく、緊急事態宣言が解除され、一応の収束を見ると、新型ウィルス禍後の世界ということが言われ出した。しかし、終息ではない。誰も展望を持ち得ないでいた。

そんな状況でも、二〇二一（令三）年の春には、アンコール＋αの「三島由紀夫の読書と創造の変遷展」をテーマに企画展を開いた。

幾つかの波を経るごとに、何事もなかったような不気味な日常が、その度に訪れていた。

今年（二〇二二・令四）の二月になっても、新型コロナウィルスはその勢いを緩めていない。次々に変種を重ね、目下はオミクロン株と言うのが猛威を振るっている。更にその変種も時々報告されている。

ここで、何故、文学館の対象作家が三島由紀夫なのかということ述べておきたい。

文学に関心を持ち始めたのは、ずっと遅い。小説を読み始めたのは大学に入ってからだ。

最初に読んだのが大江健三郎の「個人的な体験」である。それから手当り次第に本を読むようになった。安部公房、吉行淳之介、立原正秋。そして三島由紀夫作品に出会う。

三島作品の最初は「金閣寺」だった。ここで初めて、多くの読者と同じ様に、私も小説の主人公に自分を重ねた。言語に障害を持つ溝口という少年は、そのまま私の少年時代のように思えた。少年と謂えども現実の社会の中で生きている。だが、どうも現実とのずれを感じていた。何かに関わろうとしても、現実の方が待ったなしで先へ行ってしまう。自分が現実に手を触れようとした瞬間に、関わろうとした現実は、既に色褪せて別のものになっている。自分だけが取り残されてしまう。こんな私の少年時代であった。

それからは、ずっと三島の本ばかりを読んだ。「仮面の告白」、「宴のあと」、「青の時代」、「美しい星」のような作品と並行して、当時順次刊行され始めた『豊饒の海』全四巻など、片っ端から読んだ。東京にいたので、三島の書き下した芝居の初演もよく見に行った。なけ無しの金をはたいて、日生劇場のバレー劇「ミランダ」、紀伊国屋ホールの「わが友ヒットラー」、東横劇場の「黒蜥蜴」へと通った。意識的にいつも初日か千秋楽に観に行った。三島が来ているかもしれないと思ったからだ。

「ミランダ」では、幕間にロビーで寛ぐ三島夫妻を遠くから垣間見た。駆け寄って、「貴方のファンです」と言いたかったが、その勇気はなかった。「わが友ヒットラー」では、私は前の方の席を取っていた。カーテンコールに、楯の会の制服姿の三島が颯爽と舞台に上がり、ヒットラーのような挨拶をした。多分、三島は楯の会の会員とともに後ろの席で芝居を観ていたようだ。このように、三島の肉声にも接することが出来た。

神田神保町の古本街にもよく通った。三島の豪華な初版本にはとても手が出なかったが、昭和二十年代の文芸雑誌「人間」とか「文學界」は百円とか二百円の安い値段で買えた。古書店の店頭に、段ボール箱に入れられた雑誌を、一冊ずつ点検した。まず目次を開き、「三島由紀夫」の名前があればすべて買った。一日中同じ古本屋にいたこともある。

そうして三島に傾倒していくうちにある予感が兆し始めた。

「この人は死ぬ気だ」

そこで私は、三島に手紙を書くことを思い付いた。頭のよい人が、自分の計画を誰かに見透されると、その計画とは別の行動をとる。これは通常の人間心理である。私が三島に「あなたは死ぬ気でしょう」と言えば、三島は死ぬこと以外の行動をとることになるだろう。それは、死なないで生き続けることを意味する。単純にそう思えた。

長い手紙を書き始めた。一九六九（昭四四）年三月、大学を卒業して富山に帰って職を得てからもその手紙を推敲していた。原稿用紙で三十枚ぐらいになった。

三島が「自分も畳の上で死ぬでしょう」と言ったり、「十年後にはこんな小説を書きたい」と書いたりしていたので一寸と安心していた。

しかし、三島は、当初の私の予感通りに一九七〇（昭四五）年十一月二十五日、自決した。

私の手紙は永遠に三島に読まれる機会を失った。なぜ、もっと早く手紙を出さなかったか。そんな悔だけが残った。それからは三島への手紙を発表した地元の同人誌で、小説を書く作業に励んで来た。三島関係の資料も折に触れて集めた。

　定年になる十年ほど前から、所属している同人誌の夏季研修旅行で、石川、福井、新潟など近県の文学館を訪ねた。静かな文学館で整理された資料を見る内、ある思いが心の中に満ちはじめた。自分の三島関係の資料も、こうして公開し、多くの皆さんに見て貰えるのではないかという思いである。

　その思いは定年を目前にして、より強いものとなった。そして、定年を一年後に控えた二〇〇六（平一八）年一月から具体的な設計に入り、翌年三月の定年を機に、退職金を全て充てる積もりで建築工事に入った。文学館は二〇〇七（平一九）年十月に完成した。そのあと直ぐに、「よみがえる三島由紀夫、展」という開館記念展に向けて、三島の生涯の仕事が一覧できるように資料の展示を始めた。そして、二〇〇八（平二〇）年二月二十九日に「隠し文学館花ざかりの森」の開館を迎えた。

　文学館の冠の読み方は「かくし」だが、「ポケット」の意味も含む。ポケットに入るような「隠れた小さな文学館」ということになる。

　館名の「花ざかりの森」は作家三島由紀夫の第一著作集の題名である。館名の由来のとおり、当館は作家三島由紀夫関係の資料を収集・保存・展示する文学館として開館した。

　建設途中に、こういう内容の文学館を個人で開設すること、三島の著作名「花ざかりの森」を館名とさせて頂くことについて、故三島由紀夫のご遺族にご案内とお願いを申し上げたところ、幸いにもご理解を頂いていた。

　そのご返事は、著作権事務所からの一枚のファックスであった。

　そこには、次のような一文があった。

「ご希望のありました内容による文学館のご開設、並びに館名に上記著作物の題名をご使用になられることについて、ご遺族は特に異存はありませんのでその旨ご案内致します」

　まさに天にも昇る心地であった。大変に有り難く、ご遺族には深く感謝申し上げた。あの感激は恐らく一生忘れないのではないかと思う。その返事を、それまではオブザーバーという立場で相談させて頂いていた、日本近代文学館内にある全国文学館協議会に提出し、正式に協会へ入会させて頂いた。

　文学的な毒を持った多くの小説、戯曲、評論、あるいは余りにも衝撃的な最期のために、三島はまだまだ色々な見方がされていく作家だろうと思う。しかし、私は三島文学を真摯に見詰め直し、三島文学の顕彰を通じて地域文学の振興に寄与することを、館の目標として行きたいと思っている。

　まったくの個人での文学館開設であり、資料数、整理状況、運営体制、そのいずれにおいても全国に百近くある文学館とは比較にならない規模だが、志をもって誠実な館運営に努めて行きたいと考えている。

　以来、例年三月だけの定期開館で期間が終わるとひとまず休館する。しかし、事前に連絡を頂けば、県内外の文学グループを十一月末まで迎えている。台湾の研究者を迎えたこともある。十二月に入ると、翌年三月の定期開館の企画展に向けて展示替えの作業に入る。

　もうすぐ今年（二〇二二・令四）三月の企画展を迎えようとしている二月になっても、オミクロン株という新型コロナウィルスの感染拡大は下火になる気配を見せていない。

　今年の企画展のタイトルは「三島由紀夫と蘭陵王展」である。三島の最後の短篇に「蘭陵王」（一九六九・昭四四）という作品がある。三島の身辺の話を短篇に仕立てたものである。

楯の会会員との自衛隊体験入隊の仕上げの夜の出来事である。会員のSが吹いた横笛の曲名は「蘭陵王」であった。北斉の蘭陵王長恭が、おのれの優しい顔を隠すために奇怪な面を着けて、五百騎を率いて出陣した故事に基づいた曲である。

三島が決起を目前にして、「蘭陵王」に籠めた、秘めた想念に迫りたいと思った。

チラシには「蘭陵王」の中から、〔三島由紀夫の言葉〕として、次の言葉を引用した。

「蘭陵王は必ずしも自分の優にやさしい顔立ちを恥ぢてはゐなかつたにちがひない。むしろ自らひそかにそれを誇つてゐたかもしれない。しかし戦ひが、是非なく獰猛な仮面を着けることを強ゐたのである」

企画展では、まず、三島由紀夫の肉体改造の軌跡を辿った。次に、その動機を告白した「太陽と鉄」を紹介し、「蘭陵王」では肉体改造と、蘭陵王が仮面を着けた絡繰りを解いた。

三島は優しい人であった。家庭的で子煩悩な側面も垣間見た。正に、常識ある家庭人で、茶目っ気たっぷりの三島の日常が浮かび上がってきた。

その三島が、何故ボーダーラインを超えたのか。その謎の一部が解けたように思えても、最後のところはやはり解からない。むしろ、謎は一層深まったようにさえ思える。

だからこそ、その謎を解くために、次の企画展に挑んでいくのかも知れない。既に来年春（二〇二三・令五）の企画が頭の中で輪郭を結ぼうとしている。

（隠し文学館花ざかりの森館長）

ミシマ万華鏡

久保田裕子

『決定版三島由紀夫全集』（新潮社）に収録された「創作ノート」は、完成稿となった小説との距離を見比べながら、さまざまな取材や現地踏査の成果が取捨選択されて作品に結実していく創作の過程を知ることができる。

「三島由紀夫遺作「天人五衰」の投光器発見　旧清水市舞台の小説」（「静岡新聞」二〇二一年一一月二五日）という記事によると、安永透が清水港に入港する船舶と交信する際に使った投光器が、モデルとなった東洋信号通信社（本社・横浜市）の事務所で見つかり、フェルケール博物館（一般財団法人清水港湾博物館）に寄贈されたという。「天人五衰」創作ノート（四冊目より）」（『決定版三島由紀夫全集』第一四巻）を参照すると、「ノート表紙には、「清水8／10」と朱書されている」とあり、「解題」には、「清水信号所の沿革」、「東洋信号通信社、秋山所長の話」など清水における三島の現地踏査の詳細な記録が残されている。作品には「夜間の信号のための一キロワットの投光器が備へられてゐた」とあり、透を訪ねてきた絹江が「投光器の裏の椅子」に腰掛けている場面もあり、大事なポイントで登場していることがわかる。また新聞記事に戻ると、「前清水海上保安部長で清水港の歴史を研究していた田中裕二さん」が投光器を発見されたという。地域の歴史や、海上交通史といった文学領域だけではない小説を読む上での思いがけない視点を示してくれる。

資料紹介

「豆自傳」

斎藤理生

三島由紀夫の全集未収録資料が発掘されたので紹介する。「豆自傳」は、一九四八年九月一三日付「中京新聞」第一面に発表された。その本文は以下の通りである。

大正十四年一月十四日東京四谷に生れた。病気ばかりして自家中毒を十何回やり、秋から冬にかけて毎年風邪を引きつづけた。お祖母さん子である。七つで学習院に入り廿才までおままごとをするか、お伽噺を読むかして暮した。のん気な学校で、怠け者が多く、私の中学時代は一種の藝術的ふん囲気さえあつた。十才ぐらいから詩を、十三才から小説を書き出し、稜友会冊子に書き、学校の先生の関係の「文藝文化」という冊子にも書き、昭和十九年「花ざかりの森」という短編小説集を出した。その間友人と「赤繪」という同人冊子を出したりした。昭和十九年十月東大法学部へ入り、在学中川端康成氏の推せんで短編「煙草」を「人間」に発表し文壇に出た。東大は昭和廿二年に卒業し、すぐ大蔵省に入つたが、勤め人生活と文筆生活の両立がむづかしく役人の方は永つゞきしそうもない。当年廿四歳である。

「中京新聞」は一九四六年八月に名古屋で創刊された。敗戦直後に全国各地で生まれた、いわゆる新興紙である。「豆自傳」はその「中京新聞」において、一九四八年七月一一日から一一月一日まで、第一面もしくは第二面に設けられていたコーナーの名称である。これまでに活躍してきた、あるい

豆自傳

三島由紀夫

大正十四年一月十四日東京四谷に生れた。病氣ばかりして自家中毒を十何回やり、秋から冬にかけて毎年風邪を引きつづけた。お祖母さん子である。七つで学習院に入り廿才までおままごとをするか、お伽噺を讀むかして暮した。のん氣な学校で、怠け者が多く、私の中学時代は一種の藝術的ふん囲氣さえあつた。十才ぐらいから詩を、十三才から小說を書き出し、校友会冊子に書き、学校の先生の関係の「文藝文化」という冊子にも書き、昭和十九年「花ざかりの森」という短編小說集を出した。その間友人と「赤繪」という同人冊子を出したりした。昭和十九年十月東大法学部へ入り、在学中川端康成氏の推せんで短編「煙草」を「人間」に発表し文壇に出た。東大は昭和廿二年に卒業し、すぐ大藏省に入つたが、勤め人生活と文筆生活の両立がむづかしく役人の方は永つゞきしそうもない。当年廿四歳である。

は今後の活躍が期待される文化人に、簡単な経歴を自ら紹介してもらっていた欄であった。主な小説家に限っても、石川達三、江戸川乱歩、椎名麟三、丹羽文雄、中河與一、林房雄、火野葦平、林芙美子らが執筆している。

『朝日新聞の作家たち　新聞小説誕生の秘密』（波書房、一九七三）によれば、当時「中京新聞」には、戦前に「朝日新聞」学芸部で記者を務めた新延修三が出向していた。同書に「豆自傳」に関わる記述はないが、新延のような記者がいたことで、地方の新興紙がこれだけの陣容を固められたのではないか。あるいは、三島への依頼の背景には、林房雄のような作家からの推薦があったのかもしれない。

「豆自傳」の内容に、現在の研究者にとって目新しい事実はあるまい。ただ発表された日付は注目されよう。三島は九月二日に大蔵省に辞表を提出し、二二日に辞令を受け取る。「豆自傳」の執筆時期は不明だが、本人は退職の意志を固めつつ、組織から公的には認められていないというモラトリアムな時期であったことには疑いない。つまり「豆自傳」はその終盤の書きぶりからも、専業作家へ移行しつつあった転換期の三島の一端を表す資料なのである。

（大阪大学大学院教授）

行詰り打開に努力
權威ある張聲明
國會準備整わず
國有形体の特殊法人
給與改訂案
ス首相と會談か
クイユ佛内閣成立
日光

「豆自傳」が掲載された「中京新聞」紙面（国会図書館蔵）

〈付記〉本研究はJSPS科研費17K02450および20K00346の助成を受けたものです。

資料紹介

蓮田善明と三島由紀夫

——「蓮田善明と『文藝文化』」展を開催して

片桐まい

　太平洋戦争開戦から八十年の節目となった令和三年、熊本県立図書館内の展示施設くまもと文学・歴史館（熊本市）では、熊本ゆかりの国文学者・蓮田善明とその文学的事績をふりかえる企画展「かたくなにみやびたる—蓮田善明と『文藝文化』—」を開催した。

　蓮田善明は明治三十七年、熊本県鹿本郡植木町（現熊本市北区植木町）に生まれた。広島高等師範・文理大に学んだのち成城高校に勤め、雑誌『文藝文化』を創刊する。そこで古典精神の復興を目指す文学運動を展開しつつ、日中戦争・太平洋戦争に従軍、昭和二十年の敗戦時に自ら命を絶った。本展では蓮田の生涯と執筆の流れをひとつの柱とし、〈文学少年・教師時代〉、〈応召／中国戦線より〉、〈帰還／旺盛な執筆・言論活動〉、〈二度目の応召〉に分けて紹介、貴重な自筆書簡や原稿などの資料約八十点（写真）を展覧した。

　本展のもうひとつの柱は雑誌『文藝文化』であった。広島での恩師斎藤清衛のもとに集った清水文雄、池田勉、栗山理一と蓮田の四人で昭和十三年に創刊した雑誌である。昭和十九年に終刊するまでの七年のうち、戦場に身を置いた蓮田が編集に携わることができたのは全体の六割程度の時間であったが、発行兼編輯人の名義は一貫して蓮田であった。〈国文学〉や〈研究者〉といった垣根を越えて広く〝文学〟に関わろうとした『文藝文化』には百四十名にのぼる執筆者があり、国文学者のほかに飯田蛇笏、高村光太郎、吉井勇、棟方志功などが寄稿している。また保田與重郎を中心とした『コギト』同人らの執筆も多く、とくに伊東静雄は第二詩集『夏花』を文藝文化叢書の一冊として刊行している。

　そのように多彩な執筆者の中でも、三島由紀夫はまったく異質の存在である。本展では、『文藝文化』に掲載された三島の自筆原稿四点が初公開となった。原稿は、熊本に住む蓮田善明のご遺族のもとに長く保管され、平成二十八年に当館に寄贈された「花ざかりの森」、「みのもの月」、「壽」、「世々に残さん」の四点である。とくに、『文藝文化』に初めて掲載された「花ざかりの森」は、本人の署名「平岡公威」を鉛筆の二重線で抹消、「三島由紀夫」に訂正しており、初めて筆名が使われた瞬間をとどめている。『文藝文化』同人清水文雄の教え子であった三島の作品は、他の同人たちから驚きと喜びをもって迎えられた。三島の登場は、かつて戦場にありながら雑誌編集者の顔で「新人といふものも欲しい」（昭和十四年十二月二十九日清水文雄宛）と書き送った蓮田の念願だったし、『文藝文化』という文学運動における大きな成果であり、希望であった。

敗戦を迎え、蓮田善明と『文藝文化』はその評価を失う。昭和十年代、とくに二度の応召の合間に当たる十六年から十八年に旺盛な執筆活動を行い、戦後、その否定も反省もなし得なかった蓮田は、敗戦時の行動とともに記憶され、言及されてきた。今回の展示では、資料を蓮田の存命中のものに限って構成することにこだわった。蓮田善明はどのような時代をどう生きたのか。三島の初期作品も含め、蓮田やその周辺の文学にはまだ多くの課題が残されている。当館の展示や資料がそこに貢献できれば幸いである。

（くまもと文学・歴史館　主任学芸員）

書評

福田大輔 著『筋肉のメランコリー——ラカンとともに読む三島由紀夫』

柴田勝二

本書は副題にあるとおり、ラカン及びその先行者としてのフロイトの精神分析学の概念を援用しつつ、三島由紀夫の作品世界を解明しようとする試みである。著者はパリ第八大学で精神分析学を修めた研究者であり、三島文学の本質を明らめるために精神分析学の知見を渉猟したというよりも、自身が深く通じている知の領域から三島の作品世界を眺めたという様相を示している。そこには〈外〉から日本近代文学を捉える姿勢がもたらす、長所と難点が現れているように見受けられた。

本書はまず「ラカンによるフロイトの欲望への問いかけ」と題された第1章で、フロイトのいわゆる「狼男」の症例の分析とそれに対するラカンの批判的視点が中心的に紹介される。「狼男」とは、木に留まった五匹の狼という夢のイメージを持ちつづける患者のことで、フロイトは彼の意識の基底に両親の性交を目撃した幼児期の記憶があり、母を犯す父を怖れるとともに自身も父に犯されたいという深層の願望が潜んでいることを見出したのだった。ラカンはこの狼を、欲動の源泉である対象aとして捉え直すことになるが、著者はそれを踏まえたうえで、ラカンが対象aの一つとして挙げるまなざしの機能に重点化しつつ、狼男の夢における五匹の狼の光景が、対象aとしての強度を喪失して「絵画」に化しているという。この章では精神分析学の専門家としての著者の知見が披瀝されつつ、フロイトとラカンの連続性と差違を浮き彫りにする興味深い考察が展開されているが、三島作品への言及は差し挟まれず、三島文学に対する視角としてどういう意味をもつのかが示唆されていないのは読み手に対していささか不親切であろう。

第2章以降は三島作品への論評が重ねられていくが、はじめに取り上げられているのが、冷感症に悩む美貌の女と、彼女を診察する精神科医の交わりを描いた、三島作品としては異色の位置をもつ『音楽』であるのは、本書の性格とよく合致している。著者によれば、患者の麗子が託つ冷感症とは「生への渇き」にほかならず、また語り手である精神科医汐見も同様の傾向を持っていて、彼は麗子の治療を通じて自己の治癒を図ろうとしているという。生命への希求は三島文学を貫くものであり、『仮面の告白』の語り手にしても、近江に中心的に託された不逞の生命力への憧憬が彼の同性愛の内実であった。ただこの主題は当然『仮面』の方が明確に語られており、それゆえ三島文学の代表作の位置づけを保持している。『音楽』の主題がそこにあるなら、その語られ方の婉曲さ、微温性によって、結局この作品が三島文学の傍流でしかないことの証しになっているともいえる。私見ではこの作品の鍵をなす、麗子の兄への近親相姦的な欲望は、おそらく早世した最愛の妹美津子への三島の愛着を、妹の側に転移させて描いたものであり、その深層心理の分析こそ著者に期待したいものであった。

　第3章で取り上げられている『鏡子の家』では、登場する四人の男たちのうちボディビルに励む俳優の収に焦点化され、同時期に三島自身が筋肉の育成に精を出していた状況と重ね合わせつつ、著書の表題である「筋肉のメランコリー」の論理が展開されている。ここではフロイトの言葉を借りる形で、対象の不明確な喪失感としてメランコリーが規定されており、収も三島も筋肉の鎧を得ることによって逆に内部の空虚感に気づかされることが表題の「筋肉のメランコリー」の意味するものであることが示されている。そしてこの作品では「あまりにリアルに自らの空虚を「戦後」の空虚に重ねて描き出した」ゆえに「大失敗」に終わったとされる。けれどもこうした評価は通念に従った印象が強く、作者と戦後が抱えていた「空虚」への追尋は十分になされているようには見えない。『鏡子の家』にはこの「空虚」の提示とともにそれを超克する可能性も示唆されているのであり、それが画家の夏雄が他界的世界への接近によって不振から脱却する最後の展開であることは以前述べたことがある。分析の対象を収一人に限定することは、著者が通じた領域に引き付ける利点があると同時に、三島の企図を捉えきらない危うさを生むことにもなるだろう。この後第4章では『禁色』『憂国』『豊饒の海』に言及され、それらが「父親の法が排除された場所において、近代家族の見掛けを築く」という構造的な共通性が潜むことが指摘されている。著者によればこうした作品において「象徴的配置」が変化せず、差違を欠いた反復がおこなわれるのは、三島が「象徴的な死をもたらす父の名のシニフィアン」を求めていたからだという。これは共感しうる見方だが、当然ながらその傾斜は三島が戦後日本が欠如させた「ゾルレンとしての天皇」という「父の名のシニフィアン」を仮構したことの前提となっている。本書ではその連関に論及されていないが、そこに切り込む余地があったと思われる。

　『金閣寺』を論じた第5章では、金閣の描写にともなう様々な非日常的な漢字の使用がエクリチュールとして機能することが指摘され、とくに炎上する金閣から羽ばたくかのような鳥の幻想が同時に「文字の飛翔」（傍点原文）でもあり、それが三島の最後の「政治的行動のきっかけ」となったとされる。第6章では『サド侯爵夫人』と『わが友ヒットラー』という二つの対をなす戯曲が取り上げられ、作品の内容と同時期に進行していた三島の政治的行動の連関に言及されている。『サド侯爵夫人』については、「死の欲動」を「無からの創造」と結びつけるラカンの論理を踏まえて、サドを描くルネの幻視がそれに相当するという。けれども三島における美の幻想は「無からの創造」ではなく、『金閣寺』で溝口がおこない、その論理を代理的に柏木が「虫歯」に仮託して語るように、みすぼらしい現実を想像の力によって転化させることによって生まれるものである。それが「ザイン」と「ゾルレン」の二重性のなかに成り立つ三島的天皇の像に結実しており、またルネが幻視によって理想化するサドと、彼女に再会を拒まれる老醜のサドの落差に照応していることはいうまでもない。

　一方『わが友ヒットラー』は「革命なき世界の空虚感」を核として成り立った

世界として断じられている。ナチス「突撃隊」のリーダーであったレームが、「長いナイフの夜」の粛清によって葬られる経緯を描いたこの作品では、「ヒットラーはレームと突撃隊もろとも、美という防壁を捨て去ったかのようである」と捉えられている。「革命なき世界の空虚感」は『鏡子の家』論を引き継ぐ主題となるが、見逃せないのはこの時期の三島が「反革命」を標榜していたことで、「右」の立場で革命を志向するレームと、「左」の思想家として現れるシュトラッサーをともに葬るこの作品の展開は、幕切れの科白にもあるように「右と左」を併せて否定することで「中道」としての「美―文化」の立場に立つことを宣言した作品としても見られる。だからこそヒットラーが「わが友」なのである。また「左」のシュトラッサーをも葬る展開の背後には、当時進行していた中国の「文化大革命」への批判的視座が伏在している。この作品で三島が「革命」を否定的に描くのは、評論でしばしば口にされている「中共」の共産主義に対する批判意識の表れでもあるだろう。

本書の全体をとおして、著者の精神分析学に対する付け焼き刃ではない深い知見に裏打ちされた犀利な叙述に感銘を覚える一方、その知見によって切り取られた三島文学の断面が提示されているにとどまるのではないかという印象も拭えなかった。作品を論じたなかでもっとも読み応えのある章が、『音楽』を扱った第2章であることはそれを物語っている。『鏡子の家』への論及について指摘したように、総体としての作品への把握は意外に通念に沿っており、こうした手法によって三島文学への認識をどこまで刷新できるということには疑念も抱かされた。けれども全体としてきわめて意欲的、野心的な三島論であることは否定しえず、三島文学への新しい視角としての意味をもつことは間違いないだろう。

（二〇二一年九月、晃洋書房
二四二頁、本体二、五〇〇円＋税）

書評

日比野啓著『三島の子どもたち　三島由紀夫の「革命」と日本の戦後演劇』

嶋田直哉

　現在においても三島由紀夫の戯曲作品は人気が高い。しかし三島由紀夫を日本の戦後演劇史のなかに位置づけようとすると、とたんに困難な事態に直面する。文学座を中心とする新劇とは、確かにつながりが強かった。しかし『喜びの琴』（一九六四・二）以降は、戦後の新劇に真っ向から対抗意識を燃やした浅利慶太とつながりを持つようになっていく。また、中村歌右衛門への傾倒、数々の歌舞伎作品の発表など、いわゆる現代演劇のジャンルを超越した傾向や作劇も特徴的である。このようにジャンルを超越した作劇のため、三島は単に現代演劇のフィールドだけではなかなか評価をすることができない作家である。逆に言えば、このような横断する力学に彩られているからこそ、三島戯曲は現在においても人気が高い。そして、いつまでも現在進行形の劇作家と認識されているのである。

　三島戯曲を前にしたこのような居心地の悪さを、その居心地の悪さゆえに、敢えて戦後戯曲の一つの源泉として考え、その流れに与する（と考えられる）作家たちを検証するというのが、本書『三島の子どもたち』のねらいである。ここで急いで付け加えておかなければならないのは、本書の表題ともなっている「子どもたち」の意味である。それは、なにも「三島の影響下にある」とか、「三島に共鳴した」という意味ではなく、三島の作劇の「形式」を継承した、ということである。同時にその継承の展開を追っていくのが、本書の最大の目的なのである。そして、本書を構成する大きな柱は、以下の三点に絞られる。

　一点目は三島戯曲の特徴の解明したことである。筆者はそれを三島の自作解説「「十日の菊」について」（一九六一・一二）と、そこでの主張を裏切る形で成立した『椿説弓張月』（一九六九・一一）に見出す。「「十日の菊」について」で注目するのは、「見かけは全く自然主義的写実主義的演劇の如くに見せかけて、内容は実はそれと反対であること、「芝居の嘘」を二重に仕掛けること。」という箇所である。ここで三島が主張しているのは、芝居を真実に見せかけるために、徹底的に「嘘」を仕掛ける、ということである。この手法が後年の『椿説弓張月』では影を潜め、「見かけ」と「内容」が一致してしまい、それはとりもなおさず楯の会の結成と一致する（一一六〜一一七頁）。そして、『椿説弓張月』は、それ以前の作品と比較すると、「知的に頽廃した作品」であり、そこには「二重に仕掛けられた「芝居の嘘」どころか、「真実」しかない。」（一二五頁）というのが筆者の主張だ。真実と虚構の間をさまよう芝居と、三島の実人生の在り方を二重化して捉える視点が実に興味深い。

　二点目は歴史認識である。三島由紀夫と別役実の比較において、筆者は三島の自作解説「『弓張月』の劇化と演出」（一九六九・一一）を参照しながら、『椿説弓張月』を「空虚な生の悲劇だと見せかけようとした」のに対し、別役実は「『歴史の終わり』を所与のものとして描こうとした」とする（一六六頁）。別役実とベケットの関係についてはこれまで数多くのことが語られ、別役実といえばまずはベケットであり、別役実こそが日本におけるベケットの継承者であることは言を俟たない。しかし、筆者が注目するのはこのような別役実＝ベケットといった等式ではなく、「ベケット離れ」をしたところに見出される別役の「歴史感覚」である。それは「無意識にのみ存在する、無時間的歴史を構築すること」（一六二頁）であり、このことを前述の三島由紀夫「『弓張月』の劇化と演出」を補助線にして解明しようとしている。

また、このような歴史観の延長線上に、筆者は井上ひさしの劇作品を見出している。『頭痛肩こり樋口一葉』（一九八四・四）では、「取り憑かれる」という身体的体験が、舞台上で一葉の身体を通じて表現されるという奇妙な「評伝劇」であることが明らかにされている（一四六頁）。また『箱根強羅ホテル』（二〇〇五・五）では偽史のありかたと、本物と偽物の関係に注目しながら、「変わらないこと」といった主題を引き出すことに成功している（一五四頁）。いずれもこれまでの井上ひさし研究では存在していなかった視点だ。

　三点目は三島を源泉とする戦後演劇史、特に八〇年代以降の演劇史の読み替えである。筆者が注目するのは野田秀樹、北村想、花組芝居（加納幸和）である。八〇年代の演劇で野田秀樹に注目するのは妥当である。しかし、北村想は『寿歌』（一九八一・一〇）という核戦争をめぐるディストピア的作品がひときわ有名だが、演劇史のなかに位置づけるのが難しい作家である（二二〇頁）。同様に花組芝居について、「ネオかぶき」を標榜していることは有名だが、本格的な論考はもとより、現代演劇のマッピングのなかになかなか位置づけることができない劇団である（一七七頁）。筆者は、それゆえにこの二つの劇団・劇作家に注目し、「メタシアター」の流れを辿ろうとしている。この点が何とも意欲的だ。

　以上三点について、本書の特徴を概観した。しかし、私が本書のなかで最も注目したのは、実はこのような要領よくまとめられた論考ではなく、ささやかな一文――「プロレスでいうところの「アングル」が決まり、新劇と地続きになっているアングラの要素は看過されるか、大袈裟な言葉で否定された。」（一五頁）である。プロレス用語の「アングル」とは、ヒール（悪）とベビー（正義）の対立というような試合を支える構図を指す。まさしくこの用語こそが本書が注目する「形式」そのものなのである。そしてプロレスこそ嘘を嘘で塗り固める二重の「嘘」によって、死闘を演じるという「全く自然主義的写実主義的」なリアルを紡ぎ出すパフォーミングアーツであるとするならば、本書はまさしく、三島由紀夫の「形式」主義をプロレスになぞらえ、戦後演劇を辿ろうとした、非常に挑戦的な論考といえるのである。

（二〇二〇年一二月、白水社
二八〇頁、本体三、四〇〇円＋税）

書評

藤田三男著『三島由紀夫点綴』

佐藤秀明

藤田三男氏の文章は、もはやそれぞれが一箇の「作品」である。読んでいて心地よい。渋がっているわけではないのに、渋みはあるし、そのくせ薄らと華やかさもある。榛《しん》地《ち》和《かず》の名前で本の装幀も手がける人なので、性格に気難しい面があるかもしれないが、そういう苦みは出ていない。四六判、ソフトカバーの二百ページ余の本で、どちらかというと小さな本だが、文章の雰囲気と本の佇まいが合っている。本作りの達人なのだから、当たり前の話ではある。人名索引が付いているのも親切だ。

昔、神奈川近代文学館に勤めていた頃、同僚が「藤田さん」「藤田三男さん」と言うのを何度か聞いた。そこには、敬愛の念だけでなく親しみまでもが籠められていると感じられた。それから三十年くらいしてお会いしたが、当時の若い職員の呼び方を思い出させる人だった。

本書には、三島由紀夫についての随筆が十二本と、河野多恵子、山崎正和への追悼文、それに生まれ育った歌舞伎座界隈の回想が七本収められている。

例えば巻頭に置かれた「四本のネクタイ」は、こんな話である。単行本『英霊の聲』の装幀をすることになって、英霊だから靖国神社で鳥居だとひらめき、会社に出入りする図案工房の人に描いてもらった。言わずもがなのことかもしれぬが、藤田氏は河出書房新社の編集者だった。正面から描いた鳥居は安定感が乏しかったので、下から煽る形にした。その装幀を三島由紀夫は喜んで、何か差し上げたいと言う。東京タワー下の高級洋品店に行って、選んでくださいと言われたネクタイは、氏の「初任給よりはるかに高い」輸入品だった。迷っていると、面倒だと思ったらしい三島は、「それ、いいじゃないですか」と言って、ケースから出してもらっていた四本のネクタイを皆包ませたという話である。

三島の決断の早さと気前のよさがくっきりと出ている。昔の舶来ものは高かったんだなあという感慨も浮かぶ。一方で三島は、官僚だった父の血を引き、金銭に細かいところもある。「会計日記」や映画「憂国」の撮影費などにそういう一面は出ている。ネクタイならば初めから三、四本はプレゼントしようと決めていたに違いない。そんなことを想像させる文章である。ネクタイをという話になったとき、そばにいた夫人が、お好みでないものを差し上げるよりご一緒したらと口添えした場面も、この夫婦の仲を一筆で描いている。

ところで、三島由紀夫に関する新聞記事を整理していたら、偶々「折々のうた」に載った藤田三男氏の歌が出て来た(「朝日新聞」一九九七年八月一日)。「面《おも》伏せてわれを責めゐしそのかみの青き眉《まゆ》根《ね》をいまも忘れず」。大岡信は、「ここには、世間に見せていた顔とは違う、むしろ内気な三島サンがいる」と書いている。

『出版人の万葉集』からの採録で、藤田さんは歌も詠むと知る。やはり「文人」だったのかという思いを強くした。一九六八年の河出の二度目の倒産の折には、藤田氏は三島から「激しく叱責された」という。もしかすると、「面伏せてわれを責めゐし」の歌は、このときのことを詠んだのではないかと想像してしまう。それというのも、三島は「珍しく声を荒げた」が「しかしその声は力無く呟くようで」、「その後は面を伏せて」藤田氏の説明を聞いていたというのだから。

ガツガツと新しい情報を漁る研究者には無用な本かというと、そうではない。初めて知ることがいくつもある。『英霊の聲』の初版が五〇〇〇部でしかなかったこと、この本の出版を三島が急いでいたこと、もともと三島は、著者校正をしなかったこと、三島の案では「英霊の聲」のほか「憂国」「十日の菊」「若人よ蘇れ」「林房雄論」を収録するつもりだったこと、それが坂本一亀の判断で「若人よ蘇れ」「林房雄論」を外し、藤田氏が国体論を依頼したところ「二・二六事件と私」を寄こしたことなど。三島と周囲の学生たちの実感に即して敗戦を描いた「若人よ蘇れ」が入ると、本全体の印象がやや異なったのではないかと思われる。

『豊饒の海』を執筆中の三島は、外からは「停滞」と見られていたというのも、同時代を伴走した編集者ならではの見方である。またこの時期の三島が「欠伸をして」いたとも捉えている。評価され問題にされていても、「それ自体に「欠伸をして」」いたというのは、氏も言うように「底知れぬ苛立ちと荒廃」が渦巻いていたのであろう。『サド侯爵夫人』の初演の幕間で即売サイン会を開いたところ、十五、六冊しか売れなかったとのこと。マスコミに出ずっぱりゆえ人々に「飽き」があったことも、後の読者は知らない。

一九六三年から四年かけて刊行された河出書房新社版『現代の文学』の編集会議の話も面白かった。編集委員は川端康成、丹羽文雄、円地文子、井上靖、松本清張、三島由紀夫で、喋るのは三島一人、それを川端が追認すれば決まりという会議だったという。編集案は社でできていて、委員の意見を加えて調整するのである。「編集の辞」を頼まれた川端が、「それは三島君に……」と言ったのも無理のない流れだったのだろう。三島が黙っているので遠慮しているのかと思っていたら、やおらペンを執ってその場で六百字ほどの「編集のことば」を書いてしまったという。ただし、三島の署名がないから全集には収められていないとあるが、これはちゃんと収録されている。

三島の談話は面白かったと多くの人が言う。しかし藤田氏は、ひたすら喋るばかりで、「聴き上手とはいえない」という。それも、なるほどと思わせる観察である。「私の心に残るものは、この天才文学者の傑出した頭脳の回転、分析力、謙虚さ、生真面目な性格、あの明るさの一面のあらわれたものばかりではなく、どちらかといえば、独り善がり、せっかち、尊大な身構え、馬鹿は度しがたいという傲慢さ、素っ気ない受け答え、愚痴る三島さんという意外な一面」だという。後者の裃を脱いだ三島由紀夫を引き出したのは、藤田氏の人徳だったと思われる。

（二〇二〇年一二月、アカデミー愛とぴあ創作グループ「随想を書く会」
二〇一頁、本体一、二〇〇円＋税）

書評

井上隆史
田尻芳樹 他編著

『三島由紀夫小百科』

宮西忠正

三島由紀夫文学館の開館（一九一九）、『決定版三島由紀夫全集』の完結（二〇〇〇—二〇〇六）、研究誌『三島由紀夫研究』などによって、多くの未定稿や創作ノート、同時代人による証言などが明らかにされてきた。本書は、それらを受けた国内外の膨大な研究状況をふまえた三島由紀夫研究者三二名による最前線のレポートである。Ⅰ「評伝」、Ⅱ「主要作品事典」、Ⅲ「研究史・受容史」、Ⅳ「三島論の新潮流」に構成されている。読み進むにつれて多くの発見があり、いくつかの問いかけも残る。

冒頭の「三島由紀夫略伝」で、井上隆史は『仮面の告白』の表題にふれて、「三島は、あらゆる人間のアイデンティティは、実は仮面である、と言っているのである」と指摘している。キース・ヴィンセントの「『仮面の告白』における死産するゲイ・アイデンティティ」では、同性愛的な自らのアイデンティティが、時間＝社会的現実によって引き裂かれる瞬間が『仮面の告白』から引用されている。

「私は今まで精魂こめて積み重ねて来た構築物がいたましく崩れ落ちる音を私は聴いた。私といふ存在が何か一種のおそろしい「不在」に入れかはる刹那を見たやうな気がした。」

梶尾文武は『鏡子の家』における三島のニヒリズム研究にふれて、澁澤龍彦の追想や佐藤秀明らの研究を追跡する。佐藤は、三島の蔵書をふまえつつ、ニーチェ『権力への意志』、ハイデッガー『存在と時間』などの言説から、『鏡子の家』の四人の青年に「能動的ニヒリズム」を見出している。だが、生白い日常からの超克をめざした四人の青年は、それぞれに躓き傷ついて日常へと回帰する。

映画『憂国』は、三島の原作・脚本・監督・主演作品だが、同世代の安部公房は、「作者が主役を演じているというようなことではなく、あの作品全体が、まさに作者自身の分身なのだ」と「羨望に近い共感」をよせている。青年期に国家という名の共同体の崩壊を目のあたりにして、安部は荒野への疾走を憧憬し、三島はエロスと死に憑かれたのだった。

私自身が学友の誘いでこの映画を見たのは、大学がバリケード封鎖されていた一九六七年四月、新宿のアートシアターギルドであった。小説家が、自作の主人公に自らを同化して画面上で褌姿の裸体を晒している情景には、違和感があった。ロビーの奥に見かけたのは、三島本人であったらしい。

最後の小説『豊饒の海』は、第一巻『春の雪』が一九六五年九月から雑誌「新潮」に連載された。有元伸子は、「三島の行動計画と自決によって第四巻『天人五衰』の完結は予定よりも一年近く早まり、同時に末尾の構想も大きく変化していることが窺われる」と指摘する。『決定版三島由紀夫全集』の「年譜」によれば、一九七〇年二月、第三巻『暁の寺』を脱稿、三月、第四巻の構想をすっかり変えなくてはならなくなった、と村松剛に語る、八月、『天人五衰』の結末部分を書き上げ、ドナルド・キーンに示している。

「記憶もなければ何もないところへ、自分は来てしまった」と書いた時、三島は、輪廻転生の理念で「今まで精魂こめて積み重ねて来た構築物がいたましく崩れ落ちる音を」聴いたのではなかったか。

三輪太郎は「楯の会、天皇、憲法」について丁寧に跡付ける。一九六七年一二月、三島が、「もう書くことは捨てました。ノーベル賞なんかには、これっぽちの興味もありませんよ」と語ったと、陸上自衛隊情報教育課長だった山本舜勝は回想しているという。第二巻『奔馬』連載中であるが、文学＝虚構を生きることによっては果たし得ない、底深い情動に三島は衝き動かされていくことになったことが分かる。

一九七〇年六月、三島はひそかに一つのシナリオを書きはじめる。自らを「義士」になぞらえた自決のシナリオである。森田、小賀、小川に古賀を加えて、ホテルオークラ、山の上ホテルなどで決起のための打合せ・準備を重ね、一一月二五日の行動計画を、芝居のリハーサルさながら繰り返した。そして当日、リハーサル通り、三島は切腹し、介錯された。

フランスの精神分析家エリック・ローランは、「自伝的虚構から犠牲の文楽へ」で、三島の自殺は「彼の作品のうちで最も精密に準備されたもので」「三島においては作品が人生を支配している」「あれほど綿密に熟考された三島の死は、彼の作品の一つでもあろう」とのマルグリット・ユルスナールの論考を紹介している。この指摘は示唆的である。三島にとって自らが仮構した世界に生きることが、即ち自らのアイデンティティにほかならなかったのだ。

三島の死は、衝撃をもって国内外に大きく報道された。郭勇は「中国における三島受容」で、『人民日報』が「日本軍国主義復活のもう一つの鉄の証拠」として報道し、三島を「右翼ファシスト」と名指したことを記す。韓国でも、「軍国主義の復活」を図る危険人物であり、『金閣寺』は、そうした「危険人物」が残した謎の作品として関心を引いたと南相旭は報告している。

日本ではどうか。三島自決直後から書店では三島関連の本が次々と品切れになった。「三島はなぜ死んだのか?」「三島とは何者だったのか?」との問いからであったろう。

二〇二〇年は三島由紀夫没後五〇年にあたり、映画『三島由紀夫vs東大全共闘』が公開された。本書の編者の一人である田尻芳樹は、映画館へ足を運ぶと、「思ったより多くの観客、特に若い観客が来ていたので驚いた」と後書きに記している。そして、「この根強い人気は何だろう」と問いかけつつ、「三島の現代性は多様な仕方で語ることができる」と記している。本書はその多様な答えの集成であるといえる。

三島自身、演劇にも関わり、映画に出演し、多くの作品が映画化され、『美徳のよろめき』『長すぎた春』などのベストセラーを次々と送り出し、ボディビル、剣道に励むなど、多彩な顔を見せていたが、本書はその多様な三島由紀夫をも照射する「小百科」となっている。

（二〇二一年一一月、水声社
四七四頁、本体七、〇〇〇円＋税）

書評

三島由紀夫・篠山紀信・横尾忠則『OTOKO NO SHI』

佐藤秀明

三島由紀夫が死の直前に企画し、刊行に執着した篠山紀信撮影の写真集『OTOKO NO SHI』が、没後五十年になってようやく出た。その少し前に刊行されたニューヨークのRizzoli版『YUKIO MISHIMA THE DEATH OF A MAN』（二〇二〇年）とほぼ同じ写真を別構成で使っているが、見比べると全く異なる印象を受ける。

何しろ縦72・8㎝、横51・5㎝の超大型本である。写真の迫力が全く違う。紙質やインク、印刷技術、製本も大きく異なるのではないか。表紙の豪華な金色は、西洋風というよりは日本的な感じがする。五十部限定で、篠山紀信と横尾忠則の油性ペンによる直筆サインが入っている。

この写真集に見入っているうちに、ふといくつかの疑問が湧いてきた。その疑問に答える術はなく、疑問のままになるのだが、のちのためにそれを記しておきたい。

それにしても、これほど被写体のナルシシズムが牽引したヌード写真集は珍しい。そのナルシシズムを篠山の明快な写真技術が掬い上げている。ともすれば被写体の欲望と撮影者の欲望が混ざり合って、写真に濁りを生じさせかねないところを、むしろ撮影者の無私が、おどろおどろしい死のありさまを浄化している気味さえする。あるいは、撮影者の技術に徹したアーティフィシャルな無欲が、被写体の欲望を単純明快なものにして表現していると言ったらいいか。

聖セバスチャンに扮して、大樹の前で両手を交差して縛られて吊され、トルソーに矢が突き刺さって血が流れている写真は、この写真集の前に撮影され、この写真集を三島が企画するきっかけになったものだ。これはRizzoli版には収録されていない。

そのほか海岸の岩に横たわる全裸、鉢巻きを締め褌一本で日本刀を提げ、高校生に扮した横尾忠則と巨大な日の丸の前で写っている写真、フェンシングの剣が胸下に刺さり、白装束に血を滴らせて俯く剣士、海の浅瀬の向こうに工場地帯を臨む泥土の海岸で、バイクもろとも倒れているライダー、錆びついた船上で上半身に傷を負って死にかけている船員、古びた体操練習場で白いユニフォームの左胸から血を流し、つり革にぶら下がる体操選手、肋木に斜めに縛られて胸から血を流す体操選手、豆絞りの鉢巻きを締め褌姿で、出刃包丁での切腹、鳶の半纏をまとい、喧嘩の死傷か左顔面を血に染めて裸で横たわる男、褌一丁の裸体に有刺鉄線を巻かれ、口もとから血を流す男、全裸で目隠しをされロープで吊される男、デスマスクのアップ、鮮やかな月代の侍が、裃と袴の正装で切腹し、自ら頸動脈を切って果てるさま、雑然とした工場の片隅で、つなぎの作業服の腹部にドライバーを差し込まれた工員……。ほかに、国立劇場の屋上で楯の会隊員の整列や行進を見守る三島の姿もある。

　三島由紀夫がこの写真を公刊したかった気持ちは、分からないではない。しかし、偶々入院中で撮られ損なった横尾忠則も嫌がっているように、三島の異様な〝遊び〟に付き合わされた、市ヶ谷の事件計画を知らぬスタッフたち、そして三島にかり出された篠山紀信は、この度が過ぎた〝遊び〟に異常なものを感じたに違いない。しかしそれは、三島が心底望んだ〝遊び〟だったのである。この異様に強烈な一個の欲望と、そこから生まれる芸術に、人は弾き出されて眺めるだけだ。

　実際、この写真集を見ると、篠山紀信の作品であるにもかかわらず、編集に篠山の熱意はほとんど感じられない。Rizzoli版と異なり、日本版の写真には横尾忠則によるいたずらのような部分的な着色がなされている。おそらく、篠山はそれを許可し、横尾はいたずらを施すことで、三島の呪縛から逃れようとしたのではないかと思われる。

　さて、筆者が抱いた疑問とは、これらの写真は、いつどのようにして撮影されたのだろうかということである。どの写真を見ても、これ以外はありえない背景が選ばれている。ということは、これらのロケハンは誰がしたのだろうかということである。船上での船員の死、と言ってしまえば簡単だが、船主との交渉は誰がしたのか。古ぼけた体操練習場（ガラス窓が割れている）は、誰が見つけて使用許可を取ったのか。身体に刻みつけられたさまざまな傷は、プロのメイキャップの人が関わらなければできないものである。流血もしかり。体操選手のユニフォームは、三島の体にぴったりとしている。もしかするとこのきれいに体を包むユニフォームは、オーダーして採寸し作らせたものかもしれない。武士の髷はどのようにして入手したのか。裃や着物、袴は。裸体に巻かれた有刺鉄線は、おそらく棘の部分をペンチで寝かして、それを体に巻き付けて、それから棘をもう一度起こしたにちがいないのである。

　この写真集に写っている場所、衣裳、特殊メイク、小道具などは、プロの人たちが総出で仕事をしなければ準備できないものばかりである。

　『決定版三島由紀夫全集』の年譜によれば、一九七〇年九月十七日に篠山の事務所で薔薇十字社刊『男の死』の企画を相談している。三島は、十月二十五日に足の痛みで入院中の横尾を見舞い、この企画への参画をもちかける。それはわずかしか実現せず、三島の撮影は十一月十七日に終了した。二十日には篠山のスタジオで密着印画から最終の選択をしている。死の五日前である。

　決起計画と『豊饒の海』執筆で多忙を極めていたはずのこの時期に、三島がロケハンからスタッフの選出と依頼までしたとは思えない。三島に「振り回」（横尾忠則「「男の死」始末記」）された篠山が準備したとは思えない。有能なプロデューサー役が必要だったはずである。

　想像するに、映画「憂国」をプロデュースした藤井浩明しかいなかったのではないか。ほかに誰がいよう。しかし藤井は、親しい人にもこの計画を打ち明けなかったようなのだ。この写真集の出現で、制作の大きな謎が立ち上がった。

（二〇二〇年一一月、CCCアートラボ発行、蔦屋書店発売
一〇〇頁、本体五〇〇〇、〇〇〇円＋税）

編集後記

今号の特集「三島由紀夫の方法」とは、三島由紀夫の作品あるいは発言や行動は、何をどう使ったのかといったほどの意味である。「何をどう使ったのか」を論じることで、「何を」の意味を詳らかにし、「どう使ったのか」で三島由紀夫の当該の事柄への接触の仕方を明らかにし、三島の生き方、考え方、文学の仕組み、行動や発言の成り立ちを浮かび上がらせてもらいたいと考えた。松本徹の発案である。書きにくいテーマかと案じたが、じつに幅の広い、興味深い論考が寄せられた。三島由紀夫その人に照明を当てるのではなく、三島をある文脈の中に置いて見直すという論の方向が現れ出てきたように思われる。初登場の三輪太郎氏の評論は、とりわけ面白かった。

三島と組んで多くの仕事をした映画プロデューサーの藤井浩明氏が、映画「春の雪」の撮影中にこんなことを言った。「もう三島という名前では売れないんですよ」と。さしもの鬼才も、時代の流れの中で相対化されていくのかと感じられた。もちろん作品や発言の価値は別である。私たちは、あらゆる文化との関係性から、新たな三島の価値を探し出さなければならない。

ロシアのウクライナへの武力攻撃に、これを書いている時点では先が見通せない。西側諸国のロシアへの冷たさが根底にはあり、プーチン大統領がキレた格好だが、そうだとすると事態は厄介だ。第三次世界大戦などロシア国民の一人も望むはずはないが、キレた人間は望まないこともしかねない。あまりの暴発に唖然としつつ、ロシアの作家や文芸評論家や文学研究者は、これをどう受けとめているのだろうかと思いを馳せる。言論の自由の制限が、文字どおり息苦しく感じられてならない。

今号から編集委員が交代した。井上隆史が退き、有元伸子、久保田裕子が加わった。ジェンダー・バランスがよくなった。

次号は、短編小説の特集を企画している。すでに十五号でも特集したが、この企画はこれからもときどき続けたい。

（佐藤秀明）

三島由紀夫研究㉒

三島由紀夫の方法

発　行――令和四年（二〇二二）四月二五日

編　集――松本　徹・佐藤秀明・山中剛史
有元伸子・久保田裕子

発行者――加曽利達孝

発行所――鼎　書　房　http://www.kanae-shobo.com
〒132-0031　東京都江戸川区松島二-一七-二
TEL・FAX　〇三-三六五四-一〇六四

印刷所――太平印刷社

製本所――エイワ

ISBN978-4-907282-79-0　C0095